La plage du prophète

©2016, Yves Gerbal

En couverture : photo © Yves Gerbal

Edition : Books on Demand

12/14 rond point des Champs Elysées 75008 Paris

Impression : BoD. Books on Demand Norderstedst, Allemagne

ISBN : 9782322077403

Dépôt légal : mai 2016

Yves Gerbal

La plage du prophète

roman

BoD – Books on Demand
12/14 rond point des Champs Elysées 75008 Paris, France

« Nul n'est prophète en son pays »
St Luc

« Nous sommes tous prophètes
car nous écrivons tous l'avenir »
Camel

Première partie

1.

L'été sent l'été, un mélange d'ambre et d'embruns, de mer et de merguez. Juillet est caniculaire, probablement à cause de l'effet de serre. Mais Camel et Stéphanie oublient la catastrophe annoncée en se léchant le museau. En se faisant le bouche à bouche ils luttent à leur manière contre le gaz carbonique qui, vicieusement, pénètre dans les jolis poumons de Stéphanie.

Camel est un écologiste tendance secouriste. S'il plonge en apnée dans les profondeurs du baiser, c'est pour sauver l'humanité. Et l'humanité, ce jour là, est une fille blonde pour laquelle il pratique l'assistance respiratoire.

Lui, il a grandi entre une autoroute et une voie ferrée. Il tournait autour de la table de la salle à manger avec son tricycle et il parvenait même à soulever une roue dans ce virage à 360 degrés. C'est dire s'il allait vite. C'est dire qu'il était déjà *un mec d'élite*. Elle, elle a un visage et des cheveux de madone, mais elle ne connaît pas encore Botticelli. Une Vénus marseillaise, sortie d'un coquillage de la rue Paradis. Lui, il a les plus beaux abdominaux de la plage, et les abdominaux, ça compte. Elle, elle a un ventre de statue et des seins qui attirent les doigts. Mais Camel respecte. Elle n'a pas voulu enlever le haut. Alors pour l'instant il prend une première empreinte de sa poitrine à elle sur sa poitrine à lui. Il n'a rien vu et il n'est pas pressé. Camel est noble. Il sait se retenir. Il connaît d'instinct les secrets du plaisir. C'est un mec d'élite je vous dis ! Il savoure le mystère de la beauté à dévoiler sur cette plage colorée, en ce dimanche solaire au bord de la Méditerranée.

Allongés sur leurs serviettes maxi-format, leurs corps font des étincelles. On mettrait une guirlande de Noël entre leurs deux épidermes, peut-être qu'elle s'allumerait. Mais encore faudrait-il pouvoir la glisser, la guirlande, entre leurs peaux collées. Et puis on est en juillet, les lampes clignotantes sont dans les cartons, avec les santons.

Ainsi ils sont, excités mais corrects, enlacés au milieu des mégots qui jonchent le sable, tristes rebuts de drogues légales, pauvres reliques de sucettes vulgaires. Suffit-il de quelques ventouseries buccales, d'un simple cours de linguistique, pour pouvoir parler d'amour ? Ne nous attardons pas sur la question. Constatons seulement que le manège est reparti pour un tour.

Quelques mètres plus loin, Sabrina dit à son copain Jérôme qui, la main dans le maillot, se remet le sexe bien en place :

_ Je te parie qu'il va la ramener en moto.

_ Et toi, tu vas la laisser faire ?

_ Oh, je suis sa cousine, pas sa mère ! répond Sabrina avant de se remettre à faire semblant de lire son magazine. Jérôme, lui, il est contrarié. Du coup, il va aller nager jusqu'à la deuxième bouée. Il s'avance vers les vagues et tout à coup se demande pourquoi on appelle cette plage *Le prophète*. Il n'en sait rien. Nous non plus. Pour l'instant.

2.

La moto est frêle. Et eux aussi. Deux corps serrés en équilibre. Têtes nues. Collés. Ils vont lentement, presque sans bruit. Se laissent doubler par les motards sur leurs grosses bécanes qui les dépassent dans un boucan d'enfer. Se laissent doubler aussi par les voitures vitres ouvertes dont s'échappent les gentilles paroles d'une chanson rapée. Mais tout cela s'évanouit étrangement vite dans l'air vaste.

Le monde de Stéphanie est sous ses doigts. Elle a passé ses bras autour de la taille de Camel. Sur l'épaule elle porte son sac de plage, un truc siglé couleur pastel, acheté dans une boutique du centre-ville. Aux pieds elle a des sandales de la même couleur. Quatre brides parallèles à ses ongles vernis. De la même couleur que le sac. Et une chaîne en or à la cheville droite.

Avant de quitter la plage elle a remis son top à fines bretelles et sa jupe courte pendant que Camel reprenait son sac à dos, mettait ses baskets, et enfilait un tee-shirt blanc serré aux épaules. Ils n'ont pas mis de casque. Camel a accroché le sien sur le porte-bagage, avec le sac à dos. Le vent dans les boucles brunes de l'un et les mèches blondes de l'autre, ça ferait une jolie photo...

Ca tourne et ça vire. Dans les courbes Stéphanie penche légèrement, suit le mouvement du corps de Camel, déjà attentive à l'accompagner dans chacun de ses gestes. Sur leur petite moto ils roulent au ralenti, laissant leur tête s'imbiber de ce moment essentiel. Le goudron parfait est un tapis que les dieux déroulent devant eux. Stéphanie regarde sur le côté, elle voit la mer apaisée, et l'horizon infini. Et puis la ville, aussi, après un virage serré. Marseille est plus érotique que jamais, alanguie sous un ciel idéal.

Et bêtement ils voudraient que cela dure toujours. Ils se disent que le soleil pourrait attendre pour se coucher. Et en même temps ils rêvent d'obscurité et de clair de lune... Plusieurs voitures les doublent. Certaines klaxonnent. Stéphanie ne parle pas à Camel. Camel ne parle pas à Stéphanie. Ils n'ont rien à se dire. Ils sont dans cet espace parallèle au monde des humains où les paroles sont muettes. Tout est clair. Tout est là. Rond comme cette boule rouge qui descend vers la mer. Et ils vont disparaître comme elle, en cette heure propice, derrière un horizon complice.

Laissons-les seuls. Laissons-les étancher leur soif d'unité. Laissons-les s'échapper du temps des mortels. Ils ne savent rien de ce qui les attend. A vrai dire, ils s'en foutent.

Stéphanie a du sable partout. Entre les orteils, entre les seins. Même entre les fesses. Peut-être elle va le garder en souvenir, comme une relique. Le mettre dans une fiole et l'exposer sur une étagère. Avant de pénétrer dans la ville lentement, ils font durer le plaisir. C'est ce que l'on appelle des préliminaires.

3.

C'est galère pour arriver chez eux. C'est une impasse au bout de la ville. La maison est accrochée aux rochers. Derrière, les Calanques commencent. Cette ville est ainsi faite, mégapole fichée dans la mer et plantée au bord de la sauvagerie calcaire de ces fjords provençaux. Quand c'est le bout, c'est vraiment le bout, et on va pas plus loin.

Myriam a tout de même réussi à se garer. Le plus dur est fait. Parce que pour les créneaux elle n'a jamais été douée. C'est peut-être un truc féminin ça. Mais faut pas le dire. Elle a passé le permis sur le tard en plus. Elle a trouvé une place dans la rue qui grimpe sec vers la maison de Mary et Daniel. Il a fallu qu'elle se gare en côte et c'était pas évident. Du coup elle a failli oublier de prendre la tarte et la bouteille de rosé dans le coffre. Elle se demande, comme chaque fois, si elle sera la seule solo de la soirée. Elle se fait pas d'illusion. Elle a l'habitude.

_ Bonsoir !

Elle salue deux gars qui arrivent au portail en même temps qu'elle. Deux gays probablement. Dan et Mary ont plein de copains gay. Elle monte le petit escalier. Daniel est là. Bises.

_ Y avait longtemps !

_ C'est vrai ! Je suis contente de te voir.

Myriam est sympa, simple, souriante. On aime l'avoir comme amie. Elle, elle ne sait plus si elle aime qu'on aime l'avoir comme amie. Elle aimerait qu'on l'aime autrement. Ce soir peut-être elle se laissera draguer. Loin d'être sûr.

Sur la terrasse, il y a déjà du monde. Tant mieux, elle n'est pas la première. *Bonsoir, bonsoir.* On fait la bise à tout le monde après avoir posé la tarte. Le rosé, il faut le mettre au frais.

Mary arrive, enjouée et rieuse, un oiseau sautillant. Daniel ne va pas tarder à se mettre aux platines. Les lumières sont déjà en place. Du bleu du vert du rouge, des ronds sur le sol et des lignes au laser qui se dispersent et se perdent dans les pins du petit jardin, et même chez les voisins.

La ville est là-bas, allongée au bord de l'eau. Tout le monde s'extasie sur la vue, comme chaque fois. Myriam se verrait bien en mode contemplation, mais la musique a démarré, et c'est tout de suite du lourd. Daniel ne rigole pas avec ça. Les basses secouent les cœurs, des cœurs fragiles et d'autres pas, des cœurs à prendre et d'autres occupés, des cœurs tendres et des cœurs durs. Le cœur de Myriam est une friche habitée par un seul souvenir. Ce soir encore, il n'en dévoilera rien, protégeant ce secret comme une pépite d'or.

La ville ne s'endort pas. Un petit bout d'humanité danse chez Mary. Ici et là on mord dans le soir d'été, on se frotte la peau, on rit pour oublier que le monde s'écroule.

Daniel est concentré, le casque sur les oreilles. On prend la posture décontractée de ceux qui sont cool et open. A priori, aucun mec n'est seul. Elle s'en doutait. Pire, une fille danse comme une déesse.

Elle l'a vue arriver tout à l'heure, accompagnée d'un black timide qui s'est tout de suite assis dans le canapé au bout de la terrasse, éclairé par deux bougies. Elle danse et on voit bien qu'elle hypnotise la moitié des gars présents. Elle n'hésite pas à les regarder dans les yeux. Elle plie ses longues jambes comme pour s'accroupir, une position un peu tribale, qui serait mauvais goût chez n'importe qui d'autre et qui devient avec elle seulement lascive, démoniaque. C'est Eve qui danse. Elle lance en l'air ses bras et ses mains comme des serpents, elle bouge son petit cul bien en rythme, elle fait flotter ses cheveux d'un côté puis de l'autre de ses fines épaules, et elle a même le culot de se contempler dans le miroir du salon, à côté de la platine derrière laquelle Daniel, imperturbable, est rivé sur ses curseurs.

Myriam regarde la fille qui danse. Les chaussures à talons, d'accord. Mais un short pareil, elle pourrait pas. Blanc en plus. Elle n'a déjà plus envie de danser. La soirée va être longue. Heureusement la conversation de Mary est presque aussi douce que la peau d'un homme. L'amitié n'est pas un vain mot, Mary sait le cultiver. Elles parlent un peu du passé, en morceaux choisis.

_ Tu te rappelles de Géo, mon chien fou ?

Minuit arrive vite, finalement. Le rosé est bon mais faut pas abuser. Dans les pins le laser pointe toujours et sur le sol les ronds de couleur continuent à danser tout seuls. Elle va pas tarder. Une demi-heure et zou. Mary va être déçue, mais elle se sent pas, ce soir, pas capable de faire durer, de faire semblant d'être bien. La fille aux longues jambes a disparu, peut-être dans l'obscurité au fond de la terrasse, peut-être ailleurs.

Myriam pense à Camel. Elle va lui envoyer un texto.

4.

Il a garé la moto au bout de la place. Ils ont du mal à se désenlacer. Les terrasses sont bondées alors ils passent devant les cafés en se tenant par la main dans la bruyante ambiance des rires et des bavardages légers qui ricochent sur les verres de vin, de vodka, de bière ou de pastis. Ils finissent par trouver une table. Ils sont serrés contre le mur. L'intimité, ce sera pour plus tard. Stéphanie ne lâche pas la main de Camel. Camel lâche de temps en temps la bouche de Stéphanie. Par exemple pour commander. Il demande un diabolo menthe. Elle se moque : *c'est une boisson d'enfant* ! Elle a pris une vodka orange. Il dit :

_ C'est une boisson de grand-mère !

Ils rient. Elle dit :

_ Tu bois pas d'alcool ?

_ Je préfère pas.

Après, en sirotant leurs boissons de couleur, ils parlent sans parler. Ils ont envie de tout se dire mais ne savent pas par quoi commencer. Tout ce qui a été dit avant, sur la plage, ça ne compte pas. C'était avant, avant le baiser, avant de dire oui, avant le lâcher-prise, avant qu'ils ne se lâchent plus. Ils sont un peu démunis en dehors du langage des mains. Les mots se bousculent mais en désordre. Camel préfère se taire qu'offrir des phrases mal tournées. Il est comme ça. Stéphanie, pour l'instant, la peau lui suffit.

Ils vivent le silence des amoureux, au milieu du brouhaha de la jeunesse qui s'amuse et célèbre son triomphe sur le temps qui ne passe pas encore trop vite pour eux. Pour Camel et Stéphanie, c'est arrêt sur image. Encore des baisers. Mais Camel, tout de même, au bout d'un moment, ça le gêne. Pas besoin de se donner en spectacle. Aux tables d'à côté, d'autres couples moins expansifs corporellement ont le droit d'être tranquilles. Pas besoin d'exciter leur jalousie.

_ Tu veux aller au Campus après ?

_ Ok, mais je dois rentrer à minuit.

_ Ça va, tu n'habites pas loin.

Qu'est-ce qu'ils se disent ensuite ? Des broutilles. Ils blaguent. Il l'appelle *Cendrillon*. Ils rigolent encore. Ils ont l'air un peu bêtes mais c'est normal. Ils n'osent pas se poser des questions sur leur vie, leur passé, leur projets. Il sait juste qu'elle habite les beaux quartiers, tout près de là, au sud de la ville.

Il lui a demandé avant de prendre la moto. Ils ne veulent pas en savoir trop. Ont-ils d'ailleurs besoin d'en savoir plus ? Sur la plage les regards ont tout fait, ou presque. Un ballon de volley a suffi comme intermédiaire. Sabrina et Jérôme ont même été un peu sidérés par la rapidité des faits. Ils se souvenaient que pour eux il avait fallu pas mal de rendez-vous. C'est peut-être une autre génération. Deux ou trois ans d'écart.

Ils ne vont pas tout de suite au Campus. C'est un peu tôt. Alors ils errent dans les rues près du port, au hasard des coins obscurs où ils peuvent encore s'embrasser, cette fois-ci sans témoin. Puis ils reviennent dans les lumières de la ville pour se fondre dans la fête estivale, dans le flot insouciant de la foule en vacances.

Un peu plus tard, Stéphanie danse. Tout en finesse et en souplesse. Camel la regarde. Elle n'ose pas en faire trop tout de même. Elle est bronzée comme une vahiné mais n'a pas de fleur dans les cheveux.

_ Tu viens pas ?

Il la rejoint, et voilà que Camel aussi se projette dans l'espace et invente une chorégraphie puissamment sensuelle. Il ne pense plus à rien, à rien d'autre que la ligne de basse qui lui pénètre le cœur, son petit cœur fragile, au beat qui lui secoue les reins, à rien d'autre qu'à cette fille blonde qu'il a déjà dans la peau. Ils sont les rois du monde, pour une heure ou deux au moins.

A minuit trente, juste avant de remonter sur la moto, il regarde son téléphone et répond à un texto :

T'inquiète, Mum, je vais pas tarder. Bises.

5.

Elle se raccroche à son cou en montant sur la selle. Il a dit tout simplement :
_ Je te ramène chez toi.

Elle ne sait pas si elle doit s'étonner de sa sagesse, s'inquiéter qu'il n'insiste pas, qu'il ne veuille pas là, tout de suite, l'amener chez lui, ou ailleurs, n'importe où. Elle le trouve beau dans la sobriété et la simplicité de ses mots. Elle a promis à ses parents. Elle ne sait pas si elle est sûre de vouloir. Elle n'a rien fait encore au-delà de l'art des baisers. Est-ce le moment ? Est-ce lui ? Elle n'a pas peur, elle lui fait tout de suite une confiance folle, aveugle, absurde. Il suffit qu'elle puisse le tenir contre elle.

Autour d'eux la nuit continue de s'agiter en rumeurs de fêtes et d'ivresses. Elle espère que les feux soient rouges pour que ça dure plus longtemps. Mais le trajet est court jusqu'à son petit nid bourgeois, grand appartement cossu dans un immeuble ancien, tommettes au sol et hauts plafonds, revisité design vintage, 120 m^2 au moins, à vue d'œil, canapés contemporains et bibliothèque fournie en livres d'art qui envahissent aussi la table basse comme si la culture débordait de partout. C'est là qu'elle va, qu'elle revient à minuit, ou presque, comme promis, jeune fille sage, jeune fille aux seins qui pointent sous le top froissé, jeune fille qui court dans l'escalier pleine de vie et de folle ardeur, jeune fille qui ne sait rien de cette vie et qui s'en fout, jeune fille qui vient de lâcher la main et la bouche de son premier grand amour, amour neuf et naïf, amour d'été, amour de plage, amour d'un jour ou de toujours, qui sait, et de cela aussi elle s'en fout.

Elle arrive au 4ème étage, se calme pour glisser la clé sans bruit dans la serrure mais sait bien que c'est inutile.

_ Bonsoir ma chérie !

C'est sa mère, devant la télé écran très large.

_ Ça va ma puce ?

C'est son père, devant l'ordinateur écran grand format.

Elle sourit. Elle les aime eux aussi, d'un autre amour, d'une autre façon. Elle les aime mais ce soir elle ne voudrait pas leur parler. Elle n'a pas honte de ce secret, elle veut juste le déposer très vite dans le cocon de sa chambre, sur son oreiller.

_ Tu étais avec Sab ?

_ Oui, on est allés au Campus.

Ce n'est pas mentir, n'est-ce pas ? C'est garder en vie une précieuse part de soi. On ne lui en veut pas. Nous aussi on l'aime déjà, Stéphanie. On la regarde faire la bise à ses parents et dire gentiment :

_ Je me couche, je suis crevée.

Eux bien sûr, ils râlent un peu qu'elle soit en retard, mais ils disent rien. L'important c'est qu'elle soit là, saine et sauve, dans la beauté de ses 16 ans, infiniment riche de cette jeunesse désarmante qu'ils n'ont plus et qu'ils goûtent par procuration.

La voilà sur son lit… Il y a encore des poupées et des peluches dans sa chambre, et elle leur parle, elle leur raconte un baiser, des dizaines de baisers, elle essaie de leur expliquer, elle veut tout leur dire. Eux, ils peuvent bien savoir !

Refermons la porte. Laissons-la à sa seule pensée : la peau couleur caramel d'un garçon qui s'appelle Camel.

6.

Camel continue de rouler doucement. Pas pressé de rentrer. Il conduit peinardement son petit engin à deux roues. Il a mis le casque cette fois. Inutile de se faire emmerder par les flics. Chez lui, c'est pas à côté, c'est sur l'autre bord de la métropole portuaire. C'est différent absolument et pourtant c'est la même ville. Il roule le long des quais qui tous ne sont plus des quais. Sa mère parfois lui raconte la ville d'avant. Celle de quand elle était minote. C'est pas si vieux pourtant. Trop nostalgique cette maman.

Il roule et rêve. Rêve d'une ville idéale. Il ne sait pas pourquoi, il utopise, il chimérise. Cette ville aussi il l'a dans la peau. Il l'aime comme une femme, une femme insupportable, une fille mal élevée qui parle trop fort. Une belle fille vulgaire. Ici, on dit une *cagole*.

Il sent le sable chaud et la sueur moite. On a beau être un mec d'élite on n'en reste pas moins mâle. Il pense à ce qu'il a dit et surtout à tout ce qu'il n'a pas dit. Il garde l'empreinte des seins de Stéphanie sur sa poitrine et sur son dos, il garde la trace de ses doigts entre ses doigts, il a sur la bouche, encore, un peu du gloss brillant dont elle a remis une couche en vitesse, dans les toilettes du café.

Il roule et il en oublie presque qu'il n'est pas seul. Des voitures frôlent le frêle cyclo, minable monture à côté des rutilantes autos noires et vrombissantes qui le dépassent à toute vitesse. Eux aussi ils vont là-bas, côté nord, musique à fond dans l'habitacle. Ils vont là-bas dans leurs tanières, leur camp retranché. Il les connaît, il vit près d'eux. Et plus il se rapproche de sa cité plus l'utopie redevient impitoyablement réalité, plus la chimère s'évanouit. Heureusement il reste Stéphanie, ancrée dans sa peau depuis quelques heures, doux hameçon où il a planté ses lèvres, poisson consentant pour goûter à la douceur des mains de la poissonnière qui lui caresse les écailles. Un peu osée la métaphore, certes, mais couleur locale.

Stéphanie à qui il n'a presque rien dit. Comment pouvait-il lui faire comprendre qu'il débute en amour ? Comment pouvait-il, lui qui pourtant a trouvé les gestes si justes, et si vite a séduit la fine fille blonde, lui dire qu'il ne savait rien de la suite, novice en la matière, chaste absolument. A 17 ans.

_ Bonsoir mon chéri !

C'est sa mère. Elle est revenue sans souci de chez son amie Mary. Elle arrive à l'instant, mais elle fait semblant d'être là depuis longtemps. Elle a beaucoup bavardé, comme d'habitude. Elle un peu trop bu, comme d'habitude. Elle n'a pas baisé, comme d'habitude.

_ C'était bien ?

_ Oui, je suis allé au Campus avec Romain.

Myriam n'est pas tout à fait dupe. Elle le voit bien, son joli boy, en train de draguer toutes les filles de la boite. Pourtant elle n'a jamais vu un minois féminin dans l'appartement. Jamais une fille au menu. Que des gars un peu bruyants qui rient tout le temps, ceux du foot et ceux des jeux vidéo. Comme Mohamed par exemple.

C'est peut-être à cause de l'étage. Un 15ème, ça peut faire peur. Oui, mais quelle vue ! Plein pot sur la digue et les grands bateaux de croisière qui viennent se poser là, à deux pas des tours de béton.

Ça pourrait impressionner une fille. A condition qu'elle arrive jusque là, et c'est pas gagné. Les minettes, il doit se les garder loin d'ici, loin de ces immeubles alignés, loin de ces quartiers mal réputés. Il doit fréquenter des bourgeoises, son petit Camel (qui mesure tout de même 1,80 mètre). J'aurais peut-être dû partir d'ici, se dit Myriam. *J'aurais pu.* Et puis elle regarde à nouveau la mer là-bas, sous la pleine lune, et elle ne se dit plus rien, plus rien d'autre que *mon fils est rentré*, il est beau et gentil, on est là tous les deux, je vais me coucher tranquille.

_ Je vais me coucher, Mum. Je suis crevé.

Elle sourit. Comment peut-on être crevé à 17 ans ?

7.

On n'est pas sérieux quand on a dix-sept ans. C'est ce vers, peut-être, qui a tout déclenché. Ou peut-être celui-là : *J'ai embrassé l'aube d'été.* En tout cas, c'est Rimbaud. Poète adolescent, surdoué et fugueur, un petit gars du Nord venu mourir piteusement au soleil de Marseille après des aventures africaines. La première fois que Camel a entendu ces mots, c'est par la bouche rouge de sa prof de français lisant des poèmes devant 23 élèves vaguement endormis en début d'après-midi, certains tentant malgré toutes les interdictions de pianoter sur le clavier de leur téléphone, d'autres songeant à ce qu'ils feront après les cours, la plupart ne songeant à rien, faisant la sieste éveillée, à l'écoute très vaguement. Ce jour-là, la petite prof avait l'espoir que quelque chose pourrait se passer. Rimbaud va peut-être réveiller la torpeur ordinaire d'une classe sommeilleuse.

Faut dire qu'elle y met du nerf, la prof toute menue aux longs cheveux fins. Et puis tout de même c'est le nom du collège où ils étaient l'an dernier ! Presque tous. Pourtant, quand elle leur en a parlé, beaucoup ont cru, ou ont fait semblant de croire, que c'était *Rambo*, le musculeux surarmé du cinéma amerloque. Sans rire. Pour de vrai. Ou pour déconner. Parce que paraître cultivé, savoir quelque chose, c'est mal vu.

Mais ce jour-là, rien ne pouvait arrêter sa foi de petit prof. Ils ne devaient pas passer à côté de ça ! Elle aussi elle aurait aimé faire la sieste, voire même une sieste coquine avec son copain de fraiche date, un artiste aux mèches folles et aux idées farfelues, adorablement frivole. Les élèves ne se doutaient pas de l'érotisme torride qui couvait sous le crane et la jupe de cette prof aux allures sages de jeune femme modèle !

Rimbaud, c'était son défi du jour. Alors elle a mis le paquet. Elle exagère la diction, elle force les intonations. Tant pis. Ça passe ou ça casse. Elle lit plusieurs poèmes, à la suite, et elle enchaîne, exercice d'immersion poétique. Pas sûr que l'inspecteur apprécierait. Il faudrait qu'elle justifie cette lecture à vif, sans commentaires, sans introduction, sans autre objectif que partager et communiquer l'amour de ces mots à nul autre pareils. Et puis l'inspecteur, elle s'en fout. Quand il viendra, elle lui en fera des beaux commentaires super composés, de belles lectures très analytiques, balisant avec soin chaque quart d'heure de sa séance bien programmée, resituant tout cela dans la séquence inscrite dans le si pratique cahier de texte électronique, utilisant à bon escient le support tableau, n'omettant pas de donner à la fin les exercices pour la fois prochaine. Bref, elle lui donnera ce qu'il veut. Pendant une heure ou deux. Et après, vive la liberté ! Elle fuguera loin des théories fumeuses de la pédagogie pointilleuse et frileuse des castrateurs de la littérature. Bon d'accord, les 25 strophes du *Bateau Ivre,* elle ose pas tout de suite, mais il lui reste du choix, puisant largement dans la poésie du chemin de ce routard sans guide. *Je m'en allais, les poings dans mes poches crevées.*

Camel ne dormait pas. Au contraire. Il était en mode ultra réception, tous les sens en alerte. Il était Rimbaud. Madame Pierson avait un peu forcé sur le rouge. Il n'était pas insensible au charme bourgeois de cette femme blonde, élégante et soignée, au fantasme prof-élève, lui pourtant si prude et si innocent. Elle aussi elle appréciait cet élève doué, de loin le meilleur de sa classe, dont l'excellence dénotait tellement dans le paysage si morne d'une classe molle. Si mignon, en plus. Quels yeux ! Certains jours elle ne semblait parler que pour lui, et c'était injuste pour les autres, elle le savait bien, mais comment garder toujours la foi intacte en la littérature quand certains ici n'ouvrent jamais aucun livre ? Elle se raccrochait à Camel. Il justifiait son fol enthousiasme pendant ces heures passées devant des ados gavés d'images qui ne vénèrent que le présent. Rimbaud, peut-être, ça allait marcher.

Camel regardait la bouche de Madame Pierson. Elle s'était assise sur le premier bureau, inoccupé, au début du rang central, les escarpins sur la chaise, au risque de dévoiler certaines perspectives sous sa jupe. Elle l'avait peut-être fait exprès. Si Rimbaud ne marche pas, essayons autre chose. Il n'y a pas beaucoup de garçons dans cette classe appelée littéraire. Serait-ce pour lui ? Mais ce jour-là les mots comptaient plus que les lèvres. *Par les soirs bleus d'été, j'irai dans les sentiers.* Camel écoutait, ne voyait plus rien.

Il est Rimbaud, sauf la couleur de peau.

8.

Myriam aussi était une élève douée. Quand elle a découvert la littérature, un monde s'est ouvert, en même temps que son cœur chavirait pour son jeune prof de français, un longiligne presque maigre habillé baba cool, sacoche en bandoulière, l'air toujours décontracté et pourtant d'un irréprochable sérieux. Il leur lisait des poèmes de Rimbaud, Verlaine, Hugo, mais aussi leur faisait entendre des voix de femmes comme Louise Labé ou Anna de Noailles. Il enchainait Rabelais et ses géants, La Fontaine et ses fables, Molière et ses comédies, Rousseau et ses rêveries, Voltaire et ses contes, Stendhal et son Italie, Hugo et son génie, Camus et sa Méditerranée, Yourcenar et ses romains, Tournier et son Robinson, remontait plus loin dans le passé pour leur parler d'Ovide et Homère, voyageait à l'étranger en citant Shakespeare ou racontant Don Quichotte…

Myriam aimait tout, attendait chaque cours avec impatience, était inconsolable quand elle n'avait pas la meilleure note, pleurait dans sa chambre quand le prof bouclé lui avait fait une réflexion juste un tout petit peu désobligeante, prenait la résolution de le haïr, de le faire virer du lycée, de raconter qu'il l'avait violée. Et puis au cours d'après, il leur commentait Montaigne ou déclamait Racine, lisait Flaubert ou Ronsard, Musset ou Giono, et c'était reparti.

Elle s'habillait de chemises floues et fleuries, blousantes sur sa poitrine menue, de jupes longues et de sandales spartiates. Ses parents s'étonnaient de voir tant de livres près de son lit.

Au troisième trimestre, le printemps arriva et elle s'autorisa quelques décolletés gentiment audacieux. Elle profita d'une sortie au cinéma pour effleurer le pied du prof charismatique. Une sortie au théâtre et elle posa sa main sur sa cuisse. Elle n'en revenait pas de son culot. Il a bien fallu qu'ils se parlent. Qu'ils en parlent. Ils se sont retrouvés un jour à un café du Cours Julien. Elle ne sait pas s'il n'a pas osé ou si tout simplement *il était un gars bien*, comme on dit, comme elle a dit plus tard. Il l'avait embrassée une seule fois, cédant à sa demande comme à un caprice de petite fille, en lui faisant promettre d'en rester là. L'année s'est terminée ainsi. Elle a obtenu de très bonnes notes à ses épreuves de français.

Elle en garde un souvenir ému, enfoui dans sa boite à secrets. Parfois elle se dit qu'elle aimerait savoir ce qu'il est devenu. Au mois de juillet, elle avait décidé : elle serait prof de lettres.

L'année de terminale confirma sa vocation. Sa professeur de littérature était une grosse femme un peu barge, loufoque, incroyablement cultivée. C'est elle qui lui parla pour la première fois de l'agrégation de lettres, qui s'imposa dès lors comme une trajectoire rêvée.

Un an après, à la faculté, elle continuait son brillant parcours. La lycéenne appliquée et travailleuse était devenue une étudiante enthousiaste et d'une insatiable curiosité intellectuelle. Elle était très sérieuse et avait dix-neuf ans.

Elle ne regardait pas trop les garçons, concentrée sur son objectif, et probablement aussi un peu effrayée de transformer ses rêves en réalité, de passer de la poésie à la prose.

Ses parents s'émerveillaient de sa neuve culture, admiraient qu'elle puisse parler si bien dans les repas de famille. Ses amis parfois la trouvaient déjà trop professorale, trop sûre d'elle, mais son sourire faisait tout pardonner. Elle était la vie même, la vie ardente, celle dont parlent les poètes et poétesses. Et c'est ainsi, la tête pleine de romans, d'histoires de passions, de luxe et de luxure, Bovary en somme, une *Bovary marseillaise*, qu'elle était allée un soir à un concert aux Docks.

Myriam n'a rien oublié. C'était un soir d'été comme celui-là, quasi caniculaire, qui met en danger les géraniums.

D'ailleurs faut penser à leur donner à boire. Après avoir éteint la télé, elle arrose rituellement sa collection sur son balcon. Ils sont sobres mais ils ont chaud. Elle en a de toutes les sortes, et elle s'amuse de leurs noms savants et poétiques : *le géranium de Bohème, le géranium de Madère, le géranium luisant, le géranium sanguin, le géranium fluet, le géranium laineux…* Elle en a fait un tableau de toutes les couleurs. Son balcon, c'est son œuvre. Un peu encombré, c'est vrai.

L'appartement est si petit. 60 m², tout compris. Elle pourrait un peu faire le vide. Le tricycle de Camel, par exemple, il faudrait s'en débarrasser. Mais elle sait qu'elle ne pourra pas.

C'est le seul cadeau de son père.

9.

Là où il était petit boy, Camel, c'était chacun pour soi et la merde pour tous. Il aurait pu rester au ras du bitume. Mais Camel, c'est un mec d'élite. Ca fait plusieurs fois que je vous le dis. Lui, il ne le sait pas encore. Il est pas fini, c'est normal. Trop jeune.

Stéphanie, elle, c'est fleur de peau et yeux de biche. Pour l'instant, elle a tout placé là, à sa surface. Mais il y a de la place à l'intérieur, à la place du cœur.

Ce soir, ils reviennent de la plage de Carry, dans la voiture de la mère de Jérôme, climatisation et double airbag. Stéphanie était très sexy avec son soutif bandeau bicolore, mais c'était journée vagues sur la plage de Sainte-Croix et elle n'est pas très à l'aise dans les rouleaux. Alors avec Camel ils ont encore passé beaucoup de temps à se rouler des patins. Sabrina en a profité pour faire comprendre à Jérôme qu'il fallait pas s'habituer. Ils font un peu vieux couple, à côté des jeunots, avec leurs deux ans d'ancienneté au compteur sentimental. Du coup ils se sont bien mélangés eux-aussi, partageant la même serviette presque toute l'après-midi. Ils ont ri. Jérôme, entre deux parties de rigolade, a nagé comme un pro. Il a un maillot short tout rouge, le même que celui des maîtres nageurs sauveteurs de la plage.

C'était aussi journée présentation. Camel leur a bien précisé : *oui, avec un « C », pas un « K »*.

_ Comme le chameau ? Comme les clopes ? C'est bizarre ! a dit Jérôme, sans se demander s'il était vexant. Camel a confirmé, sans se vexer :

_ Oui, comme le chameau, comme les clopes. C'est ma mère qui l'a voulu ainsi.

On s'arrête là pour le prénom mais l'interrogatoire continue. On évite tout de même la profession des parents. C'est des choses qu'on ne se demande pas entre jeunes. Les parents, on s'en fout un peu. On fait comme si on avait pas besoin d'eux, comme si on était né dans des choux, petite graine plantée dans un pot et qui a bien grandi juste avec un peu de pluie. On ne dit rien de la religion. Sujet tabou. Et puis qu'est-ce que ça change ?

On apprend qu'il est en filière littéraire. Il adore lire. Ils s'étonnent. Allez savoir pourquoi. C'est une sorte d'oiseau rare. Il leur dit pas qu'il a grandi sur un balcon, entre un tricycle rouillé et des pots de géranium.

Pour Camel c'est comme une sorte d'examen de passage. Comme s'il était obligé de montrer patte blanche, lui qui a des mains de couleur. Jérôme, pas très convaincu la première fois, commence à comprendre que ce mec a des ressources, et pas seulement au volley.

Le premier soir, il avait dit à en se déshabillant, en parlant de Camel : *je suis circonspec*t. Le mot avait fait rire Sabrina qui avait failli tomber en s'embronchant dans sa culotte qu'elle était en train d'enlever.

_ Tu es surtout circoncis ! avait-elle répliqué, et un nouvel éclat de rire les avait réunis sur le lit, nus comme des vers, gigotant comme des enfants.

Dans la voiture, ce soir, Camel continue les confidences à Stéphanie qui pige pas tout de suite. Elle croit qu'elle n'est pas faite pour comprendre autre chose que sa main de sur sa peau. Elle se trompe. Mais elle ne le sait pas encore. Trop jeune elle aussi. Trop fille. Son maquillage l'empêche parfois de penser.

Il lui dit qu'il écrit. Elle ne dit rien. Elle écoute parce qu'elle voit que ça lui fait plaisir, elle dit même un *ah bon ?* et un *vraiment ?* et puis plusieurs *oui, oui* quand il lui demande si elle comprend ce qu'il veut dire, si elle peut comprendre que c'est vachement important. Il dit :

_ Tu vois, par exemple, j'aimerais écrire quelque chose sur Marseille.

Stéphanie cherche d'abord une parade, un truc qui va le ramener à elle. Appuyée contre lui sur le siège arrière dont le cuir colle aux fesses, elle avance la main prête à farfouiller dans les mèches brunes. Mais instinctivement elle comprend à ce moment là que Camel a aussi besoin d'un autre langage. C'est peut-être même une question de vie ou de mort. La vie ou la mort de leur amour naissant. Elle ne sait pas bien l'expliquer, mais elle sait. La main viendra après. Elle lui demande :

_ Et sur moi, tu écriras quelque chose ?

Ça double dur sur l'autoroute. Camel ne se tourne pas vers elle. Quelques secondes passent. Il dit :

_ Oui, je te promets.

Stéphanie est contente. Vivre avec un écrivain, c'est plus trop à la mode, mais elle, elle s'en fout. C'est lui qu'elle veut. Elle pense aux lions qui seront sur les piliers du portail de leur grande maison, au jardin avec des lauriers-roses et des vases en terre cuite de chez Ravel. Des platanes aussi, pour faire de l'ombre.

Camel demande à Jérôme s'il veut bien monter le son. Un remix de DJ Pompougnac. Il adore. Un truc à fond les basses, du binaire basique mais avec une jolie guitare cristalline par dessus qui vient caresser l'oreille.

Stéphanie se demande combien ils auront d'enfants. C'est un peu tôt évidemment, ils se sont seulement effleurés, mais ça l'amuse. Non, elle déconne. C'est pour rire qu'elle pense ça. Elle se sourit à l'intérieur.

Dans la voiture, Camel commence à bouger en rythme sur le siège arrière. C'est un mec d'élite on vous dit. La preuve : quand il achète un jeans il tombe toujours impeccable. Pas besoin de faire un ourlet. Mais pour écrire, aura-t-il besoin de retouches ? Et pour leur amour, faudra-t-il un ourlet ? Et la vie, est-ce qu'elle tombe toujours impeccable ?

Ce soir encore, en tout cas, chacun chez soi bien gentiment, et Stéphanie emporte avec elle l'odeur sucrée de cette peau ambrée et l'odeur salée de cette mer qu'on appelle Méditerranée. Ce soir encore, sa tête sur l'oreiller, les confidences à ses poupées. Elle a même repris pour dormir une peluche dans ses bras, mais son doudou définitif, c'est lui. Il ne reste plus qu'à l'emmener dans son lit.

10.

Camel se souvient de Hugo : *Et les voiles au loin descendant vers Harfleur* et puis aussi *l'or du soir qui tombe*. Il n'a pas retenu tout le poème par cœur. Il le regrette. Il revoit Madame Pierson, toute petite, lisant les vers du grand homme. Il regarde la mer. On est très loin d'Harfleur, mais ce soleil qui s'écroule sur l'horizon, c'est bien de l'or, la même lumière que celle du poète. Il voudrait pouvoir, lui aussi, dire ainsi la beauté du monde, jongler avec les mots, être un alchimiste du verbe. Les voiliers passent là-bas. Ils retournent au port, petits triangles blancs qui tracent leur route maritime sur les flots calmes. Appuyé sur le bord de la passerelle, Camel se retourne vers Stéphanie :

_ Tu as vu ça ?

Elle ne sait pas de quoi il parle. C'est la mer. Elle connaît. C'est pas nouveau. Elle n'ose pas demander. Heureusement il ajoute :

_ Cette lumière…

Ah oui, bien sûr, la lumière. Elle s'en veut de n'avoir pas tout de suite compris. Une fois encore. C'est pourtant si vrai, si simple. Oui, la lumière, le coucher du soleil, et les îles au loin posées sur l'eau. A les voir si souvent elle ne les voit plus. Il met sa main sur ses reins. Ils regardent ensemble. Elle se reproche son manque de romantisme. Elle se trouve bête, elle tente de se rattraper. Elle pense : *c'est beau…*

On pourrait probablement trouver d'autres mots, faire le poète. Camel est songeur, il cherche peut-être lui aussi la bonne formule. Stéphanie fait ce qu'elle peut. Elle se dit que le mieux est encore de se taire. Elle n'ajoute rien, glisse seulement sa main sous la chemise de Camel, si élégant ce soir dans son écrin de lin blanc qui fait ressortir sa couleur caramel.

C'est leur premier rendez-vous, et c'est lui qui l'a invitée à ce concert au Fort Saint Jean. Le jazz, elle en raffole pas, mais elle serait même venue dans un musée d'art contemporain s'il l'avait décidé. Pourtant, elle en a goûté, de l'art, avec ses parents. Jusqu'au dégoût. Et un musée par-ci, et une expo par-là. Souvent des trucs bizarres, où elle pigeait que dalle. Elle a pris l'habitude de penser qu'elle ne comprenait rien. Son père, maladroit, a confirmé, vexé de ne pas pouvoir partager son savoir débordant. C'est pas malin, mais c'est ainsi.

Y a déjà beaucoup de monde sur les gradins. Ils s'assoient par terre. L'air est d'une douceur enchanteresse. C'est ce que pense écrire Camel, et tant pis si c'est un cliché. C'est un cliché décasyllabe en tout cas.

Ça ressemble au paradis, il se dit, avant même que le concert commence. Il remarque que l'assistance n'est pas très métissée. Mais il est fier d'être là. Il est fier de sa ville. Il rêve d'avenir pendant que les musiciens accordent leurs instruments. C'est un peu flou mais il se verrait bien en bâtisseur, en organisateur, en réformateur. Passe ton BAC d'abord, Camel. On en reparle après.

Le soleil est couché. Sur le mur derrière la scène on voit les ombres des instruments et les silhouettes des musiciens, découpées en couleurs par les projecteurs. Le pianiste placide démarre avec le contrebassiste excité et d'emblée on est fixés. Scotchés. Stéphanie qui croyait ne rien comprendre, ça lui paraît évident. Le saxo prend la suite, en solo puis en duo avec la clarinette, puis en trio avec le piano, puis tous ensemble. Une élégante partouze sonore. Le batteur, belle gueule d'américain, assure comme un fou. C'est langoureux et puissant, lent et tonique.

Stéphanie est sous le charme, et pas seulement le charme de Camel. Elle se laisse porter par l'harmonie générale. On pourrait rester là pour toujours, ce serait peut-être assez. Il est assis derrière elle, il a passé ses bras autour de son cou sur ses épaules nues. Elle a quitté ses tongs brésiliens et ses pieds nus caressent la pierre dorée. Camel regarde furtivement ses ongles vernis en rouge.

Demain, elle le quitte. Elle n'a pas le choix.

11.

En ce temps là, la ville se prenait pour une autre, se la jouait capitale de la Méditerranée, culturelle et festive. Ça bougeait, ça se mouvait, c'était *la movida*. On le disait. On l'écrivait. C'était très surfait, bien sûr, mais pas totalement faux. On pensait qu'enfin c'était parti, que la ville allait finir par montrer de quoi elle était capable, et des artistes osaient faire une exposition proclamant : *le monument de Marseille, c'est son peuple*. On trouvait ça vachement bien. On y croyait.

On allait danser dans les Docks le long du port, monuments maritimes réhabilités en salles de concert. On se bougeait les fesses en buvant des bières. C'était bondé. On se demandait : *et toi, tu as réussi à avoir des places gratuites ?* Mary, elle avait eu des places gratuites. Elle a proposé à Myriam de l'accompagner.

Ça faisait quelques mois qu'elles se connaissaient. Le hasard fait parfois bien les choses. L'amphi était immense, Myriam n'avait pas cherché un voisin ou une voisine. C'était Mary qui était là. Très vite elles avaient ri ensemble des mêmes choses, se moquant gentiment de ce prof vraiment old school avec sa cravate et sa veste à carreaux qui leur parlait de romantisme, ou de cette fille, deux rangées devant, qui avait une fée clochette tatouée dans le cou. Un tatouage, c'était ridicule.

Elles ont poursuivi le bavardage initial à la machine à café. La semaine d'après on se cherche dans l'amphi, on se fait la bise, et puis on se retrouve à la cafêt. Une histoire d'amitié, ça ressemble à une histoire d'amour : il n'y a qu'un lit de différence. C'est pas moi qui le dis, c'est un moraliste.

Mary était déjà ce petit oiseau sautillant qu'elle est encore vingt ans plus tard. La copine idéale, toujours joyeuse, jamais chiante. Et comme elle ne semblait pas trop branchée sur les mecs, en tout cas devant Myriam, elle restait attentive et disponible. Elle ne serait pas d'un grand secours pour les études, moyennement passionnée par la littérature. Elle comptait préparer les Beaux-Arts. Elle était là en attendant. Myriam, elle, était déjà en mode compétition, programmée pour l'agrégation dès la première année de fac. Mary est vite devenue sa bouffée d'oxygène, l'organisatrice de petits moments pétillants où Myriam acceptait de lâcher un peu ses bouquins.

Elle n'avait pas oublié Yannick (qu'elle préférait appeler Yann), le prof charismatique à l'origine de sa vocation. Non qu'elle cherchât (un imparfait du subjonctif de temps en temps, ça peut pas faire de mal) à le revoir ou à le détourner de sa ligne de vie, mais elle en avait fait une sorte d'idole intouchable, statufié à jamais, un dieu frisé sur une estrade de marbre, un Apollon à sa façon, au nom duquel elle avait entrepris cette quête du Graal professoral. Espérait-elle ensuite retourner vers lui en lui faisant offrande de sa réussite et lui dire : *regarde, je suis comme toi maintenant. Accepte enfin mon corps !* Il est peut-être exagéré de le penser, mais le fait est là : étrangement, elle n'avait plus posé la main sur la cuisse d'un homme. Ni ailleurs.

En classe de Terminale, il n'y avait presque que des filles, et les quelques garçons elle les avait trouvés trop jeunes, trop bêtes, trop rustres. On pouvait attendre. Il lui suffisait, le soir dans son lit, de penser à Yann en solitaire, main baladeuse sur son corps de vierge. Ou de lui faire parfois quelques infidélités fantasmatiques après avoir reluqué un beau mâle dans les couloirs de la fac ou dans le train qui la ramenait chez elle, surtout s'ils lisaient les mêmes romans qu'elle, assis sur la pelouse rachitique d'un campus qui n'avait rien d'américain.

Elle crut même tomber assez rapidement amoureuse d'un de ses profs (on ne se refait pas) du genre chemise ouverte, visage au couteau et physiquement rimbaldien, voix grave et suave (un peu la même que Yann), qui leur parlait de poésie contemporaine. Elle n'était pas la seule, a priori, à lorgner le bellâtre intello. La liste des prétendantes devait être longue. Elle le vit un jour dans une voiture avec une autre étudiante. Ce fut radical. Le soir même dans son plumard, exit l'universitaire, back to mon Yann chéri, inaltérable souvenir, l'homme parfait, toujours fidèle par son absence.

Mary ne lui posait jamais de question sur sa vie sentimentale. Et réciproquement. Elles avaient un peu tacitement convenu, sans vraiment le formuler comme un pacte, d'éviter d'en parler, par crainte d'y trouver motifs de comparaisons inutiles qui risquaient de les éloigner. L'amour est parfois l'ennemi de l'amitié. C'est moi qui le dis, mais je ne suis pas moraliste.

De toute façon, il n'y avait pas de mec en vue dans la vie de Mary. Myriam voyait bien pourtant qu'elle se faisait dragouiller au café en face la fac ou quand elle se posait dans les grands escaliers du hall d'entrée. Mary préférait les artistes de toute façon. Les vrais. Elle aurait de quoi se mettre sous la main quand elle serait aux Beaux-Arts. En attendant, elle flirtait (c'est un mot qu'on utilisait encore à cette époque). Rien de plus ?

Discrétion totale en tout cas. Et si Mary probablement, n'était pas chaste comme sa copine, elle faisait en sorte de cloisonner ses activités et de pas ennuyer Myriam avec des histoires de cul qui, de toute façon, restaient très éphémères.

C'est donc tout naturellement que Mary, qui avait eu des places gratuites par l'un de ses furtifs amants, invita sa copine Myriam.

_ Tu viens au concert des Docks samedi pour la fête de la musique ?
_ C'est qui ?
_ C'est Massalia Band.

12.

Elle part. Dans le hall de l'aéroport, elle fait déjà la gueule. Pas encore dans l'avion qu'il lui manque déjà. En plus son abruti de petit frère commence à lui taper sur les nerfs. Con comme peut l'être un ado de 14 ans, c'est à dire très. Et prétentieux. Arrogant.

Elle préfère ne rien entendre. Casque sur les oreilles, elle attend que ses parents viennent la chercher pour embarquer. Ils seraient bien étonnés de savoir que leur fille écoute du jazz.

Ils sont énervés, de toute façon. Ils se sont pas mal engueulés à propos des bagages la veille au soir. Ça laisse des traces. Dans ces cas là elle sait qu'il vaut mieux attendre la fin du conflit en se faisant oublier. Son couillon de frère, lui, on dirait qu'il le fait exprès : il les énerve encore plus. Il va partout dans le hall, comme un chien fou, et son père a peur de ne pas le trouver au moment de l'embarquement. Ça promet pour la suite, quand ils vont le lâcher dans les grands malls US à la recherche de sa marque préférée à des prix imbattables.

Elle part. Et il n'a pas répondu à son dernier texto. Il y a une éternité. Une heure au moins. Il l'a peut-être déjà oubliée. Et en plus ce doit être le seul mec au monde, le seul parmi des milliards, qui n'est pas tanké sur Facebook tout le temps. C'est insupportable. *T'es où Camel ? Tu fais quoi ? Tu es avec qui ?* Trois rencontres et elle serait déjà jalouse ? C'est curieux comme l'amour nous transforme vite en propriétaires sourcilleux. Stéphanie a passé moins de 24 h avec ce gars et voilà déjà qu'elle ne supporterait pas de le voir sourire à une autre nénette.

Ça y est. Son frère est revenu s'asseoir près du Gate 42. L'heure du décollage approche. Réponds Camel, réponds ! *Les passagers pour le vol…*

_ Tu viens Stéphanie ?

Dans la petite file d'attente qui se constitue tout de suite après l'appel au micro, Stéphanie pianote encore sur son portable, musique dans les oreilles. Elle montre son passeport et son boarding pass, entre dans le tunnel d'accès. Ding deng dong. Alerte SMS. Il faudra qu'elle change cette sonnerie de cloches un peu ridicule. C'est lui !

Les Américains disent : I love you. Je préfère te le dire dans notre belle langue : je t'aime.

Stéphanie sourit. Camel, c'est pas le genre à écrire *JTM*. Elle sourit aussi à l'hôtesse qui lui dit bonjour à l'entrée de l'avion. Elle sourit à son père quand il vient s'asseoir sur la même rangée, de l'autre côté du couloir. Elle est contre le hublot. Elle regarde l'aile de l'avion. Elle regarde le ciel bleu. Elle regarde les derniers passagers qui s'installent. Elle regarde son petit frère qui se lève déjà parce qu'il a oublié de prendre quelque chose dans son sac qui est dans le coffre à bagages. Elle sourit à tout le monde. Béate. Parmi tous leurs mots échangés, ceux-là sont encore neufs. C'est une première. Sa première déclaration. Elle attend pour répondre. Doit-elle répondre d'ailleurs ? Et puis on n'a pas le droit en avion. Il attendra. A son tour. Et puis non, elle n'arrive pas à le faire souffrir. Vite, l'avion roule déjà vers la piste de décollage.

Ceintures attachées, tablettes et sièges relevés. Vite, vite, Stéphanie, envoie-lui un mot ! Elle n'est pas très douée en anglais. Son père aimerait bien que ce voyage l'aide à progresser. Vite, deux mots… Elle écrit sur son écran tactile : *Me too.*

13.

La salle est enfumée, les odeurs sont diverses. C'est déjà bondé. Elle n'aime pas ça, elle se force à sourire en se frayant un chemin jusqu'au comptoir. Elle ne va pas faire sa mijaurée. Elle a mis une petite robe blanche, virginale, à bretelles. Pas de talons, elle ne supporte pas. Mary lui ouvre la route.

_ Tiens, salut, tu es là toi aussi ?

Myriam ne voit pas tout de suite à qui Mary vient de parler. Il est accoudé au comptoir, il attend sa bière probablement.

_ Myriam, je te présente Djamel.

Premier regard. Est-elle foudroyée, comme le voudrait la littérature amoureuse ? Touchée en tout cas. Une première flèche, qu'elle sent à peine. Il est grand, fin, et ses yeux clairs étonnent avec sa peau sombre. Des cheveux très bruns tirés en arrière et attachés en queue de cheval avec un foulard colorée. Version trentenaire de charme. Comme Yann, ou à peu près.

_ Djamel, ma copine Myriam.

_ Bonjour.

En bisant ses deux joues il met sa main sur son épaule nue et ce contact inattendu la fait frissonner. Elle a déjà perçu la douceur de sa peau. Deuxième flèche, qui touche au corps.

Il demande :

_ Qu'est-ce que vous voulez boire ?

Elle n'ose pas dire un diabolo menthe.

_ Un verre de rosé, c'est possible ?

_ Tout est possible, dit-il en la regardant fixement, souriant de toute sa grande bouche et ses lèvres charnues. Troisième flèche. Déjà du désir.

Ils restent un moment au comptoir. Mary fait les présentations. Djamel est musicien. Guitariste. Il connaît bien les gars de Massalia Band. Sa voix est grave et douce. Quatrième flèche. Mais pourquoi faut-il donc que Cupidon n'en fasse qu'à sa tête ?

Myriam n'était pas préparée aux coups du petit archer mais en même temps ses exercices en solitaire devenaient répétitifs. La figure du beau Yann s'estompait sérieusement. C'était une autre époque. Facebook n'existait pas. Faute de photo elle ne pouvait pas retrouver son image à tout moment. Et puis le corps a ses raisons que le cœur ne connaît pas.

Ils ont ensuite suivi le mouvement vers la salle de concert. Djamel était venu seul. Probablement il ne comptait pas le rester. La foule était agglutinée au pied de la scène. Mary était toute excitée, sautait déjà sur place comme un cabri. Un cabri qui avait déjà bu trois mojitos. Myriam avait osé deux verres de rosé.

Les Massalia sont arrivés. Bronca. Sifflets et déjà des briquets. C'était une autre époque je vous dis : pas de téléphone levé en l'air, pas de petits écrans tenus à bout de bras. Juste des briquets dans l'obscurité. Myriam est stupéfaite du volume sonore. Dans son dos, Djamel vient de se mettre à fumer, et ce n'est pas du tabac.

_ Tu en veux ?

Elle n'a pas le courage de refuser. Elle est déjà un peu vacillante, voit les projecteurs tourner là haut par-dessus sa tête. Vingt minutes plus tard il met ses mains sur ses hanches. Elle ne dit rien, fait comme si rien ne se passait, sauf que quelque chose se passe.

Elle ferme les yeux, elle bouge, elle chaloupe. Elle est une petite barque qui tangue. Elle sent les deux mains qui lui tiennent le corps solidement et ils voguent en cadence sur les flots de musique. Il s'approche peu à peu et bientôt ils sont collés-serrés. Leurs mains réunies sur son ventre. Ça tombe bien, le Massalia Band joue un morceau caliente. Djamel pose sa bouche dans le cou de Myriam.

Cinquième flèche. Droit au but. Transperçante. Myriam se retourne d'un coup et l'embrasse à bouche que veux-tu. Ils se séparent pour danser le reggae, un reggae marseillais, la spécialité du Massalia. Tout le monde transpire. Mais toutes les transpirations ne se mélangent pas comme celles de Myriam et Djamel. Mary est devant. Elle n'a rien vu. Ou peut-être fait semblant de rien voir.

Après une ultime reprise de leur chanson fétiche, le Massalia Band ne revient plus sur scène. Les briquets s'éteignent. La lumière revient. On essaie tant bien que mal de ne pas se faire écraser en sortant. Mary les a retrouvés. Elle se doute de quelque chose. Elle connaît Djamel. Et puis un certain type de sourire nouveau flotte sur les lèvres de Myriam. Elle ne demande rien. Djamel leur dit :

_ Je vous ramène si vous voulez. Ce sera plus simple pour vous que le métro non ? Je suis garé pas loin.

Elles acceptent, of course.

_ Je te pose où, Mary ?

_ Tu peux aller jusque chez moi ?

_ Je suis pas pressé.

Ils traversent la ville, longent toute la corniche. Il y a encore, même en pleine nuit, des coureurs à pied. Pas mal de types bourrés aussi, qui viennent cuver leur vinasse sur la petite plage en contrebas du Roucas Blanc : *la plage du prophète.*

Les parents de Mary vivent dans une maison perchée après la Pointe Rouge. Il y a du trafic. Les voitures sont garées n'importe comment. On entend la musique dans les bars et les pubs. La nuit continue de battre à son rythme festif.

Ils arrivent chez Mary et la laissent devant un portail derrière lequel un chien aboie.

_ C'est Géo. Il est un peu fou. Ciao !

Djamel n'a même pas demandé à Myriam où elle habitait. Silence dans la voiture. Retour sur la corniche. Djamel accélère.

_ Tu viens chez moi ?

D'abord elle ne dit rien. Elle est encore assez vaseuse, mais elle a compris évidemment.

_ Si tu veux.

Elle ajoute un peu après :

_ Il faudrait que je donne un coup de téléphone. Tu peux t'arrêter à une cabine ?

Il s'arrête cinq minutes plus tard. Elle sort sa carte téléphonique, la glisse dans la fente. Faut comprendre, c'est une autre époque.

_ Allo, maman ? T'inquiète pas, je dors pas à la maison ce soir. Je reste chez Mary.

Elle raccroche.

En remontant dans la voiture, elle embrasse ce garçon qui veut faire l'amour avec elle. Elle n'ose pas lui dire que ce sera sa première fois.

14.

A San Francisco, ils sont cueillis à froid par le fog. Pas de quoi les empêcher de prendre le cable car. Le lendemain ça va mieux et ils peuvent traverser le Golden Gate en vélo. Le frangin fait le mariole. Il a failli plusieurs fois se casser la figure.

_ Arrête de faire le con, Alban !

Peine perdue. Stéphanie ne comprend pas pourquoi ses parents veulent à tout prix trouver une *maison bleue*. C'est dans une vieille chanson française d'après ce qu'elle a compris, un truc qui leur rappelle des souvenirs. C'est dingue comme ils sont vite nostalgiques les adultes ! Elle se demande si elle aura le temps d'être nostalgique elle aussi. Si elle va devenir adulte comme eux, ou si elle va mourir avant. Non, il faudra simplement ne pas vieillir. Elle verra ça plus tard.

Pour le moment, elle cherche déjà ce qu'elle va ramener à Camel. Grande préoccupation. Il va falloir jouer fin. Faire croire que c'est pour Jérôme par exemple. Elle n'a pas de budget. Il va falloir ruser. Elle a déjà repéré quelques beaux sweat-shirts siglé des prestigieuses universités du coin : Stanford, Berkeley. Ou celui des Giants, le club de baseball. Elle va prendre le temps. En attendant elle attend surtout le wifi de l'hôtel pour retourner sur Facebook et sa messagerie. Elle est de bonne humeur.

Dans les parcs nationaux, Alban continue de râler. C'est encore loin ? Il préférait la ville et ses immenses galeries marchandes. Et la Vallée de la Mort, c'est débile de venir là ! Heureusement ils font une belle étape à Las Vegas. Jackpot pour l'ado à boutons. Tout lui plaît. Ça le calme un bon moment.

Quelques jours plus tard Stéphanie fait un selfie coucher de soleil à Monument Valley. Le soir elle l'envoie à Camel. Un coup d'hélico au Grand Canyon, un tour de bateau sur le lac Powell, quelques bons hamburgers, des bijoux achetés aux indiens navajo, des arrêts dans les boutiques sur la route 66, et la famille parvient à traverser l'ouest américain sans plus d'embrouilles. Stéphanie pacifie l'ambiance au bord du Pacifique, elle fait la sirène à Malibu et entraine tout le monde dans l'eau à Santa Barbara. C'est là, finalement, qu'elle achète un premier tee-shirt pour son amoureux.

_ C'est pour Jérôme, papa.

Il faudra qu'elle trouve un autre mensonge pour le sweat qu'elle a repéré à San-Francisco.

Le soir, via le wi-fi de l'hôtel, elle demande à Camel ce que font ses parents. Ça vient comme ça, dans la conversation. Peut-être parce qu'elle voudrait lui faire plaisir, pouvoir lui dire que *ah super c'est vachement intéressant.* C'est ce qu'on dit en général quand elle parle de son père architecte, et qu'elle cite les noms des magasins du centre ville qu'il a relookés.

Pas de réponse. Il parle d'autre chose. Elle n'insiste pas. Elle aimerait faire un skype mais elle n'est pas seule dans la chambre. Alban la surveille. Elle se demande aussi si Camel voyage, où il est déjà parti. Ils ont eu finalement si peu de temps pour parler de tout ça. On pourrait le lui dire, mais ce serait de la triche. Elle imagine vaguement que Camel n'est pas *du même milieu*, mais elle ne se doute pas, la petite Stéphanie de la rue Paradis, que ce voyage à quatre coûte presque un an du salaire de sa mère.

Camel est allé à Londres et à Rome quand il était au collège. Le collège Rimbaud. Ce sont les seules frontières qu'il a franchies. Une semaine chaque fois. Il est le meilleur en anglais dans sa classe, et très bon en italien. On se demande pour quoi il n'est pas doué. Pour l'amour peut-être ? Ça non plus il ne faudrait surtout pas le dire à Stéphanie qui s'endort paisiblement dans un motel de Californie.

15.

Elle est folle de lui. Elle ne peut plus s'en passer. Après le concert du 21 juin, un été caniculaire s'est installé durablement. Myriam avait vaguement prévu de partir en Islande ou en Irlande, sac au dos, en randonnée. Seule. Elle n'avait plus du tout envie bien que tout le monde cherchât la fraîcheur (encore un imparfait du subjonctif ! Diantre, quelle folie !). Quelle idée, se disait-elle, d'aller sous la pluie et dans le froid quand la chaleur ici vous enveloppe et tant pis si parfois c'est trop : la mer est là, toujours fidèle. Elle prend plaisir à se baigner, à se faire bronzer.

Elle se souvient quand ses parents avaient dû lui raconter l'histoire d'une pub célèbre où un mannequin en bikini sur des affiches grand format annonçait dans toutes les villes de France qu'elle allait *enlever le haut*, puis deux jours après *enlever le bas*. Promesses tenues par un annonceur qui ainsi entrait dans l'histoire souvent putassière de la publicité visuelle. Ses parents avaient bien sûr détesté cette pub : la fille sur la photo s'appelait… *Myriam*. Et toute la France le savait. Ce prénom désormais était associé à cette image. Dans la cour de récré de l'école, on ne l'avait pas embêtée avec ça. Elle n'était qu'une enfant. Mais au collège, certains avaient su lui rappeler qu'elle pourrait peut-être elle aussi, puisqu'elle s'appelait Myriam, *montrer ses lolos*. Certains parents bienveillants avaient dû raconter l'histoire à leur progéniture en apprenant qu'une Myriam était dans la même classe que leur adorable gamin.

Myriam a grandi. La sage jeune fille, qui aime la poésie et les romans, la bonne élève amoureuse de ses profs, celle qui n'a jamais imaginé poser pour un photographe et porte de confortables soutien-gorge, n'hésite plus à lever le haut sur la plage, et le soir venu, pour Djamel, elle lève le bas. Il la prend en photos. Mais pas seulement.

Elle est pour ainsi dire installée chez lui. Elle déménage progressivement au fil de ses visites. Il ne semble pas y voir d'inconvénient, lui le célibataire dragueur.

Les parents de Myriam s'inquiètent. Ils ont vite compris que c'était *un arabe*. Un prénom suffit. Tension. Myriam passe en force. C'est à prendre ou à laisser. Ils préfèrent se taire. Myriam passe les voir de temps en temps. A tort ou à raison ils souffrent, en silence.

Pour Myriam et Djamel, l'été file au rythme des nouveautés quotidiennes dans la façon de baiser. Elle veut tout faire. Elle ne savait rien, il lui apprend tout. Elle est très douée. Il est ébahi par cette fille de 19 ans, par la souplesse de son corps, par sa manière de jouir en secouant la tête. Une intello ardente. Il la trouve parfois exaltée, hystérique. Elle lui parle beaucoup en faisant l'amour, aime dire des mots crus. Elle crie. Les voisins les entendent. Les cloisons, ici, ne sont pas épaisses.

Ils ont pris l'habitude de fumer des joints ensemble. Myriam trouve ça cool et de toute façon à la fac tout le monde le fait.

Elle s'est vite adaptée à la vie de la cité en barres et en tours. Elle trouve les gens sympathiques. Elle dit bonjour à tout le monde. Elle est fascinée par la diversité de la population. Le bruit ne la dérange pas. Elle a un sommeil de plomb, surtout après l'amour. Les jeunes la reluquent mais s'abstiennent de tout commentaire. Elle a un sésame : *c'est la copine de Djamel.*

Ils prennent le bus pour aller se baigner au Vallon des Auffes. Ils se posent sur les rochers de la digue. Ils ont leur coin préféré, un rocher plus plat que les autres, une dalle où on peut s'allonger à deux. Ils râlent quand d'autres sont là avant eux. Elle se moque de Djamel, piètre nageur, qui refuse de la suivre vers le large. Myriam regarde les îles en rêvant parce que les îles font toujours rêver, sans que l'on sache vraiment de quoi. Celles-ci, pourtant, sont toutes proches. Ils iront un de ces jours. Elle y est allée avec ses parents, quand elle était pitchoune. Il faudra qu'elle leur téléphone, tout de même, surtout à sa mère.

D'autres fois ils vont à *la plage du prophète*. Myriam prépare un pique-nique. Djamel ne boit pas d'alcool. En tout cas pas devant elle. Myriam amène tout de même une bouteille de rosé et un verre à pied. Elle se sert toute seule. Il prend toujours sa guitare, même s'il ne joue pas à chaque fois.

Parfois ils restent dans le bus jusqu'aux plages du Prado. Ils se baignent moins, s'embrassent plus, allongés à l'ombre d'un bosquet sur la pelouse. De retour vers l'arrêt de bus, à pied, ils passent près d'une drôle de sculpture. Myriam apprend à Djamel que c'est un monument dédié à Rimbaud, le poète nordiste qui est venu s'échouer dans cette ville du sud pour y mourir de retour d'Afrique.

_ On l'appelle *Le bateau ivre* en souvenir de son poème le plus célèbre. Et tu vois, c'est un rocher en forme de navire qui rappelle son séjour au Hoggar, en Algérie ! Tu devrais le savoir !

Elle lui montre la plaque de marbre, la strophe gravée qui s'achève par : E*t j'ai vu quelquefois ce que l'homme a cru voir.* Il ne comprend pas bien. Il s'en fout un peu. C'est elle la littéraire. Lui, c'est juste un musicien. Il l'embrasse pour la féliciter de sa culture et lui glisse à l'oreille :

_ Je préfère ton petit cul…

Le retour est long. Il faut prendre plusieurs bus. Ils ne sont pas pressés.

Mais le plus près et le plus simple c'est l'Estaque, la plage des Corbières. Ils y vont souvent en fin d'après-midi. Ils mangent des chichis, comme des touristes. Quelquefois des copains de la cité organisent un barbecue sur les terrasses au-dessus de la plage. Djamel joue de la guitare. Tout le monde se tait quand il chante. Elle est fière de lui. Elle le trouve de plus en plus beau.

Djamel a des projets mais l'été se passe et elle ne le voit à l'œuvre qu'une fois dans un café salle de concert du centre ville où la chaleur est étouffante. Il pratique beaucoup, il s'entraîne, au sommet de cette tour où ils habitent. Les voisins ne se plaignent pas. Ici il y a bien pire qu'un guitariste. Quand il sort le soir pour répéter avec son groupe elle n'a pas le droit de venir. Elle n'insiste pas. Elle lui dit :

_ A tout à l'heure mon chéri.

Elle a pris l'habitude de l'attendre allongée sur le tapis du salon, calée sur des coussins face à la mer qui occupe tout le cadre de la grande fenêtre ouverte. Elle ne s'habitue pas à la beauté des couchers de soleil, incorrigible romantique. Elle a chaud. Souvent elle se caresse. Elle lit de nouveaux types de romans, érotiques ou fantastiques. Bovary s'est mise à la page, au 15ème étage. Le sexe est entré dans sa vie comme une tempête

La petite barque est un bateau ivre.

16.

Drôle d'endroit pour des retrouvailles. Il lui a expliqué au téléphone :

_ C'est pas compliqué, tu sais, c'est le truc en forme de rocher sur la plage du Prado.

Oui, elle a déjà vu *ce truc* sur une butte au milieu des pelouses qui, à cet endroit, bordent la mer et ses plages de gravier. Elle ne savait pas que c'était une sculpture, un monument. Pour un poète.

_ Près de l'endroit où les gamins jouent au foot !

Oui, oui, elle a compris. Le rendez-vous est pris, il faudra encore qu'elle demande à Sabrina d'être son alibi. Elle est gentille sa cousine, mais ça pourra pas durer éternellement.

Impossible de parler de Camel à ses parents pour le moment. Elle a des doutes sur leur capacité de compréhension avec un nom pareil et sa peau de métis, même si elle sait bien que ce sont de sympathiques bobos à l'esprit très ouverts, de gauche bien entendu. En théorie ce devrait être simple, mais Stéphanie sait bien qu'on ne vit pas en théorie. Son frère et elle poursuivent laborieusement leur cursus scolaire dans des écoles privées alors que, en théorie aussi, ses parents défendent le service public. Ils habitent dans un quartier très chic alors que, en théorie, ils ne cessent de dénoncer les inégalités sociales. Elle ne va pas prendre le risque. Surtout pas maintenant. Et puis, après tout, ce n'est qu'un copain. Il ne s'est rien passé entre eux. Pas de lit, alors ce n'est que de l'amitié n'est-ce pas ? Sans rien dévoiler elle a tout de même demandé à son père :

_ Pa, qu'est-ce qu'il a écrit Rimbaud ?

_ Comment, tu connais pas Rimbaud ?

_ Si si. Mais c'est pour savoir ce que tu préfères.

Son père est agréablement surpris.

_ Tu t'intéresses à Rimbaud ?

Stéphanie s'emberlificote un peu dans des explications vaseuses. Elle aurait dû aller tout de suite sur internet. Couillonne.

_ Non, c'est une copine, sur Facebook.

_ Elle a mis un poème ? Lequel ? Fais-moi voir !

Ça y est. Elle aurait dû se taire. On devrait toujours se taire. Il faut se sortir de là. Elle joue la carte de la vie privée, du secret d'ado, intouchable.

_ Non, c'est intime !

Son père n'insiste pas. Il se dit que c'est déjà pas mal qu'elle lui parle de Rimbaud. Elle finira bien par y arriver sa fifille chérie. Il la regarde avec tendresse en se disant que l'immersion culturelle finit toujours par déteindre sur les enfants. Tous ses efforts sont validés. Ce n'est pas en vain qu'on se décarcasse. Stéphanie n'a jamais été rétive, il lui faut juste un peu plus de temps. Et tant pis si elle passe un bac technologique.

Cette année en 1ère, elle va en découvrir plein d'autres, des poètes et des écrivains. Il espère que son prof sera à la hauteur. On ne les paye pas pour rien foutre ces privilégiés qui sont toujours en vacances !

Mathieu Aubanel reprend sa lecture sur sa tablette. Il lit un roman de Houellebecq. Un roman d'anticipation qui envisage la prise du pouvoir en France par un parti islamique. Il lit ça en cachette de ses amis. C'est pas bien vu dans *son milieu*. Il ne se doute pas que sa mignonne fifille, si attendrissante, découvre Rimbaud grâce à un garçon bronzé qui s'appelle Camel, autrement dit : *un arabe*. Donc, sûrement : *un musulman*.

17.

Quand elle arrive près du monument érigé en souvenir du poète mort dans cette ville, essoufflée, elle repousse les bras de Camel. Il est surpris.
_ Attends, attends.
Ils vont s'assoir sur un petit banc posté au sommet de la butte. Elle se lance :

Par les soirs bleus d'été, j'irai dans les sentiers
Picoté par les blés, fouler l'herbe menue
Rêveur, j'en sentirai la fraîcheur à mes pieds
Je laisserai le vent baigner ma tête nue

Je ne parlerai pas, je ne penserai rien
Mais l'amour infini me montera dans l'âme,
Et j'irai loin, bien loin, comme un bohémien,
Par la nature, heureux comme avec une femme.

Oufa ! Elle ne s'est pas trompée. C'est le plus court qu'elle a trouvé. Elle n'a eu qu'une soirée pour l'apprendre. Ou plutôt une nuit. Elle avait tellement le trac ! Une fois qu'elle a dit le dernier mot, elle se relâche. Camel a bien vu son effort pour réciter sans erreur. Il est ébloui de cette entrée en matière. Il ne dit rien, prend lentement son visage dans ses mains, pose un baiser léger, puis referme ses bras sur Stéphanie qui paraît à ce moment là si fragile, du cristal blond, du verre prêt à se casser.

_ Tu connais bien Rimbaud ?

Elle ne va tout de même pas lui réciter Wikipédia. Elle la joue modeste.

_ Un peu.

_ Ça ne m'étonne pas.

Il lui prend la main.

_ Viens !

Ils se mettent à courir. Elle a un peu mal aux pieds dans ses baskets neuves, des Converse achetées à Carmel, sur la côte Pacifique. Ils s'arrêtent au bord de l'eau. Les jours diminuent déjà. C'est un soir de pleine lune et ils ne l'ont pas fait exprès. La mer est calme. Leurs cœurs battent fort, surtout celui de Camel qui parfois s'agite un peu trop. Ils s'embrassent, ils sont dans une carte postale, sauf qu'on n'envoie plus de cartes postales. Ils ont le bon goût de ne pas faire de selfie. Ce serait ridicule, et compromettant. Le moment leur suffit, pas besoin d'image. Elle lui offre ses cadeaux made in USA. Essayage sur la plage. Camel défile sur fond de crépuscule. Il garde sur lui le tee-shirt prune *Santa Barbara West Coast*. Le sweat *Giants baseball* il le garde pour cet automne. Il lui dit qu'il l'invite au restaurant. Surprise.

_ Tu es fou !

Elle imaginait peut-être autre chose. Elle s'était plus ou moins préparée mentalement. Ce serait ce soir, sans vraiment savoir où ni comment. Elle ne sait pas si elle a peur. Camel est si doux, que peut-il lui arriver ?

Il a réservé une table sur la terrasse. Vue sur la mer. David n'est pas loin. Sa statue tourne le dos à la mer. Il pense à son cousin de Florence qui voit défiler à ses grands pieds des milliers de touristes. Lui il est cerné de voitures. Il sert de rond point. Triste destin.

Stéphanie hésite : viande ou poisson ? Camel préfère les pâtes aux palourdes. Alors Stéphanie dit :

_ Moi aussi.

Quand le serveur est reparti, Camel rappelle leur connivence : *me too...* Baiser par dessus la table, pieds mêlés dessous.

Ils ont commandé sagement deux verres de vin, un Cassis blanc, domaine de Fontcreuse. Ils font un peu jeune couple, comme s'ils célébraient un anniversaire. Camel aime les pâtes, et ça se voit. Stéphanie mange plus lentement. Elle fait durer le plaisir. Préliminaire ? Elle n'en sait rien. Oui, ils prendront des desserts. Stéphanie s'inquiète du prix. Il la rassure, en souriant :

_ Je te rappelle que moi j'ai travaillé pendant que tu étais en vacances chez les Amerloques.

Elle passe sa main sur sa joue. C'est un geste très tendre. Camel fond. Tarte citron meringuée pour lui, crème caramel pour elle. Non, pas de cafés. *L'addition s'il vous plaît.* Il sort des billets. Ça fait un peu gangster. Bonnie and Clyde qui viendraient de braquer une banque. Le garçon encaisse. *Merci. Bonne soirée.* Il ne leur dit tout de même pas monsieur dame. Camel explique à sa demoiselle :

_ On m'a payé au black.

Ils sortent. La lune est montée dans le ciel. Il lui dit :

_ Je te ramène.

Décidément, oui, elle s'attendait à autre chose. Elle ne dit rien.

Elle pourra encore, sur la Corniche, le tenir entre ses bras pendant qu'ils longent la mer, à nouveau pénétrer lentement dans le centre de la ville.

En passant devant la plage des Catalans elle ne peut s'empêcher de penser, malgré tout, que les préliminaires durent parfois un peu trop longtemps.

18.

Pour fêter leur dernier jour de vacances ils ont loué des matelas, avec parasols, sur terrasse en bois à dix mètres de l'eau. Grand genre. Cadeau de Sabrina. Elle a insisté. Le flap flap des tongs du plagiste a rythmé l'après-midi de farniente. Le beau jeune homme bronzé leur a apporté des verres et du rosé. C'est Jérôme qui a offert sa tournée. Ils se sont prélassés comme des vieux. Ils ont joué aux adultes, lunettes noires sur le nez, crème à bronzer sous la main. Le temps est passé, ou peut-être pas.

Sur la plage devant eux les vieilles habituées de Cassis, plus ou moins remodelées, s'interpellent en parlant fort pour bien montrer que c'est leur territoire. Des femmes plus jeunes lisent *Elle* allongées sur le dos. Des plus jeunes encore pianotent sur leur portable allongées sur le ventre. Sabrina lit une lettre :

Ma Stéphy,
Quoi qu'il arrive désormais, je garderai l'empreinte de ton corps comme un tatouage invisible intégral, je porterai sur moi le souvenir de tous nos moments comme

un piercing à l'âme. Et jamais je n'oublierai ce dimanche de la vie où le monde n'existait que pour nous, ce jour d'été parfait où je t'ai rencontré avec mes mains après t'avoir tellement caressée avec mes yeux, ce jour idyllique où nous avons roulé si lentement vers la ville dont le cœur ne battait que pour nous, pendant que le soleil faisait l'amour avec la mer, nous montrant comment les amants doivent faire.

C'était il y a un mois. Aujourd'hui, pour ce premier anniversaire, j'ai tenu à t'offrir cette page d'écriture. J'avais promis de t'écrire. Et moi, maintenant, je ne peux plus me passer de toi et je ne peux plus me passer de l'écriture.

Je t'aime, ma Stéphy, parce que tu es comme Marseille, frivole en apparence mais pleine de ressources, d'une insoutenable légèreté mais d'une vraie complexité.

Je veux continuer à t'aimer des pieds à la tête, et vivre avec toi dans cette ville de lumière. Et puis écrire, aussi, parce que l'écriture est un miracle. Comme la vie. Comme toi.

Camel.

_ Pourquoi elle pleure ? demande Jérôme qui revient des toilettes publiques, juste à côté.

_ Elle est trop émue.

_ Emue de quoi ?

_ C'est une lettre d'amour, imbécile ! Camel vient de la lui donner. Tiens, lis, ça te donnera peut-être des idées.

Il en faut plus que ça pour vexer Jérôme qui, toujours prévenant et pragmatique, s'inquiète du quatrième de la bande.

_ Il est où, Camel ?

_ Il est allé nager jusqu'à la deuxième bouée.

Sabrina a tendu le papier à Jérôme. Stéphanie essuie ses yeux avec le coin de sa maxi-serviette. Sabrina rêve et se dit que qu'une vraie lettre, c'est tout de même vachement mieux qu'un SMS.

Jérôme se demande comment on peut arriver à écrire des trucs pareils. Pour lire, il a gardé ses lunettes de soleil. Mais Camel, de toute façon, c'est déjà son meilleur copain.

L'air est plus tendre que jamais. Le ciel vire au rose sans rien dire. Mais là-bas, Camel a un malaise. On peut être un mec d'élite et avoir un cœur fragile. Camel va se noyer.

Personne ne le sait encore. A part nous. A-t-on le droit de faire ça à Stéphanie ? Et si on le sauvait ?

Quand Jérôme a fini de lire la lettre, il dit aux filles :

_ Je vais rejoindre Camel.

Il prend le temps de poser ses lunettes dans son sac à dos, à côté des clés de la voiture. Mais tout de suite après, il court jusqu'à l'eau comme aimanté par il ne sait quel désir ou quelle nécessité. Il croyait pourtant avoir pris tout à l'heure son dernier bain de la journée. Aujourd'hui, il est le roi de l'onde. Comme dirait un mauvais poète.

Là-bas, Camel sent que son cœur lui échappe. Ici, Jérôme plonge dans les vagues et nage comme un champion. Il s'est entraîné tout l'été.

Camel est sauvé. *L'écriture fait des miracles.*

19.

_ Tu m'as sauvé la vie...

Camel mesure l'importance de ces mots. Ce n'est pas du cinéma. Ils ont encore les pieds dans l'eau. Ils ont dérivé de l'autre côté de la plage. Les filles n'ont rien vu, trop occupées à sécher les larmes.

Camel entoure Jérôme de ses bras, viril et tendre à la fois.

_ T'inquiète, dit Jérôme, c'est normal.

Camel ajoute tout de suite.

_ Ne dis rien à Stéphanie ni Sabrina. S'il te plaît.
_ C'est pas une honte non ?
_ Je sais, mais je préfère pas.
_ Comme tu veux.
_ Mais je n'oublierai jamais, Jérôme.
_ Tu me dois une vie, maintenant.

Camel sourit. Jérôme est un vrai pote, définitivement. A la vie à la mort. Frère de sang. C'est assez rare dans une existence. Et il a suffi d'un été, de quelques journées à la plage, d'un ballon de volley, et de deux cousines qui s'adorent.

Il n'a pas totalement réfléchi ni prémédité quoi que ce soit, mais il se trouve que c'est à ce moment là que Jérôme dit à ce type qu'il vient de sauver de la noyade :

_ Au fait, je t'ai pas dit : je suis juif.

Camel ne dit rien. Jérôme semble baisser la tête, fataliste. Il ajoute :

_ Ça te gêne pas ?
_ Parlons d'autre chose.
_ Tu n'es pas musulman ?
_ Parlons d'autre chose je te dis.

Jérôme ne sait pas comment il doit interpréter ce *parlons d'autre chose*. Il verra plus tard. Pour l'instant, ce sont deux copains que le destin vient de lier par un pacte éternel, ce sont deux beaux jeunes hommes que la vie a décidé de réunir. Peut-il y avoir quelque chose de plus sacré ? Peut-il y avoir quoi que ce soit qui désunisse cette amitié désormais reliée à ce souvenir essentiel ?

_ C'est grave ton cœur ?

_ Non, mais parfois il s'agite.

Jérôme sourit.

_ Moi aussi, surtout avec Sabrina.

_ Alors moi c'est peut-être à cause de Stéphanie.

_ Tu lui as écrit une belle lettre…

_ J'ai fait de mon mieux.

_ C'est drôlement bien tourné. Comment tu fais ?

_ J'essaie de dire ce qui m'agite justement.

_ Moi je serais incapable.

_ Je suis sûr que tu sais parler à Sabrina d'une autre manière ! Il n'y a pas que les mots !

_ Ah oui, c'est vrai. Là, je suis plus doué.

Ils rient. Ils s'étreignent à nouveau, à grandes claques dans le dos.

_ Allez, elles nous attendent. Tu sais, Steph a pleuré.

_ C'est vrai ?

_ Mais oui. Camel, tu iras loin mon pote ! Tu vas devenir un putain d'écrivain !

_ Je parlerai de toi dans mes romans !

_ J'espère bien. Le parfait amant, et le meilleur nageur de Marseille !

Ils rient encore, ivres d'être si vivants. Ils se mettent à courir sur le sable, au bord des vagues qui viennent lentement lécher le rivage. Le soleil décline. Leur vie est comme cette mer étale, comme ce ciel sans limites. Ils courent vers les filles. Ils courent vers l'amour. Ils ne savent pas que la ligne d'arrivée de cette course est toujours repoussée. Ou qu'on les force parfois à l'abandon. Est-il utile de le leur dire ?

20.

L'été s'étire, les touristes se tirent. On s'engueule dans les rayons fournitures scolaires des supermarchés. Mathieu Aubanel est bien content d'en avoir fini avec cette période où il fallait se battre contre les caprices de l'une et surtout de l'un. Un vrai petit con cet Alban. Il faut pas lui en vouloir : il est né au XXIe siècle. Stéphanie, elle, reflète la sagesse et la mesure du siècle passée.

Elle a pris le temps de chercher un agenda. Elle cherche quelque chose avec des citations poétiques. Elle en trouvera peut-être un avec le portrait de Rimbaud. Beau gosse sur l'unique photo qu'elle a vue sur internet. Mais moins bien que Camel tout de même.

Elle a juste acheté quelques paquets de feuilles pour ses classeurs. En 1ère ils font un peu comme ils veulent. Stéphanie est une élève sérieuse. De la bonne volonté. Des efforts. *Mérite de réussir.* Les appréciations sont souvent les mêmes. Elle a dû bifurquer de la voie générale. La pente était trop rude pour elle. Il fallait lui aplanir un peu les difficultés. C'est ce qu'on a dit. Les parents ont eu du mal à le digérer.

Camel a déjà un agenda. Un carnet où il a lui-même marqué chaque jour de l'année. Un carnet sur mesure, à exemplaire unique. Il garde pour chaque semaine une page vierge où il peut écrire ce qu'il veut. Il aimerait avoir une plus belle écriture. Il s'applique.

Il se demande si la philosophie va lui plaire. Sa mère lui a chanté les louanges de l'art de penser. Il a acheté *Philosophie Magazine* cet été. Il le lisait en pause quand il faisait de la manutention. Ses collègues de travail n'ont même pas songé à se moquer de lui. Ils étaient sur une autre planète, celle où les blagues de cul servent de dérivatif à toutes les frustrations d'un métier sans joie. L'humour est salvateur. Camel se sauvait par la pensée, fuyait dans le monde des idées, Platon égaré dans une caverne obscure où la vérité importe moins que l'efficacité.

Il se prépare à cette année capitale. Le BAC en point de mire. Et d'autres objectifs aussi. Il a ciblé *Sciences Po*. Il veut agir. Il a lu le dossier dans le numéro du mois d'août : *La politique est-elle encore nécessaire ?* Arguments, contre-arguments. Extraits de Machiavel, Hobbes, Voltaire, Hegel, Camus... *L'insociable sociabilité* de Kant, *l'Etat monstre froid* de Nietzsche. Il a tout lu. Il a conclu : *la politique est indispensable.* Et puis c'est décidé, il va lire tout Camus aussi. Est-ce parce que ce philosophe est né en Algérie ? Il va commencer par *Noces à Tipasa*. C'est sa mère qui l'a conseillé.

Sous le soleil de Marseille, ce samedi après-midi, il prend sa petite moto pour aller en centre ville. Dans son quartier, il y a longtemps qu'il n'y a plus de librairies. Plus de bibliothèques dans les appartements. Sauf dans le leur évidemment.

Il roule, toujours lentement, sur la rocade qui le ramène vers le sud de la cité. Il longe le port. Les bateaux de marchandise sont à quai. Pendant ce temps Stéphanie repasse du vernis sur ses ongles, Alban fume en cachette dans la chambre d'un copain, Sabrina les seins à l'air regarde une série sur son ordi, Jérôme en caleçon fait la sieste sur son canapé, Mathieu à moitié assoupi lit un livre sur Canaletto en buvant un Nespresso, sa femme Elise cherche une paire d'escarpins dans les boutiques des Terrasses du Port parmi les croisiéristes à terre pour quelques heures.

Myriam enfile sa blouse blanche pour commencer à travailler.

21.

Elle se demandait si elle avait vraiment envie de retourner à la fac. Elle pourrait peut-être plutôt se mettre à écrire. Devenir romancière. Faire des études pour devenir un petit prof débitant des analyses de textes à la chaîne devant des élèves amorphes qui ont banni les livres de leur univers : quelle drôle d'idée ! Elle va écrire une histoire d'amour. Son histoire avec Djamel. Après tout on lui a toujours dit qu'elle était douée. Un couple de légende. Elle changera les prénoms bien sûr. Le romancier a tous les pouvoirs. Elle construira le mythe d'un duo amoureux associé à cette ville, à l'image de cette ville. On viendra visiter les lieux qu'elle décrit. Marseille sera le Vérone de la Méditerranée. Ce sera bon pour le tourisme. Elle commence demain.

Mais toutes les grandes histoires d'amour sont tragiques. Que va-t-elle inventer pour celle-là ?

Il faudrait que ça finisse mal. La littérature n'est faite que d'amours impossibles ou contrariées. Elle le sait bien, elle a suivi un cours en 1ère année : *L'invention de l'amour en Occident.* Elle a lu Denis de Rougemont. Elle a lu *Tristan et Iseult.* Elle s'y connaît. Avec Djamel, c'est pas compliqué. Ça coule de source. Evidence et harmonie. Les couples heureux ont-ils une histoire ?

Ce ne sont pas les familles qui vont empêcher cet amour. Pas de *Roméo et Juliette.* Djamel ne parle jamais de ses parents. Elle a cru comprendre qu'ils ne sont plus en France. C'est un sujet qu'il évite. Les parents de Myriam ne veulent pas la contrarier. Une fille unique, c'est trop précieux. Ils attendent. Ils croient peut-être que ça va lui passer.

Au téléphone, sa mère insiste, des sanglots dans la voix. Viens nous voir. Elle consent. Elle les retrouve dans le petit appartement où elle a grandi. Il y a deux mois elle vivait encore là. Cela lui semble très loin, un temps rejeté dans un passé dont rien ne saillit. Un long fleuve tranquille.

Sa chambre lui semble celle d'une enfant. Au mur, un poster de Rimbaud, la fameuse photo prise par Carjat. Sur le lit, son ours Teddy qu'elle a du mal à trouver ridicule mais dont la présence la gêne.

Ils boivent le café. Son père ne dit rien. Il a les lèvres pincées. Il se retient, c'est évident. Consigne maternelle probablement. Eviter le scandale, éviter la rupture. Sa mère entame la négociation : qu'elle accepte au moins de continuer ses études et ils ne demandent rien d'autre. Elle se braque : pourquoi auraient-ils à demander quelque chose ? Qu'elle le quitte ? Jamais. Elle s'emporte comme elle ne l'a jamais fait avec eux.

Elle est dure, elle est sèche. Son père la regarde avec effarement. Il se tait toujours. Sa mère se met à pleurer. Myriam se calme. C'est bon, elle va reprendre la fac. Mais pour l'agrég on verra plus tard. On a le temps de toute façon. Elle ne va pas bousiller ses années de jeunesse pour une hypothétique réussite à un concours. Elle a mieux à faire. *Vous pouvez pas m'empêcher de vouloir vivre tout de même ?* Elle regarde son père. Il baisse la tête. Elle a pour lui un regard terrible et une moue méprisante.

_ J'y vais.

Elle fait la bise à sa mère qui met ses bras autour de son cou comme pour la retenir. Myriam veut partir.

_ J'y vais maman. T'inquiète pas. Je te téléphone.

Après tout, pense-t-elle dans le bus, je fais simplement une fugue, comme Rimbaud. Elle sourit et regarde dehors la ville plombée de soleil encore. Si ça continue comme ça on va pouvoir encore aller à la mer tout le mois de septembre, se dit-elle. Elle pense à la peau de Djamel, à sa couleur, à son odeur, à sa douceur. Elle ferme les yeux.

22.

La plage crie un peu moins fort. Quelques enfants sautent encore dans des vagues molles mais les serviettes sont mouillées, les parasols sont repliés, c'est la fin de la journée.

Les femmes commencent, sans ardeur, à ranger leur attirail : lunettes, crème solaire, magazines. Sur leur peau matifiée brille l'or vrai ou faux de bijoux clinquants. Entre elles, elles parlent bruyamment. Elles rient, le cœur épanoui par la magie de l'instant, quand on savoure encore plus la longueur des jours parce que ce sont les derniers de l'été. Un sentiment d'éternité, comme diraient les poètes.

Les hommes continuent de jouer au ballon, pour les uns, de s'affaler, pour les autres. Ils ne s'occupent de rien. Ils ne voudraient plus bouger. Pourquoi on part déjà ?

Jérôme sort de l'eau. Il y a quelques minutes il n'y avait pas plus heureux que lui, revenant de la bouée du large, le souffle régulier et le crawl impeccable. Il se dit que putain c'est bon tout ça, de pouvoir continuer de profiter de la mer, que ça le ferait chier d'habiter ailleurs. La lumière prend de plus en plus la tangente, la plage se dépeuple gentiment. Le paradis, je vous dis. Mais demain c'est lundi. Et puis le monde craque. Jérôme le sait. La planète se fissure de partout. Le climat se réchauffe dangereusement. Les hommes s'étripent à qui mieux mieux. Jérôme se touche le maillot, histoire de se remonter le moral à défaut de pouvoir changer le monde. C'est fou tout ce qu'il pense en si peu de temps, juste en slalomant entre les dernières serviettes qui restent sur la plage. Physiquement au taquet, intellectuellement au top.

Posté au milieu de la plage, comme un guetteur, il observe son petit monde en réduction. Camel s'est arrêté de jouer au foot sur la pelouse avec une petite bande de jeunots et revient près des deux cousines qui sont comme d'habitude en grande conversation. Jérôme les trouve belles, même s'il ne peut s'empêcher de comparer la finesse de la blonde Stéphanie et les rondeurs de sa brune Sabrina. Lui il est mieux que présentable, beau comme une image avec ses cheveux mouillés.

De l'autre côté, en regardant vers la statue de David, il reluque une femme assise en tailleur qui se refait une queue de cheval avant de partir, avec ce geste idéal quand elles se coiffent, les bras en l'air, les seins en haut. Un rayon de lumière rose vient l'attraper par le côté, se pose sur son dos et le profil de sa poitrine. On dirait un pastel de Degas… Jérôme n'est pas très bon en histoire de l'art, mais il est doué pour l'amitié, alors quand il arrive près du trio il demande :

_ Et dimanche prochain, on va où ?
_ A l'Estaque, propose Camel.
_ Ça craint là-bas, dit Sabrina.
_ Aux Catalans, essaie Jérôme.
_ Y a trop de monde, dit Sabrina
_ Dans les calanques, suggère Stéphanie.
_ J'ai pas envie de trop marcher, dit Sabrina.
_ On peut aller à Sormiou en voiture si vous voulez, intervient Jérôme. Je peux demander un laisser-passer à mon oncle qui a un cabanon là-bas.

Va pour la calanque de Sormiou. A l'unanimité. Merci Jérôme et son tonton. Et sa maman pour la voiture. Que feraient-ils sans lui ?

Le dimanche suivant quand ils passent devant la prison des Baumettes, Camel dit à Jérôme :

_ Tu aurais pu passer ailleurs.
_ Pourquoi ?
_ J'aime pas venir ici.

Sabrina et Jérôme se regardent mais ils n'en disent pas plus. Stéphanie se serre contre l'épaule de Camel, surtout dans les virages très étroits et très pentus qui mènent à la calanque.

_ Klaxonne Jérôme ! dit Sabrina, qui ne conduit pas. Il faudra se décider à passer le permis !

Ils sortent les paniers du coffre. Ils sont chargés, mais la plage est tout près. Ils ont amené des bières. J'espère qu'ils n'ont pas oublié le décapsuleur. Camel porte des bouteilles d'eau. Des parts de pizza pour midi. Un jeu de cartes. Un grand parasol. Des matelas en mousse mince. Des coussins. Ils s'embourgeoisent. Jérôme attrape la main de Sabrina qui a noué un paréo sur ses hanches. Camel prend la main de Stéphanie qui est déjà en bikini. Un quatuor en tongs.

Ils se laissent encore une fois attraper par l'incroyable beauté des rochers blancs qui tombent dans l'eau bleue. On dit *turquoise* dans les guides. Ils sont venus tôt, pas paresseux, en habitués. C'est peut-être bien la der des ders cette fois-ci. Il faut profiter.

Ils se racontent leur rentrée. Camel parle de ses cours de philo. Stéphanie de ses cours de français. Jérôme continue sa licence de droit à Aix. Sabrina a recommencé à travailler à la banque. Ils se baignent, se sèchent, se baignent, se sèchent. C'est comme un rituel, une cérémonie païenne. Encore le cagnard aujourd'hui. On est pourtant en septembre. Ils jouent longuement aux cartes, en couples. Ils se rebaignent, se resèchent. On pourrait penser que Camel et Stéphanie s'embrassent moins souvent mais c'est difficile à évaluer.

Et à la fin de la journée, au moment de partir, c'est encore la même langueur qui les gagne. Pourquoi on s'en va ? On est pas bien ici ? On vivrait là, entre les rochers et la mer. On construirait des cabanes, on pêcherait, on s'aimerait. On vivrait d'amour et d'eau salée, de poissons et de crustacés.

D'ailleurs tout cela existe déjà. Les cabanons en planches ne sont pas loin, les barques attendent dans le port, et la terrasse de la pizzeria, sous la tonnelle en canisse, fait de l'œil aux baigneurs. *Le paradis*, dit Jérôme. *La plage est une utopie*, rétorque Camel. Personne n'ajoute rien. On range tout dans les paniers et on remonte jusqu'au parking.

L'été s'achève. Camel a rencontré Stéphanie. Stéphanie a rencontré Camel. Ils se sont aimés. Ils n'ont pas fait l'amour.

Deuxième partie

23.

Le 21 septembre à 7h30, Myriam prend le bus puis le métro puis le train qui la mène à Aix-en-Provence. A midi elle déjeune avec Mary au snack en face l'entrée de la faculté. Mary a assisté de loin à l'invasion de Djamel dans la vie de son amie. Ils se sont vus une fois pendant l'été, au Vallon des Auffes. Ils ont mangé une pizza tous les trois. Mary ne savait pas trop que penser de cette histoire qui transformait Myriam en groupie amoureuse de son musicien. Elle l'avait trouvée trop sage, elle la trouvait maintenant trop délurée. Mary se refusait à faire ou dire quoi que ce soit au-delà de ce simple jugement qu'elle gardait pour elle. Elle étudiait maintenant à Marseille, elle était de passage à Aix. En déjeunant ensemble ce jour-là, l'une parlait d'amour, l'autre parlait d'art. Toutes les deux avec passion.

Elles se sont quittées à 14h. Myriam reprenait les cours à 14h30. En fin d'après-midi, à 18h30, elle a repris le train régional. Il y avait du monde. Elle a trouvé tout de même une place assise et s'est mise à lire. Dans le métro elle a réalisé que c'était le dernier jour de l'été. On voyait moins de mini-shorts ou de jupes courtes dans le centre-ville. Dans le bus, une femme voilée. Comment faisait-elle pour ne pas avoir trop chaud ?

Elle est arrivée dans l'appartement de son amant vers 20h15. Elle trouvait que ça faisait long. Heureusement elle n'aurait pas cours tous les jours. Elle a pris l'ascenseur jusqu'au 15ème étage. Elle a ouvert la porte avec ses clés. Djamel n'était pas là.

La veille au soir il était rentré tard. Elle était endormie sur le canapé. Il l'avait réveillée. Ils avaient fait l'amour sur le tapis devant la fenêtre grand ouverte. Elle avait toujours aussi faim de lui, de sa bouche, de ses mains, de son sexe. Sans délai.

Elle le chevauche, elle donne de grands coups de reins, elle bouge la tête et ses cheveux volent et viennent devant ses yeux. Elle plaque ses mains sur sa poitrine, ses épaules, se penche en arrière. Elle halète, elle crie (les voisins peuvent en témoigner). Elle ferme les yeux : on dirait une sainte en extase. Elle se retire d'un coup puis se glisse sous lui. Il n'est pas lourd sur elle. A lui maintenant de se creuser les reins. Elle le tient par les hanches, le force à accélérer. Elle a croisé ses jambes autour de ses fesses. Elle sent venir la sève. Il crie aussi, brièvement. Il accélère encore. Oui, oui, oui, dit-elle, sans originalité. Elle jouit en plusieurs spasmes, espacés, qu'elle ressent jusqu'au bout des orteils, puis s'effondre. Elle le garde en elle avant la débandade. Elle sait qu'il aime ça, et l'esprit écroulé elle garde tout de même la lucidité nécessaire pour s'émerveiller encore une fois de cette capacité à jouir. Elle sourit et lui dit : *merci mon chéri...* Il l'embrasse sur le front, se retire. Elle aime la finesse de ses jambes. Elle regarde la mer sous la lune, les lumières des bateaux. Que cela ne s'arrête jamais, c'est tout ce qu'elle veut. Encore, encore.

Quelques semaines avant, Djamel avait acheté un téléphone mobile. C'est apparemment le seul de l'immeuble, et peut-être même de la cité, à disposer de cet objet magique. Myriam était ravie. Elle pourrait l'appeler n'importe où ! Il avait vite mis le holà. *C'est pas fait pour ça, tu sais.* Elle ne lui a pas demandé combien ça coûtait. Il touche des loyers d'appartements dont il a hérité. Un oncle sans descendance. Un oncle qui vivait en Amérique.

Ce 22 septembre à 22h30, Djamel n'est toujours pas là. Elle se décide à l'appeler en composant le numéro de ce tout nouveau téléphone. Il ne répond pas. Elle entend pour la première fois la messagerie d'un téléphone portatif qui l'informe que son correspondant *n'est pas disponible actuellement.* A 23h30, elle s'inquiète. A minuit, elle descend rejoindre en bas de l'immeuble des jeunes de la cité. Elle leur demande si *par hasard* ils ne sauraient pas où est Djamel. Ils se regardent un peu gênés. Ils pensaient qu'elle était au courant : les flics sont venus, il a été arrêté.

Ils lui disent ça d'un ton faiblard, un peu avachis, enfumés, comme ils lui auraient donné le résultat du dernier match de l'OM. Elle dit :

_ C'est pas vrai. Vous plaisantez.

Ils rient en effet mais non ils ne plaisantent pas. Elle entend l'un d'eux, capuche sur la tête, qui dit entre deux bouffées :

_ Fallait s'y attendre.

Myriam est en survêtement, tenue neutre et camouflée de rigueur à cette heure-ci en ce territoire-là, mais quand elle repart vers l'entrée de l'immeuble elle entend clairement

_ T'es bonnasse, hein mademoiselle !

Dans l'ascenseur, elle pleure.

24.

Le temps change. Des orages éclatent. Les jardins respirent, les pelouses grillées retrouvent de la couleur. La nature se réjouit. Après des mois de sécheresse, le changement est un peu brutal pour les humains gavés de soleil. On a oublié qu'il peut pleuvoir, et que la météo peut être exécrable. On a oublié que l'eau du ciel peut tout dévaster. Comment croire aux inondations quand le ciel est toujours bleu ?

Stéphanie ne zigzague plus entre les serviettes sur la plage, elle évite les flaques d'eau sur le trottoir. Elle garde la trace du bronzage mais ses jolis pieds sont déjà enfermés dans de vilaines bottes en caoutchouc, très tendance. Ce n'est pas l'hiver, c'est seulement un début d'automne pourri. La ville échappe aux intempéries catastrophiques mais la mer devient grise et houleuse, et les plages désertées subissent l'attaque des vagues qui les déforment. Est-ce bien ici que les jours coulaient paresseusement entre un bain de mer et une sieste de sable ? Est-ce vraiment là que les corps presque nus s'offraient au soleil ? On a peine à le croire. C'était hier pourtant. Stéphanie approche de son lycée et elle a les cheveux mouillés. Son père lui a dit : *prends un parapluie !* Le parapluie, c'est pour les vieux.

Elle avance tête basse en se demandant comment elle va faire aujourd'hui encore pour ne pas parler de Camel à ses copines. Elle va entendre leurs histoires de cœurs, parfois de cul, elle va devoir les écouter et jouer la prétendue innocence, la fausse candeur. Elle n'a pas trouvé les mots les premiers jours et maintenant c'est encore plus difficile. Dans ce lycée catholique qui attire la petite bourgeoisie locale comment expliquer qu'elle aime un garçon qui s'appelle Camel (avec un C, en plus !). Un arabe. Même métissé.

Elle ne sait pas grand-chose des origines de Camel. Il n'a jamais connu son père, a-t-il dit. Mort avant sa naissance. Sa mère est blanche, s'appelle Myriam, et travaille dans un hôpital. Voilà tout. Mon père est architecte, ma mère travaille dans une banque, a résumé quant à elle Stéphanie. Ils ne veulent pas en savoir plus. Elle ne s'est pas appesantie sur le drame familial de son amoureux. Il est mort de quoi ton père ? Un cancer foudroyant, a dit Camel. Il a ajouté : *un cancer de la mémoire.* Elle ne savait pas que ça existait. Elle n'a pas posé plus de questions. De toute façon leur histoire ne dépend pas de ces adultes qui ont déjà la leur, plus ou moins chaotique, jamais exemplaire. Peut-être si le père de Camel avait été l'avant-centre de l'OM, le leader d'un groupe de rap, un ambassadeur africain, ou la victime d'une bavure policière, Stéphanie aurait osé en parler chez elle, mais une mort tragique, même après une terrible maladie, ne suffisait pas à le rendre fréquentable.

Stéphanie entre dans le hall du lycée et se promet cette fois de tout dévoiler. Elle va convoquer la presse et les photographes. Elle a un peu de mal à supporter le contentement de toutes ces blondasses trop sûres d'elles qui livrent leurs aventures amoureuses à la cantonade, ces poules de déjà-luxe, ces dindes à bijoux qui gloussent à la récréation et étalent leurs succès auprès des mecs avec une telle vraie fausse modestie qu'on a immédiatement envie de les gifler. Ca va mal finir, c'est sûr. Pourtant Stéphanie garde son secret. Aujourd'hui encore elle va se taire. Avant de rentrer en classe elle va faire diversion en initiant un débat sur les motifs comparés de leurs bottes en caoutchouc : pois ou carreaux ?

A la pause de 10h elle va s'isoler sous le préau, prétextant le mal de tête. *C'est rien, j'ai mes règles.* Elle a plein de bonnes copines compréhensives, des un peu moins bourgeoises, des filles simples à la beauté modeste, mais le ciel bas et lourd pèse sur elle ce matin comme un couvercle, et ce n'est pas Baudelaire qui dirait le contraire. *Spleen.* La prof vient de leur faire découvrir le poème sous la forme d'une lecture analytique tout ce qu'il y a de plus soignée. Stéphie déprime un peu mais n'en est pas encore là. Aucune infâme araignée ne vient tendre ses filets au fond de son cerveau, et pas de drapeau noir sur son crâne incliné. La pluie, en revanche, imite bien les barreaux d'une vaste prison. Elle trouve ça très bien trouvé. Elle commence à aimer la poésie, et pas seulement le beau Rimbaud. Elle aime bien sa prof de français au sourire apaisant que la classe chahute gentiment mais qui finit toujours par reprendre le dessus en douceur.

Stéphanie pense à l'été, à l'eau turquoise de Sormiou, au ciel bleu azur de Cassis. Elle pense aux baisers de Camel, aux caresses de Camel, aux mots de Camel, mais pour penser plus loin elle doit imaginer. Comment pourrait-elle expliquer ça à ses copines ? Comment leur avouer cet amour chaste quand on va avoir 17 ans ? Ce n'est pas sérieux. Elle n'aime pas mentir. Elle se contente de ne pas dire. Elles ne sauront rien, c'est tout. Black out depuis le début sur son mur Facebook. On n'est pas obligé de remplir la case *situation amoureuse.*

La seule à qui elle pourrait le dire, c'est Sabrina, à condition qu'elle jure de ne le dire à personne, même pas à Jérôme. Surtout pas à Jérôme !

Pour les parents, c'est plus simple. Il est logique qu'ils ne sachent rien. Evidemment il a fallu jongler tout l'été, inventer plein de petits travestissements de la réalité pour lesquels elle est devenue relativement experte. On s'habitue assez vite au mensonge quand on est poussé par la nécessité. Sabrina a servi de principal alibi, et quelques autres rendez-vous ont été arrangés sur le compte de courses à faire, comme ce recueil de poèmes de Rimbaud qu'elle a commandé dans une librairie. Ça fait deux rendez-vous et ça fait plaisir à son père ravi de l'intérêt de sa fille pour la poésie. Ou ce cinéma avec sa copine Marion que son père, décidément, confond toujours avec Manon, ou bien cette veste pour la rentrée qu'elle a cherchée dans toutes les boutiques de la ville, et autant de baisers. Si Alban n'était pas un petit merdeux elle aurait pu le mettre dans la confidence et jouer avec lui un même jeu face aux parents. Bien au contraire il s'avère le danger principal. S'il découvre Camel il va faire chanter sa sœur à tous les coups. Faut s'en méfier comme de la peste. C'est une graine de voyou celui-là.

25.

_ J'en étais sûre que c'était un voyou !

Sa mère n'est pas tendre au téléphone. Pas de compassion au programme, ni de charité chrétienne. Myriam l'appelle dès le lendemain, après avoir téléphoné au commissariat central.

_ Vous êtes de la famille ?
_ Je suis sa fiancée. Il ne vous a pas dit de me prévenir ?
_ Non.
_ Je peux le voir.
_ Non mademoiselle. Il est en garde à vue.
_ Qu'est-ce qu'il a fait ?
_ On ne peut rien vous dire mademoiselle. Le juge vous tiendra au courant si c'est nécessaire.
_ C'est grave ?
_ On ne peut rien vous dire mademoiselle.
_ Il a droit à un avocat !
_ Ne vous inquiétez pas pour lui. Il connaît ses droits.
_ Il va ressortir quand ?
_ S'il est inculpé il ne ressortira pas.
_ Et il ira où ?
_ En prison mademoiselle, en détention préventive avant son jugement.

Myriam a reçu le mot prison comme un coup de poing. Elle mesure en même temps l'étendue de sa naïveté. Elle est tellement étrangère à ce monde là. Une arrestation. La police. La prison. Elle a grandi dans un modeste appartement d'un quartier intermédiaire. Une jeune fille bien élevée, comme on dit. Des parents catholiques pratiquants. Ils ont toléré qu'elle laisse tomber assez vite le rituel religieux du dimanche mais n'ont jamais transigé sur la valeur d'honnêteté. Pas de voyou dans la famille. Jamais. Pas de ça chez nous. On vit petitement mais nous sommes des gens honnêtes.

Myriam pleure au téléphone, elle implore sa mère de l'aider. La grande fenêtre du salon est fermée.

Dehors il pleut à verse. C'est le premier orage depuis des mois. La mer est noire, striée par les traits d'écume des vagues qui divaguent devant et derrière la digue. Myriam voudrait retrouver sa peluche, celle qu'elle a gardée dans sa chambre d'étudiante. Elle demande à sa mère si elle peut passer les voir.

_ Ton père ne veut pas. Pas pour le moment.

Aujourd'hui elle n'ira pas à la faculté. Et demain non plus. Et après elle ne sait pas. Elle ne sait plus.

Elle se dit qu'elle va peut-être descendre ce soir devant l'immeuble retrouver les jeunes qui zonent la nuit devant le hall. Qui zonent aussi le jour d'ailleurs. Elle va leur demander ce qu'ils savent. Ce qu'ils savent de Djamel. Et puis elle se souvient de leurs rires, de leur regard en biais, de leur air narquois. Elle ne descendra pas. Peut-être elle ne descendra plus. Elle va l'attendre là, sur le tapis, appuyée sur les coussins. Comme d'habitude. Comme un chien.

Et elle s'en fout. Elle a besoin de lui, besoin de ses mains dessus son corps, de son sexe dedans. Ella va attendre, et c'est sûr, il va revenir. C'est une erreur. Une simple erreur judiciaire. Djamel est musicien, et rentier. Djamel n'a rien à se reprocher. C'est le mec le plus doux qui soit, même s'il est parfois un peu autoritaire. *Je l'attendrai. Je suis sa fiancée. Il est mon guide.*

26.

Le lycée porte le nom de l'auteur du *Petit Prince*, le petit enfant blond échoué dans le désert et qui voudrait retrouver sa planète et sa rose. A l'entrée on a installé un portail avec un tourniquet. Les élèves rentrent un par un. Les garçons doivent enlever leur casquette ou leur capuche, les filles leurs voiles. On peut observer chaque jour le manège de celles qui enlèvent le voile intégral, les gants, et passent le tourniquet pour entrer. En fin de journée, manège à l'envers : elles remettent leur voile intégral et leurs gants sitôt passé le fameux tourniquet. Pas un mètre de plus *dehors* sans l'habit religieux.

Le Prophète a-t-il demandé cela, se demande Camel ? Il ne le dit pas trop fort. Il y a des questions que l'on ne pose pas à voix haute. Au lycée, Camel sait très bien, de toute façon, qu'il détonne.

D'abord, il est trop intello. Ici c'est une insulte terrible. Heureusement il a un prénom, un physique, qui lui permettent d'échapper au harcèlement ordinaire du bon élève. On le traque tout de même. *Tu n'es pas musulman mon frère ? Tu viendras à la mosquée ?* On le traite régulièrement de mécréant. Il ne se défend pas.

Il a des ennemis, mais assez lâches pour ne pas l'affronter en face. On lui a déjà dit, dès le collège : *c'est bizarre pour un arabe de s'appeler Durand*. Encore pire pour ceux de la cité qui connaissent sa mère et pas son histoire : *ta mère, elle est carrément caucasienne !* C'est relou ! Métis, ici, dans le quartier, c'est pas assez. Mais ailleurs, en ville, c'est déjà trop. Ado, il a eu droit à toutes les petites humiliations policières ou au racisme ordinaire du quotidien. Il a encaissé tout ça avec un détachement et une hauteur qui le surprennent lui-même parfois. Une noblesse dont il ne saurait dire d'où il la tient.

Son calme désarme les plus excités. Il a bien fallu aussi parfois user d'autres arguments. Les cours de boxe lui ont façonné de beaux abdominaux et de jolis pectoraux. Il est démuni contre un couteau, il est démuni contre la bande, mais il est jusque là parvenu à échapper au pire, ce qui n'est pas rien. Il en a plein à raconter, bien sûr, des situations limites dont il s'est sorti sans dommages trop graves. Il n'a jamais rien dit à sa mère. Il s'est construit une armure. Il s'est plongé dans la littérature.

Et puis il joue au foot, et il joue très bien. C'est ici une autre religion. On a besoin de lui dans l'équipe du quartier qui est l'une des meilleures de la ville. Le foot, c'est sacré. Cette ville en est dingue. Camel a toujours été doué. Dès la cour de récré tout le monde voulait jouer avec lui. Même dans les parties désordonnées du primaire ou du collège, quand tout le monde vient autour du ballon et fait masse, *moulon*, quand aucune tactique ne s'applique, Camel parvenait à jouer déjà comme un grand, organisant l'équipe, donnant des ordres, distribuant les rôles. Un capitaine né. Aujourd'hui toute la cité le sait : il est le meilleur. Au lycée on le sait aussi. Il ne marque pas beaucoup de buts. Il fait marquer les autres. Longiligne et élégant, il est le roi de l'amorti, du contrôle orienté, de la passe précise et décisive. Vif comme une anguille (on devrait dire comme une sardine, ici) et trois poumons avec ça !

A son âge il est au-dessus du lot. On pense à lui, paraît-il, pour une sélection nationale dans sa catégorie. Le président de son club le chouchoute. Les filles assises dans les tribunes commentent ses exploits et son physique. Lui il ne se rend pas vraiment compte. Quand il joue il s'applique, c'est tout. Il aime quand le but est beau, la combinaison audacieuse. Il aime les joueurs stylés à la technique impeccable. Il voit dans le football *une esthétique et une éthique*. Il a déjà lu l'entretien dans lequel Camus parle des vertus de ce sport d'équipe. C'est dire si parfois il a eu du mal à supporter les guerres de tranchées, les coups bas, les agressions, toute la violence presque ordinaire du football amateur. Cent fois il a voulu arrêter. On est venu le rechercher. *Camel c'est une pépite*, dit le président. On voudrait juste qu'il soit plus méchant sur le terrain. Mais lui, de son allure chaloupée, il continue de caresser le ballon et de distribuer des caviars (on devrait dire de la *poutargue*, ici). Respect. Donc on le laisse tranquille.

Cent fois aussi on a voulu l'enrôler pour un trafic. Viens dealer avec nous, tu toucheras gros. Qu'est-ce que tu crois que ça va te rapporter tes études de merde ? Ils font vrombir les six cylindres de leur BM ou de leur Audi qu'ils conduisent dès 16 ans puis sans permis. Ils sortent des paquets de billets et les lui mettent sous le nez. *Ta mère, elle met combien de temps pour gagner ça ?* Ils fanfaronnent, ils claironnent leur puissance de petits caïds. Si Camel n'était pas le roi du ballon ils ne lui auraient pas laissé le choix. S'il devient pro il va en gagner du pognon ! On ne sait jamais. Il peut représenter un investissement. S'il devient une star il se rappellera de ses amis de la cité. Ou s'il fait mine de ne pas s'en souvenir ils se débrouilleront pour l'inciter à ne pas les oublier. Alors ils le laissent tranquille pour l'instant.

Au bout d'un moment ils n'insistent plus. Il n'a jamais rien fumé, jamais touché à rien d'illicite. De loin ils le traitent parfois de *pédé*, parce qu'il lit des livres et qu'il aime ça. Il va au théâtre avec sa classe : c'est *un truc de tapette*. Le foot compense cette accusation qui, pour d'autres, ne leur laisse pas le choix : une tapette, on en veut pas ici. Tu te soumets où on te brise.

Camel, c'est une sorte d'ovni. Les bandes qui font la loi dans la cité ont donc décidé de lui foutre la paix. Si on touche à notre meilleur joueur on va se faire cramer par le Président du club, et le Président du club c'est aussi un des plus gros revendeurs du quartier. L'ovni peut donc aller-venir sans trop d'encombres entre les barres d'immeubles. Il n'emmerde personne. Personne ne l'emmerde. Quand il était tout petit, c'était pour une autre raison, un truc sacré qui octroie un passeport pour une certaine tranquillité. Les plus grands disaient : *son daron est en prison*. A la maternelle, dans la cour de récré, on lui a demandé un jour :

_ Est-ce que ton papa a un pyjama rayé comme les Dalton ?

27.

Sabrina n'en revient pas. Stéphanie a fini par lui livrer son secret. Elle lui dit :

_ C'est sûrement à cause de sa religion ! Vous en avez parlé ?

_ Non, mais je ne crois pas. Il ne m'aurait pas touchée sinon.

_ Mais il ne boit pas d'alcool !

_ C'est son choix. Il préfère pas. Il me l'a dit.

_ Il est peut-être impuissant ?

_ Non, ça j'en suis sûre.

_ Comment tu peux en être sûre ?

Stéphanie, qui a un peu perdu le hâle de l'été, rougit comme une feuille d'automne.

_ Je peux, c'est tout !

_ Il te respecte, voilà tout. Et c'est très bien ainsi.

_ Tu ne trouves pas qu'il me respecte un peu trop ?

_ Tu es jeune, cousine, n'oublie pas. Moi à ton âge j'étais loin du compte. Et c'est très bien comme ça. Camel a raison.

Sabrina n'est pas sûre d'être tout à fait sincère mais elle sait que la cause qu'elle plaide est juste. Inutile de se presser. La chose est importante. Que Stéphanie tombe sur un garçon pareil, c'est un miracle. A 22 ans, Sabrina a déjà des instincts maternels.

_ Ce qui est drôle, reprend la cousine protectrice, c'est qu'il en parle beaucoup. Pour les mots, il est fort. Tu te rappelles sa lettre : *le soleil faisait l'amour avec la mer, nous montrant comment les amants doivent faire.* Oui, pour le dire il est fort, mais pour le faire…

_ C'est un poète…

_ Et alors, les poètes font pas l'amour ?

_ Je sais pas…

_ Moi je sais que les poètes ont beau être poètes ils n'en sont pas moins hommes, et d'après ce que je sais ou à peu près, ils ne se privent pas. Ils passent très bien de la théorie à la pratique. Comme les artistes, qui sont tous de gros obsédés.

_ Ce n'est pas comme ça que je voyais les poètes.

_ Pourquoi ? Tu crois que ça les démange pas comme les autres ?

_ En cours de français on nous a parlé de l'amour courtois. Les troubadours vouaient à leur dame une admiration telle que leur amour restait chaste et qu'ils ne pouvaient que chanter leur désir.

_ Vous deux, vous vous frottez beaucoup !

_ On *flirte*, dit Stéphanie, reprenant fort à propos un archaïsme entendu dans la bouche de sa mère et dans une vieille chanson de variété française, un mot bien pratique pour expliquer à sa cousine sa situation sentimentalo-sensuelle.

_ Et toi comme ça, tu crois que tu serais sa *dame* ? Oh ! Stéphanie ! Réveille-toi ! On est plus au Moyen-Age ! Il y a longtemps que l'on cueille les roses dans le jardin et qu'on ne se contente plus de les regarder par-dessus le mur.

La symbolique de Sabrina, qui a gardé de bons souvenirs de ses cours de français, devient hermétique pour Stéphanie. La grande cousine continue :

_ D'ailleurs au Moyen-Age ils se privaient pas non plus. Et je suis sûr que tes troubadours, ils ne faisaient pas que conter fleurette !

_ Qu'est-ce que tu veux dire ?

_ Que Camel a beau être un garçon courtois en effet, et c'est une chance pour toi, il est tout de même étonnant qu'il n'ait pas essayé disons de... mieux te connaître.

_ Tu l'as dit toi-même : je suis trop jeune.

_ Peut-être aussi qu'il en baise une autre.

Elle a dit ça comme ça, Sabrina, dans le feu de la conversation, un peu enflammée par toutes ces allusions poétiques, par cet étonnant voyage dans le temps, et dès qu'elle l'a dit elle a compris qu'elle venait de faire une énorme bêtise, mais que c'était trop tard, comme souvent des mots que l'on jette ainsi, dans la colère par exemple, et qu'il n'est plus possible de rattraper car ils sont implantés dans la tête de l'autre, et c'est assez pour faire de grands dommages, parfois irréparables.

_ Tu es dégueulasse ! Tu me dégoûtes !

Stéphanie se lève, part en courant se perdre dans la foule de la rue Paradis, et Sabrina reste là, bouche béante et forcément muette, toute en regrets impuissants à vouloir effacer ces quelques mots seulement, ces mots qui détruisent, torpillent, ces mots grenades à l'effet explosif : *une autre.*

28.

Elle pense que ce ne sera pas long. Que c'est une erreur. Ou une broutille. Elle fait confiance à la police, à la justice. Elle attend, terrée au 15ème étage. Pourquoi n'a-t-il pas demandé qu'elle soit prévenue ? Elle rappelle la police. On ne peut rien lui dire. Il va être présenté à un juge. Point barre. Elle est condamnée. Condamnée à attendre. Au sommet d'une haute tour qui devient pour elle comme un donjon, comme une prison. Elle rappelle sa mère, qui pleure au téléphone, qui ne peut rien pour elle, qui lui parle de son père prostré dans une froide colère, muet de rage, et qui refuse toujours de la voir. Elle ne va plus à la fac. Elle n'arrive plus à lire un livre plus de dix minutes. Elle picole un peu, surtout du pastis. Elle dort la moitié de la journée, se réveille en sursaut et cherche Djamel à ses côtés. Elle a acheté quelques paquets de pâtes et des conserves. Elle mange mal. Tout se dérègle. Un corps marque vite les empreintes de la souffrance. Le corps de Myriam, si souple et si fin sous les doigts de Djamel, se ramollit et s'épaissit. Elle passe des heures devant le petit écran. Elle découvre des émissions qu'elle ne regardait jamais et dont la bêtise ne l'émeut même pas. Elle regarde la météo, hébétée, comme si elle devait lui délivrer une vérité ultime. Elle se plante devant le journal télévisé, attendant peut-être qu'on y parle de Djamel, attendant que dans la boite lourde de ce téléviseur à écran cathodique, on lui dise enfin ce qui se passe, ce qui va arriver à son amour, à son ange brun, à son amant magnifique. Mais rien n'arrive sinon les tristes nouvelles du monde, un monde dont elle se fout, les autres dont elle se fiche, car rien d'autre n'existe que le besoin de son seul autre, de celui-là, de sa voix, de son corps, de ses mains, de sa bouche, de sa peau, de son sexe.

Quand elle sort, en bas de l'immeuble, elle doit traverser l'esplanade la tête basse, comme une damnée. Elle sent le regard des garçons qui la guettent. Elle ne leur dit plus rien. Ils rient quand ils la voient, elle n'entend pas ce qu'ils disent. Mais ce jour là ils l'empêchent de rentrer dans l'immeuble. Ils se sont alignés devant la porte, pitoyable petite bande unie pour le pire. Elle n'a rien dit, elle a seulement attendu. L'un d'entre eux a dit :

_ Pour passer faut me sucer.

Elle n'a pas bronché mais elle a levé la tête vers lui. Elle n'a pas cherché à l'impressionner. Son regard, elle ne l'a pas travaillé. Elle l'a simplement fixé droit dans les yeux. Ils se sont un peu poussés en riant, pauvres petits mâles pathétiques, et ce regard d'animal qu'elle a eu a suffi ce jour-là à lui frayer un chemin au-delà de cet obstacle de la bêtise crasse. Mais la prochaine fois ? *Que se passera-t-il la prochaine fois ?*

Cette prochaine fois ne tarde pas à arriver. Sa mère lui a donné un peu d'argent, sans le dire à son père. Elle est allée l'attendre en bas de leur immeuble dans un quartier qui maintenant lui paraît être un autre monde. Sa mère est descendue prétextant aller chercher du pain pour que le père ne sache rien. Myriam aurait voulu s'attarder, retrouver le cocon de sa chambre. C'est impossible pour le moment, tu comprends. On verra plus tard. Elle a embrassé sa mère en pleurant, encore, et cela fait déjà beaucoup de larmes.

C'est au retour que ça arrive. Ils sont encore là, alignés encapuchonnés. Le plus grand fait la loi. C'est aussi simple que ça. C'est lui qui dit à nouveau : *pour passer faut me sucer.*

Elle essaie bien de retrouver le même regard que la première fois, mais elle a cette fois envie de pleurer. Elle ne sait pas tout ce qui se passe dans les caves de la cité. Elle vit ici depuis trois mois dans une euphorie aveuglante. Elle les trouvait plutôt sympas ces gars qui glandouillent toute la journée. Marrants même. Mais là elle voit bien qu'ils ne plaisantent pas.

_ T'as entendu petite pute ?

Le grand, tout en survêtement comme les autres, l'attrape par les cheveux. Elle se débat, elle crie. On se fout bien ici de ceux qui crient. On veut rien voir, rien savoir. Tout est trop risqué. Pas d'embrouille et tu te débrouilles. Elle hurle quand ils la poussent derrière la porte. La petite bande s'organise déjà : l'un fait le guetteur, deux autres aident le chef à tenir la fille, le dernier se met devant. Ils sont dans le hall, devant la porte de l'ascenseur et se dirigent vers la cave. Dans l'escalier arrive Fatima.

Fatima habite au premier étage. Elle ne prend jamais l'ascenseur. Elle sortait de chez elle quand elle a entendu crier. Elle a descendu les escaliers son panier à la main, le plus vite qu'elle a pu. Elle hurle à son tour, quelque chose en arabe. Elle précipite ses 80 kilos vers le petit groupe en faisant des moulinets avec son panier. Ils n'insistent pas. Fatima, ici, tout le monde la respecte. Même eux. C'est tout ce qu'ils respectent d'ailleurs : la mère. Tout le reste on peut se défouler dessus : les flics, les pompiers, les docteurs, les profs. Pas les mères. *Sur la tête de ma mère !* Ce pourrait pas être sur la tête du père de toute façon. Les pères, en général, ils ne sont plus là. Alors c'est Fatima qui fait la police. Elle les maudit pendant qu'ils ressortent, en riant et se poussant, et Myriam aimerait tant ne pas entendre ce terrible rictus de la bêtise et de la cruauté. Ils s'en vont, contents d'eux-mêmes, contents d'avoir fait peur puisque c'est à peu près tout ce qu'ils savent faire.

Fatima prend Myriam dans ses bras:
_ Ça va ma fille ?
Myriam pose sa tête contre cette grosse poitrine.
_ Viens un peu chez moi. Viens.

L'appartement de Fatima est un voyage au Maghreb. Des tapis partout, des coussins, une petite cuisine qui sent les épices, des pâtisseries orientales dans un compotier. *Tu veux du thé, ma fille ?* Myriam est allongée sur le canapé. Elle s'assoit pour boire le thé à la menthe posé sur le plateau en métal repoussé. Fatima la rassure.

_ T'inquiète pas. Ils t'embêteront plus. Ils savent que je les ai vus. Ma parole s'ils te touchent, wouala, je les tue ! Viens me revoir quand tu veux.

Fatima sait beaucoup de choses. C'est un peu la concierge officieuse de l'immeuble. Elle habite au premier, elle voit tout de son balcon. Elle sait bien que cette jeune fille menue est la copine de Djamel. Elle les a vus ensemble. C'est elle qui dit à Myriam :

_Tu sais, ton Djamel, il trafique gros. Tout le monde le savait.

Sauf Myriam évidemment, oie blanche dans la basse-cour boueuse. Fatima lui raconte l'histoire de son fils qui trafiquait lui-aussi et qui est mort il y a deux ans du côté de l'Estaque. Deux balles dans la tête.

_ J'ai rien touché dans sa chambre. Je n'y arrive pas. Elle est là-bas.

Elle lui montre d'un geste de la main en direction du couloir. Et puis elle parle de ses autres fils, un qui galère au chômage, l'autre qui a fait de la prison pour vol avec effraction. Ils sont partis vivre ailleurs mais repassent de temps en temps. Ses filles ont réussi à quitter la cité, ce navire à la dérive. Elles ont fait des études. Elles sont aides-soignantes à l'hôpital Nord. Elles sont mariées et *inch'allah* ça va bien pour elles. Leurs maris sont gentils.

_ Ce sont de bons musulmans. Ils respectent leurs femmes.

Myriam boit une autre tasse de thé.

_ Et ton mari à toi ?
_ Il est parti bien trop tôt, ma fille.
_ Il t'a quitté ?
_ Oui, il m'a quitté.

_ Il est parti où ?
_ Au paradis ma fille, au paradis. C'était le meilleur des hommes. Travailleur. Gentil. S'il était encore là, ce ne serait pas pareil. Les fils, ils n'auraient pas fait des bêtises. Moi, toute seule, qu'est-ce je peux faire ?

Fatima est contente de raconter sa vie et ses malheurs. Myriam lui sourit, ses deux mains autour de la tasse de thé. Et le voyage continue :
_Tu veux des dattes ?

Myriam aimerait rester là. Elle n'ose pas poser plus de questions sur Djamel. Il trafiquait gros, il risque gros. Elle a compris.
_Tu veux dormir ici ma fille ? Reste, ça me fait plaisir.

Bien sûr elle accepte.
_ La prochaine fois tu goûteras mon couscous.

Fatima vient s'asseoir à côté d'elle et la prend à nouveau dans ses bras. Encore des larmes, et décidément on pourrait parfois se demander d'où elles viennent, toutes ses larmes, de quelle source cachée au bord des yeux.
_ Pleure ma fille, pleure, ça te fait du bien.

La source est intarissable.

29.

Le beau temps revient mais Stéphanie est triste. Après quelques gros orages comme la région en a le secret, l'arrière-saison se révèle clémente. Rebelote pour les tenues légères. Jérôme en profite pour zyeuter les lycéennes et les étudiantes. Sur les larges trottoirs du Cours Mirabeau le défilé a repris. A vrai dire, il ne s'arrête jamais vraiment. Aix n'est qu'à trente kilomètres de Marseille mais c'est une autre planète. On dirait, pense Jérôme, qu'elles sont clonées. Des blondes à cheveux longs, fines chevilles et poitrines opulentes. Il apprécie le spectacle. Il va retrouver des potes à la Bastide du Cours. Il boira une bière. Une seule. Faut pas abuser. Il veut pas s'empâter. Sabrina le traque avec son régime. Elle est d'ailleurs en train d'y penser, à son régime, Sabrina, derrière le guichet de la banque. Elle s'est préparée un pique-nique spécial, un bento diététique. C'est pas de la tarte de faire ça chaque jour, mais elle y tient. Pas question comme l'an passé de laisser courir les kilos après l'été. Stéphanie, elle, elle s'en fout des kilos. C'est pas son problème. C'est une brindille. Elle ne sait pas la chance qu'elle a, pense Sabrina. Stéphanie s'ennuie en cours de math. Vivement le cours de français. Baudelaire ou Verlaine, Marivaux ou Molière, suffiront-ils à chasser sa mélancolie ? La littérature n'est pas un médicament.

Jérôme, pendant ce temps, se tâte discrètement le ventre en passant devant la Rotonde. La nage estivale a affûté ses abdos et ses pectoraux, presque aussi beaux que ceux de Camel. Son pote Camel qui est en cours de littérature. Lui, il ne pense qu'au texte qu'il a commencé à écrire. Il est en plein dedans. Il en est obsédé. Il veut faire grossir ce noyau dur textuel, écrire des kilos de pages. Il n'a pas faim. Il va encore sauter le déjeuner. Il a parfois l'impression que les mots le nourrissent. Il a encore maigri depuis l'été. Son entraîneur lui conseille de faire de la musculation. Tu comprends, dans les duels, tu es trop frêle. Il s'en fout des duels. L'écriture l'envahit en même temps qu'un certain dégoût de tout. Heureusement il reste une étoile : Stéphanie. Fait-on l'amour avec une étoile ? On la contemple, on la regarde de loin. En philo la prof a parlé du scepticisme, de Pyrrhon et de Sextus Empiricus, de Montaigne et de Descartes. Cela devrait le rendre sage. Il se sent plus agité que jamais. Tempête sous son crane. Tempête dans son slip. On peut être un mec d'élite et rester plein de doutes. Il ne veut rien hâter, c'est tout. Et puis comment lui avouer qu'il ne l'a jamais fait, lui qui, pourtant, dégage une telle impression d'expertise ?

Sabrina mange sans plaisir une salade bio. Jérôme commande une deuxième bière. Stéphanie envoie un texto à Camel qui ne répond pas. Sabrina regarde sur son téléphone un site de shopping. Jérôme regarde passer une fille gazelle. Camel entre au CDI du lycée. Stéphanie envoie un autre texto à Camel. Jérôme se dit que la vie est belle. Il regarde le ciel d'un bleu intense et pour un peu il se prendrait pour un poète. Sabrina a envie de s'acheter des sous-vêtements sexy et hésite entre un body échancré et une guêpière avec porte-jarretelles. Stéphanie boude. Camel regarde les livres dans la section littérature étrangère. Jérôme se demande s'il doit culpabiliser de reluquer une fille perchée sur des talons hauts. Sabrina se dit que le body c'est tout de même plus raisonnable. Stéphanie pense à l'été. Camel ouvre un livre qu'il vient de trouver par hasard. Un écrivain libanais. Son titre : *Le Prophète.*

30.

Pour le premier couscous partagé elle a invité Dalila, qui habite au cinquième. Myriam arrive tôt. Elle s'est maquillée. C'est la première fois depuis qu'elle est dans sa prison en haut de la tour. Elle a mis une robe.

_ Yala ! Comme tu es jolie ! dit Fatima.

Myriam sourit. Il lui semble qu'il y a une éternité qu'elle n'a plus souri. A peine plus d'une semaine pourtant. Le temps est tragiquement relatif. Dalila aussi a perdu un fils. Il a été abattu au pied de l'immeuble. Il avait 19 ans.

Elle raconte mais pas trop. Juste pour faire comprendre à Myriam pourquoi avec Fatima elles ne sont pas liées que par des liens de voisinage.

_ Quel âge tu as, toi ?
_ Pareil. 19 ans.

Elles se mettent à table. Bombance. Fatima a vu grand. On pourrait être 6 ou 8. Il pourrait y avoir ici, autour de cette table, des convives plus nombreux. Ils ne sont pas là.

Myriam demande à Dalila :
_ Et ton mari ?
_ Il est parti.
_ Au paradis ?
_ Non, en Algérie.

Ce couscous géant appelle ces hommes, ces vivants et ces morts. C'est probablement pour eux que Fatima a cuisiné. Pour les fantômes de ces fils, de ces pères.

_ Ressers-toi ma fille ! Tu es toute maigre !

Myriam se ressert. Elle s'en fiche de grossir. Entre ces deux matrones elle est assise comme une enfant docile. Myriam a trouvé une autre mère, sa mère de la tour. Dalila sert le thé. Elles ne parlent pas de Djamel.

_ La prochaine fois c'est moi qui vous invite, dit Myriam.

_ Yala ! Et tu nous fais du porc quand tu y es !

Elles rient. Myriam aimerait les voir sans leurs foulards. Elle imagine leurs beaux cheveux.

_ Je vais vous aider à débarrasser.

_ Non, laisse-nous faire ! On s'en occupe. Va te reposer.

Elle aimerait voir l'ovale de leur visage dégagé de ce carcan. Ces deux mères sont deux femmes. Comment peuvent-elles vivre sans les caresses d'un homme ? Fatima lui dit sur le seuil de la porte :

_ Tu as une mère et un père. Retourne les voir. Je suis sûr qu'ils t'attendent.

_ Ce soir c'était toi ma mère.

_ Si tu veux je suis ta mère de la cité. Mais ta maman elle est là-bas. Je suis sûr qu'elle pleure et qu'elle veut t'aider. Elle a de la chance, elle a une belle fille de 19 ans, bien vivante… et qui aime beaucoup le couscous !

Elles rient encore comme des gamines. Dalila est déjà repartie vers son cinquième étage. Dans l'ascenseur Myriam pense aux mains de Djamel.

Dans le hall de son dernier étage la lumière ne s'éclaire plus depuis longtemps. Personne ne s'en occupe. Elle cherche sans la voir la serrure de la porte blindée. Elle tâtonne dans le noir.

Elle a trop mangé. Elle se déshabille et se couche nue dans le lit. C'est la première fois depuis que Djamel n'est plus là. La première fois, aussi, qu'elle retrouve le plaisir solitaire.

Le lendemain elle est réveillée par la sonnerie du téléphone. C'est l'avocat commis d'office.

_ Djamel m'a donné votre numéro. Il m'a dit de vous dire qu'il est désolé, de ne pas vous inquiéter.

C'est tout ?

_ Oui, c'est tout.

Et oui, il risque une lourde peine. Ce n'est pas une petite affaire. Gros réseau. Les preuves sont formelles. Lui, l'avocat, il ne pourra pas faire grand chose. On verra bien au jugement.

_ Ça peut faire combien d'après vous ?

_ Vous voulez vraiment le savoir ?

Elle se tait. Qui ne dit mot consent.

_ Entre 5 et 10 ans.

Myriam est secouée d'un spasme incontrôlé. Son cou se raidit, son dos se tasse. Les années lui tombent dessus comme une masse, un poids invisible qui la plaque sur la chaise. Elle ne laisse pas tomber le téléphone avec fil. Ce fil, c'est tout ce qui lui reste. Surtout ne pas lâcher. A l'autre bout, l'avocat a cru bon d'ajouter :

_ C'est le tarif.

Elle ne dit rien.

_Mademoiselle ? Vous voulez que je lui dise quelque chose ?

Les mots si simples restent cloués dans sa gorge et c'est d'une voix presque rauque qu'elle finit par articuler doucement :

_ Dites-lui que je l'aime et que je l'attends.

L'avocat la trouve romanesque. Il serait presque ému s'il ne se fichait pas à peu près complètement, en fait, du cas de Djamel. Il ne va pas en faire des tonnes.

Il a été commis d'office. Djamel est un dealer et basta. Tant pis pour sa gueule. Puis de toute façon *c'est un arabe.*

Quand elle a reposé le combiné sur son socle, Myriam n'a pas pleuré. Elle sait ce qu'elle doit faire. Sa vie retrouve un sens. Les larmes sont inutiles. Il suffit d'aimer et d'attendre.

31.

Stéphanie se demande quel sera son premier tatouage. Chaque génération a les questions existentielles qu'elle peut. Un premier piercing à l'oreille, un autre sur le nombril. Tout cela est discret. Ses parents ne rigolent pas avec ça. Alors faudrait pas commencer trop fort. Pas question d'imaginer deux ailes dans le dos ou des fleurs sur les cuisses. Un petit papillon sur l'épaule peut-être ? Un faux bracelet à la cheville ? Ça devrait passer. Vaut-il mieux un visible ou un intime ? Elle a mis de côté un peu d'argent de poche. Elle a l'adresse du meilleur tatoueur des quartiers chics. Cher, bien sûr. Il aurait tord de se priver, l'artiste très tatoué. Faut le voir, lui, avec sa collection d'objets en tous genres plantés sous la peau et ses dessins variés inscrits dessus ! C'est une vitrine ambulante. Il a un côté *bad boy* qui fait évidemment fureur dans les quartiers sages. Les filles adorent. Tatoueur, pour draguer, aujourd'hui, c'est mieux que maitre nageur ou moniteur de ski.

Stéphanie se concerte avec elle-même. Une date ? Des initiales ? Un symbole ? Elle va demander son avis à Camel. Ces derniers temps les sujets de conversation commencent à s'épuiser. Elle lui raconte ses cours de français. Oui, la prof a prévu Rimbaud au programme. Lui, il parle de son cours de littérature : Homère et Queneau. *L'Odyssée, Zazie dans le métro.* Deux voyages.

_ Quand j'irai à Paris, je verrai la ville autrement grâce à Queneau !

_ Tu vas aller à Paris ?

_ J'espère. Pour mes études.

Il adore les livres. Elle donne la réplique comme elle peut mais trouve parfois qu'il s'éternise. L'été, ils riaient. Ils disaient des bêtises. Ils parlaient de tout. Depuis la rentrée elle a l'impression qu'il ne sait plus s'amuser. Il devient ennuyeux. Il a 17 ans et il est trop sérieux. Pas très rimbaldien. Bizarre. Ce soir, après le repas, elle va donc lui parler tatouage, un sujet de leur âge.

Elle ne s'attendait pas à sa réaction. Les mots de Camel sont cinglants. Presque moqueurs. Pourquoi pas un dragon dans le cou ou un serpent sur le bras ? Stéphanie a de la réplique. *Oui, j'ai pensé aussi à ton portrait sur mes fesses.*

C'est leur première dispute. Par écrit. Stéphanie attend la réponse de Camel dans le petit rectangle de la messagerie. Elle tremble presque. Camel calme le jeu. Il explique qu'il trouve ridicule cette mode du tatouage. Primitif. Faussement ethnique. Culturellement déplacé. Il parle comme un vieux. Stéphanie veut changer de sujet. C'est comme ça qu'elle se lance, parce que à ce moment la seule chose qu'elle veut, c'est plaquer sa tête sur la poitrine de son aimant. Elle sait que leurs peaux ne se disputent pas. Elle tape : *j'ai envie de toi.*

Elle attend, sans patience, la réponse. Camel n'écrit rien. Elle ajoute très vite : *pourquoi tu me fais pas l'amour ?*

Aucune réponse. Elle envoie des tonnes de *?????????*

Rien. Elle s'énerve, pour la première fois. Elle se lève de son lit et va se recoiffer, d'un geste rageur, passant le peigne sur ses longs cheveux blonds comme d'autres feraient du yoga ou des exercices de relaxation. Elle attend le petit signal sonore qui annonce l'arrivée d'un message. Le soir, ils ont convenu de ne pas se téléphoner, seulement de chater, pour ne pas alerter les parents.

Elle revient devant l'écran, les cheveux électriques. Rien. Il est toujours connecté pourtant. Peut-être il parle à une autre ! Elle écrit : *tu fais peut-être l'amour avec une autre ?*

No answer. Camel n'est plus là. Stéphanie pleure dans son lit. Demain elle a un devoir surveillé en anglais. She's sad, so sad…

32.

Myriam attend. Elle a du mal à se concentrer mais elle a recommencé à lire. Elle ne réalise pas tout à fait ce que cela peut vouloir dire : *5 ans, 10 ans*. Elle va avoir 20 ans. C'est quoi ce temps, cette durée, ces années ? On peut les regarder passer sans agir, les vivre comme une parenthèse ? Toute la vie est devant soi. Mais le présent insiste. Demain, c'est loin. Surtout quand on a connu le temps dilaté de la passion. Certains soirs Myriam ne sait pas si elle va pouvoir attendre. Dans ce cas là elle descend chez Fatima. Elle mange avec elle,

elle boit des litres de thé à la menthe. *C'est bon pour la circulation, ma fille.* Dalila est là aussi, souvent, élégante avec ses voiles de couleurs vives. Un soir elle vient avec Akim, son fils cadet. Dalila lui a raconté ce qui est arrivé à Myriam. *Les encapuchonnés du hall d'entrée, je vais m'en occuper,* dit-il. Akim a de l'influence. Il est déjà éducateur et médiateur dans le quartier. Il est aussi prof de boxe et entraineur des petits au foot. C'est un garçon rond, massif, aux cheveux très courts, aux yeux pétillants. Il va veiller sur elle.

_ Je vais passer l'info, t'inquiète. Ils te toucheront plus. Je les connais, c'est des merdeux. Ils peuvent être dangereux mais je sais leur parler.

C'est comme ça ici. Tout est codé. Tout est affaire d'un savant jeu de rôles où personne ne doit perdre la face, où chacun doit savoir quel est son territoire et son pouvoir. Myriam n'est pas de ce monde là. Avec Djamel elle n'avait rien vu de toute cette trame invisible qui dicte les rapports de force dans cet espace particulier de la cité. Elle était avec lui dans une bulle et observait le quartier avec le regard d'un touriste. Bien sûr, les boites à lettres fracassées et les murs couverts de tags grossiers, elle les avait vus, mais elle planait sur un petit nuage. Et puis l'ascenseur n'était encore jamais tombé en panne. *Ma fille, si tu es trop fatiguée pour monter, tu t'arrêtes chez moi,* lui dit Fatima. Ce sera utile, en effet, car depuis quelques jours il faut prendre les escaliers, et même pour une jeune fille, c'est vite épuisant. Elle voit les femmes monter leurs sacs à provision. Elle prend leurs cabas pour les aider. Ils sont où les hommes ? Ils font quoi ? Et l'organisme de gestion, le syndic ? On ne se presse pas pour réparer. Dalila a du mal aussi, même au 5ème. En montant jusqu'à son 15ème étage, Myriam a le temps de méditer sur sa condition. Cet escalier c'est le rocher de Sisyphe. Tout cela est trop absurde. Il faut qu'elle s'échappe. Rien ne la retient ici. Pourra-t-elle vraiment continuer à l'aimer sans le voir tous les jours, sans le toucher ?

Elle revoit sa mère. Elles arrivent à ne plus pleurer. Son père est sorti. Elle vient en cachette. Elle fait un tour dans sa chambre, prend une petite peluche qu'elle planque dans son sac sans que sa mère la voie. Pas Teddy, sa mère s'en apercevrait. Elles parviennent à parler à peu près calmement.

_ Qu'est-ce que tu vas faire ?
_ Je ne sais pas.
_ Tu es retournée à la fac ?
_ Pas encore.
_ Il ne faut pas l'attendre. Ta vie t'appartient.
_ Je sais…
_ Si tu veux, pars en voyage quelques jours ça te changera les idées.
_ Maman, je n'ai pas d'argent.
_ On te le paye. Ton père est d'accord. Réfléchis où tu veux aller. Une semaine, dix jours. Après tu retournes à la fac. D'accord ?

Myriam songe à des images du monde, le vaste monde qu'elle ne connaît pas. Avec ses parents elle n'a pas souvent traversé les frontières. Un petit tour en Italie, en Espagne, en Suisse. Un voyage scolaire en Angleterre quand elle était au collège. Elle fait défiler les paysages. Montagnes, mers, océans, forêts, landes, steppes, neige, sable… Ses parents voyageaient en achetant *Géo*. Elle n'a pas oublié la beauté pure des dunes entrevues un jour dans le magazine, leur couleur ocre ou brune. Un reporter racontait ses nuits à la belle étoile dans l'absolu silence du Sahara. C'est là qu'elle veut aller. Au pays de Djamel.

_ Réfléchis, lui dit sa mère. Je te vire l'argent.

Elles s'embrassent. Myriam ne dit rien de son désir de désert.

33.

_ Alors comme ça tu prépares le concours pour Sciences Po ? C'est vachement bien !

_ Ils m'ont accepté dans la filière *Parcours réussite*. On est cinq au lycée. C'est ma prof de français de l'an dernier qui a insisté. Mon prof de philo aussi, avec mon prof d'histoire géo qui est mon tuteur.

_ Alors tu viens souvent à Aix ?

_ Non, quelques vendredis, c'est tout, pour des cours. Le reste ce sont des devoirs à rendre.

Ils se sont donnés rendez-vous place de la Mairie. Les consos sont moins chères que sur le Cours Mirabeau, et puis Camel n'avait pas beaucoup de temps. L'Institut d'Etudes Politiques est tout près. Jérôme n'a pas cours le vendredi après-midi. C'est Camel qui l'a appelé.

_ Qu'est-ce que tu prends ?

_ Un diabolo menthe.

_ Tu viens comment ?

_ En bus. Je laisse la moto à St Antoine.

Jérôme est content de revoir son copain. Ça faisait longtemps. Il a la nostalgie de l'été, déjà. Et puis il aimerait en savoir plus. Il n'ose pas demander mais il sait qu'il ne voit plus Stéphanie. Sabrina, bien sûr, est

au courant. Ce n'est pas un secret, elle a pu le partager.
 _ Camel, qu'est-ce qui se passe avec Stéphanie ?
 _ Je peux pas te dire Jérôme. C'est comme ça.
 _ C'est fini ?
 _ Tu crois que ça peut être fini ? C'est jamais fini une histoire d'amour non ? C'est écrit quelque part de toute façon.

Jérôme n'a pas trop envie de partir dans des dissertations. Il trouve Camel trop sentencieux tout à coup. Il voudrait juste savoir si c'est une rupture ou non.
 _ Et moi, je vais rester ton pote ?
 _ Tu m'as sauvé la vie, vieux frère.

Jérôme bien sûr ne peut pas savoir que Camel vient de lire *Gatsby le magnifique* et que cette expression, *vieux frère*, c'est celle de Gatsby pour Nick, son voisin et seul véritable ami, le narrateur. Alors Jérôme est flatté. Et rassuré. Mais Camel, lui, réalise qu'il parle comme un livre, et ça le dérange. Il faut qu'il ajoute :
 _ Mais c'est pas parce que tu m'as sauvé la vie que tu es mon pote, c'est juste parce que c'est toi.

Camel n'a peut-être pas oublié non plus Montaigne et son ami La Boétie : *parce que c'était lui, parce que c'était moi*. Ça lui traverse l'esprit. Décidément, la culture chasse le naturel. Peut-on parler sans mettre nos mots dans les mots des autres ?
 _ Jérôme, je tiens vraiment à notre amitié. Tu sais, les Grecs appelaient ça *philia*, et parfois mettaient ce sentiment au-dessus de l'amour, *éros*...

Maintenant il ressort son cours de philo. Inutile d'en rajouter des couches. Jérôme a envie de lui dire : je m'en fous de tes Grecs. Dis les choses simplement.

Mais peut-être que Camel ne sait plus. Jérôme se dit que ça ne pouvait pas coller avec Stéphanie. Camel est trop intello. C'est vrai finalement. Il pense avec une vraie tendresse à Stéphanie. Il sait qu'elle est malheureuse. Il l'aime bien, Stéphanie. Il a même fait un rêve amoureux à trois avec Sabrina. Heureusement il ne s'en souvient pas. Nous, on sait.

_ Moi, ça me ferait chier que tu sois plus mon copain. C'est tout.

On peut aussi le formuler comme ça, pas vrai ? Dans leur intimité, Montaigne l'a peut-être dit ainsi à La Boétie, en son langage françois du XVIe siècle.

_ Merci, mec. C'est sympa de ta part.

Jérôme en profite pour remplir la mission que lui a confiée Sabrina : poser une question délicate.

_ Si Stéphanie t'invite, tu viendras à son anniversaire ?

_ *Je préfèrerais pas.*

Sait-il que cette formule culte est celle de *Bartleby* le scribe dans une célèbre nouvelle de Melville ? On a du mal à imaginer tout ce qu'il a déjà lu.

En tout cas, voilà. Comme ça on est fixé. Sabrina pourra accomplir la sienne de mission : le dire à Stéphanie, qui évidemment va chialer, mais au moins elle ne l'invitera pas, évitant l'humiliation d'une réponse, ou peut-être même, pire, d'une non réponse. Jérôme aurait préféré ramener une autre réponse, mais ainsi va la vie.

Il aurait aussi aimé poser une autre question, une question qui l'embarrasse : *Camel, pourquoi tu te laisses pousser la barbe comme ça ?*

34.

L'avocat n'appelle pas. Il a refusé de lui donner son numéro. Il a promis de la recontacter s'il y avait du nouveau. Elle ne connaît même pas la date du procès. Djamel n'a donc rien à lui dire ? Il ne doit pas voir souvent cet avocat, se dit-elle. C'est terrible, la prison. Elle l'imagine dans sa cellule. 9 m². Il ne doit pas être seul. Il doit faire chambrée commune avec un serial killer ou un tortionnaire sadique. Elle imagine le pire. Il va peut-être se faire violer. Il doit maigrir, lui qui n'était déjà pas épais. En plus la nourriture est dégueulasse. Les matons sont fourbes et pervers. Le bruit des clés dans les serrures est insupportable.

La prison des Baumettes est au bout de la ville. Si on continue on peut rejoindre les calanques de Morgiou et de Sormiou. Quand Myriam passait devant, avec ses copains, au temps du lycée, elle regardait la hauteur impressionnante de ces murs de forteresse. La petite troupe insouciante, roule jeunesse, vogue la galère, s'amusait chaque fois du nom du café situé de l'autre côté de la large avenue, en face de la très lourde porte d'entrée : *Ici mieux qu'en face*. C'était marrant. Maintenant elle se voit aller là-bas, attendre avec les autres familles l'ouverture de la porte pour une visite.

Famille ? Quelle famille ? Elle n'a aucun lien avec Djamel. Aucun droit de visite. Même en préventive. Elle n'entrera pas dans la forteresse. Elle le guettera peut-être à la fenêtre de sa cellule. Ils crieront. Ils se feront signe de loin. Elle tentera peut-être seulement, avec l'aide de jeunes complices, de lui envoyer un colis dans la cour de promenade, en espérant que les gardiens ne le récupèrent pas avant lui. Misérable vie. Mon amour, mon amour, *pourquoi as-tu gâché la beauté de nos gestes ?*

Evidemment ses parents n'ont pas aimé qu'elle choisisse l'Algérie. Mais le désert le plus beau, il est là, leur dit-elle. *T'inquiète pas maman, Tamanrasset est une ville sûre.* Pas très propre mais sûre. *Et puis je ne serai pas seule.* Elle s'est inscrite dans un voyage organisé. Un petit groupe. On va dormir à la belle étoile. On sera guidés par des chameliers. On va boire du thé à la menthe sous de grandes tentes berbères. Son enthousiasme, son sourire retrouvé, finissent par convaincre son père qui accepte de payer. Elle tombe dans ses bras. C'est la première fois depuis des mois. Il respire l'odeur de ses cheveux, ferme les yeux, ne veut pas montrer que lui aussi il pourrait pleurer, que ce contact physique lui a manqué plus que tout. Elle est contre sa poitrine, la grande poitrine de son papa, ce mur contre la cruauté du monde, ce rempart contre les méchants. Rien ne peut lui arriver. Ce n'était qu'un cauchemar. Tout va redevenir comme avant.

Elle décolle dans quelques jours. Elle emporte son duvet et le sac à dos de ses virées d'ado. Elle songe déjà aux grands ciels étoilés des nuits sahariennes, aux courbes parfaites des dunes qui se découpent sur le ciel bleu. Tout ce qu'elle a vu dans les magazines de voyage. La beauté la sauvera. Le désert la purifiera. Elle part.

35.

Ses parents n'ont pas hésité à lui faire plaisir. Ce n'est pas tous les jours qu'on a 17 ans. Ils ont réservé une salle dans une banlieue tranquille. Tout le monde se retrouve autour de Stéphanie. Elle a juste dit à son frère de n'inviter personne. Il a menacé de ne pas venir, et puis il s'est calmé. Elle restait ferme. Il pourrait faire le DJ, s'il voulait. On va louer du beau matos. Il se fait un peu prier, mais accepte bien sûr. Il va se rôder. Il réclamera la même chose à ses parents pour son anniversaire. Pour Stéphanie ce sera un galop d'essai. En revanche il n'a pas trop envie de lui faire un cadeau.

Stéphanie arrive. Pantalon noir, chemise blanche, et escarpins. Malgré la fraîcheur de sa flamboyante jeunesse, malgré la cascade blonde sur ses épaules et dans son dos, elle paraît ce soir-là plus âgée que ses 17 printemps. Comme si elle avait voulu se vieillir. Sa mère aurait pu s'habiller pareil. Le même rouge sur les lèvres.

Elle arrive et la fête peut commencer. Elle sourit d'abord par intermittences. Ce matin, elle a encore demandé à Sabrina :

_ Tu crois que je ne peux pas l'appeler ?

_ Arrête, Stéphanie.

_ Il n'attend peut-être que ça.

_ Il n'attend peut-être que ça pour te dire non !

Serait-il aussi cruel ? Sabrina, tout à coup, brise toute illusion.

_ Tu sais, c'est un mec, et puis c'est tout.

Elle a envie d'ajouter : *en plus, il ne t'a même pas baisée.* Elle préfère pas.

_ Sab, il n'est pas comme les autres !

_ Non, il est pire que les autres.

Elle en fait beaucoup, la grande cousine. Mais c'est le but : elle doit être dure et définitive. Camel, c'est de l'histoire ancienne, voilà tout. Un amour d'été, un truc assez courant. Très classique. Faut pas qu'elle s'entiche la petite cousinette. Ça lui ferait du mal. Ce soir, les prétendants seront nombreux. Sabrina en a déjà repéré quelques-uns très mignons. Quelques grands blonds aux yeux clairs. Y a pas que Camel qui a un beau cul et de beaux yeux !

_ Tu aurais pu mettre une robe. Même noire. Ce serait plus sexy.

_ J'ai pas envie d'être sexy, Sabrina.

_ Oui, ça va, j'ai compris.

Elle râle, la grande cousine. Elle a bien aimé Camel, mais il faut pas exagérer. Et puis elle avait de mauvais pressentiments ces dernières semaines. C'est bizarre tout de même qu'avec tout son baratin et sa façon de la *chasper de longue* (Sabrina parle marseillais) il n'ait même pas essayé de lui faire l'amour. Et puis cette drôle de barbe... Non, c'est mieux comme ça. C'est un arabe, tout de même. Faut pas l'oublier. Même si on sait rien de sa généalogie. Un arabe bien éduqué, certes, mais un arabe malgré tout.

Alban est donc aux platines. Il choisit une techno élégante et lounge pour commencer. On sirote doucement de doux cocktails pas trop alcoolisés. Là-dessus les parents ont mis en garde. *Mèfi !* Stéphanie a pourtant des envies de première fois. Faute de première baisade, ce sera peut-être première cuite.

Les garçons se pressent au portillon. Toutes les stratégies sont bonnes. La directe : c'est clair, tu me plais, viens avec moi tu seras pas déçue, regarde comme je suis beau et comme je danse bien. L'indirecte : je fais semblant de m'intéresser à une autre mais je te montre mon meilleur profil pour que tu aies envie de gagner le gros lot et de battre ta rivale. La faussement détachée (variante de l'indirecte) : je ne drague pas, je suis le mélancolique beau et ténébreux qui reste dans son coin à vaguement picoler pour oublier on ne sait trop quoi, et je me fais ainsi désirer, énigmatique et romantique. La comique (variante de la faussement détachée) : je fais rire tout le monde, je fais le con, je fais semblant de ne pas du tout vouloir draguer, mais j'espère qu'elle va venir me chercher quand j'aurai fini de faire l'idiot. La timide : je vais demander à sa cousine si elle peut lui glisser un mot en ma faveur, je suis timide mais j'ai plein de qualités.

Ils ne manquent pas, les Don Juan qui dansent ou les amoureux transis, plus ou moins à leur aise dans leur désir de conquête. Surtout que flotte autour de Stéphanie un parfum de mystère. On ne lui connaît pas de garçons. Un du lycée a dit l'avoir vue en ville avec un mec basané, mais on ne l'a pas cru. Un autre a confirmé : oui, à la plage. Il a pas voulu la déranger. Alors ce serait ça : *elle sort avec un noir, ou un arabe.* On a du mal à le croire. Ça pourrait expliquer qu'elle ne dit rien. Cachotière. Une fille du lycée lui a demandé : elle a nié (Saint-Pierre aussi a menti). Si c'était vraiment important elle l'aurait tout de même invité à son anniversaire. Un arabe sympa ou un black rigolo, ça pose pas de problème. On l'aurait accepté sans souci. S'il n'est pas là, c'est qu'il n'est plus là.

Dans tous les cas, haro sur la belle blonde. C'est le moment. Les paons font la roue, en cercle autour d'elle. Evidemment ses copines font un peu la gueule, mais c'est sa soirée après tout, c'est normal. C'est elle qui invite. Et puis les choses vont se décanter. Dans quelques heures il ne restera plus beaucoup de candidats. Les autres se fatigueront et se retourneront vers d'autres cibles.

La soirée se passe et les prétendants se lassent, en effet. Aucun signe de Stéphanie. Aucun indice. Elle sourit maintenant à tout le monde. Elle a trop bu. Elle a écouté un peu hilare le *Happy Birthday* chanté à tue-tête par cinquante ados déchaînés. Elle a soufflé les bougies en plusieurs fois et pourtant il n'y en a bien que 17. Elle a ouvert les cadeaux un peu maladroitement, vaguement éméchée, les cheveux devant les yeux. Sabrina, toujours aussi maternelle, l'a aidée à couper les rubans entortillés.

Elle assure, la Sabrina. Elle fait l'animation.

_ C'est bientôt Noël, faut qu'on s'entraîne !

Jérôme, à côté de Sabrina, évite de trop chercher à comprendre à quoi il pense quand il regarde Stéphanie. Lui aussi il a trop bu. Peut-être à cause de ça.

Tout le monde s'est regroupé autour de la table du gâteau, même les beaux ténébreux qui en ont marre de rester dans leur coin pour rien. Stéphanie remercie tout le monde, et notamment son frère qui a su si bien choisir la musique. Elle est émue, visiblement émue. Pas vraiment ivre en fait. Même la première cuite elle n'y arrive pas. Tous la regardent avec une vraie tendresse, y compris ses rivales puisque maintenant les garçons ont renoncé à séduire la reine de la soirée. Ils croient que c'est pour eux qu'elle pleure, et parce qu'à 17 ans, décidément, on est plus un enfant. Ils ne savent pas qu'elle pense à autre chose, à un garçon qu'elle n'a pas invité, à un garçon qui aurait pu danser ce soir avec elle, qu'elle aurait été fière de présenter à tout le monde, et auquel elle aurait montré, à lui seul, dans un lit, son premier tatouage : au bas du dos, un vers de Rimbaud.

36.

Quand Myriam a appris qu'elle était enceinte, elle a d'abord pensé à se jeter du 15ème étage. A cette hauteur, quand on laisse tomber un torchon en étendant le linge, il semble voler dans l'air et planer dans le vent. Rien de grave. Il suffit de descendre le chercher. Il faut simplement le relaver. Le corps résiste, lui. Refuse de chuter en douceur. Plombé par sa gravité, il accélère avant de s'écraser. Lamentable.

Elle s'est penchée, la nuit venue, par dessus le garde-corps qui n'a jamais si bien porté son nom. Le vertige l'a prise un instant. Elle s'est vue planer, elle aussi, atterrir mollement. L'horreur l'a ressaisie immédiatement. Où se logent ces pulsions qui nous font balancer de la vie à la mort, de la mort à la vie ? Elle a reculé soudainement, s'est jetée sur ce canapé où elle a fait si souvent l'amour. La source des larmes, disions-nous, est vraiment intarissable.

Quand elle a réussi à le dire à sa mère au téléphone, ce fut d'abord un immense silence au bout du fil. Myriam avait préparé la parade :

_ Je vais avorter, maman.

Mais elle avait oublié la foi de ses parents.

_ Tu n'y penses pas, ma fille. C'est un crime.

_ Maman !

_ Tais-toi ! C'est hors de question ! La religion l'interdit !

Elle était revenue du Sahara bronzée et joyeuse. Elle avait raconté à tout le monde la marche sur la crête des dunes, ses fameuses nuits à la belle étoile, les repas sous la tente, les plats posés sur le tapis, le délicieux thé à la menthe, la gentillesse de toute l'équipe. Tout le monde se réjouissait de la voir aussi enthousiaste.

_ Que ça devait être beau ! lui avait dit sa mère. Et tu n'avais même pas d'appareil photo !

_ Tu as de la chance, moi aussi j'aimerais aller dans le désert, lui avait avoué Dalila.

Fatima lui avait demandé si le thé des touaregs était meilleur que le sien.

Maintenant, à elles aussi elle doit apprendre la nouvelle. Fatima lui demande :

_ C'est bien Djamel le père ?

Myriam ne répond pas tout de suite. Puis elle explose :

_ Qui veux-tu que ce soit !

_ C'est terrible, Myriam. Mais tu ne dois pas avorter. Ce n'est pas bien.

_ C'est impossible, ajoute Dalila. La religion l'interdit. La nôtre, mais aussi la tienne.

Elle quitte l'appartement de Fatima en pleurant encore, en criant :

_ Je m'en fous de votre religion ! Et de la mienne aussi !

Fatima et Dalila se regardent. Elles se demandent si elles la reverront. On ne peut pas dire des choses comme ça. C'est une insulte *au Prophète*.

Une semaine passe. L'avocat l'appelle. Le procès aura lieu dans quinze jours.

_ J'ai pensé que ce serait bien que vous soyez au courant.

Alors elle peut attendre ! Il sera peut-être innocenté. Il va revenir. Ils élèveront cet enfant. Elle passera l'agrégation. Ils iront vivre en centre-ville, dans un beau quartier. Il fera des concerts. Il fera des disques. Il est doué. Quinze jours après, l'avocat la rappelle. La date du procès est repoussée.

Myriam ne voit plus personne. Pourtant dans le quartier on commence à savoir. Quand elle sort, les jeunes en scooter lui lâchent des injures en passant. Plusieurs ont craché devant elle.

Elle a revu Akim dans l'escalier, un jour où l'ascenseur était encore en panne. Comment elle va faire plus tard, pour porter dans son ventre ces kilos en plus ? Akim est au courant, comme tout le monde dans l'immeuble. Il la rassure. *Si on t'embête, tu me le dis.* C'est son ange gardien. Il ajoute :

_ Garde-le, cet enfant.

De toute façon, elle a de moins en moins le choix. Les semaines passent. Le procès va enfin avoir lieu. Elle imagine le retour de Djamel, le moment où elle va le lui dire.

7 ans.

_ Il s'en tire bien. Ça aurait pu être plus sévère lui dit l'avocat. Le parquet réclamait 10 ans. Ils rigolent pas en ce moment. Je ne sais pas s'il a intérêt à faire appel. Moi, j'ai fait tout ce que j'ai pu.

Un temps. Silence. Il ajoute :

_ Vous savez, je ne devrais peut-être pas vous dire ça, mais vous devriez l'oublier. Il n'aura probablement pas de remise de peine à ce tarif-là. C'est pas un mauvais bougre, mais quand il va ressortir il aura un mal fou à se réinsérer. Alors n'attendez pas.

De quoi il se mêle celui-là ! Il ferait mieux de bosser ses dossiers. Pas étonnant qu'il ne soit pas un ténor du barreau ! Myriam lui dit :

_ Ça vous regarde pas !

Elle a hurlé dans le téléphone. Elle a raccroché violemment. Elle a failli casser le combiné. C'est une époque où on raccrochait vraiment. Pas au sens figuré.

7 ans. Si elle ne s'évanouit pas, c'est probablement parce que dans son ventre, déjà, même si elle ne le sent pas, ça bouge.

37.

En Provence aussi le froid peut être glacial, même au bord de la mer. A Aix, c'est encore pire. Camel frissonne. Il a oublié son écharpe. La bleue, celle que sa mère lui a offert. Un cadeau parce qu'il a été accepté à la prépa du concours.

Il rentre chez lui. Dans sa chambre il a punaisé au mur un poster de Pirlo, son joueur préféré, une grande carte du monde plastifiée, et la photo de Rimbaud que sa mère lui a donnée. Le week-end sera studieux. Plusieurs dissertations à finir. Histoire-géo, culture générale. Il aimerait bien s'attarder dans cette ville propre et élégante. Il ne se sent pas chez lui dans ce paysage humain trop uniforme, mais il aime la tranquille agitation de ces rues piétonnes, le bruit des talons féminins et de l'eau des fontaines. Les lampions de Noël sont déjà installés. C'est comme un plafond de lumières sur le Cours Mirabeau. On vend les santons depuis quelques jours. Il va probablement en choisir un pour sa mère. *La femme du ravi ?* C'est la nouveauté de l'année. Il a déjà jeté un coup d'œil sur les étagères des santonniers. Il a vu un *Maire du village*, avec son écharpe tricolore sur son gros ventre. Il pense au Maire de Marseille, imposante bedaine.

Dans une semaine ou deux, il fera la crèche avec elle. C'est un rituel. Il ouvrira comme chaque fois la boite en carton où dorment les petits santons. Son âge ne change rien à l'affaire. Il ne peut pas refuser. C'est la tradition. Elle lui a souvent raconté la crèche de ses grands-parents. Cet enfant qui naît dans une étable, c'est la religion de sa mère, même s'il ne la voit jamais prier. Et lui, quelle est sa religion ?

L'autoroute est embouteillée. Il s'endort dans le bus en écoutant Diana Krall. Entre deux mini-somnolences il regarde dehors après avoir frotté la buée sur la vitre. Le ciel est cotonneux, un coton grisouille. Un temps tristounet. On dirait qu'il va neiger. Il n'a pas envie de ça, Camel. Ça va tout compliquer. Il risque de ne pas pouvoir circuler avec sa petite moto. Ici, c'est panique à bord quand tombent les flocons.

Son esprit flotte, floconneux lui aussi, virevolte. Il pense à Stéphanie, sans savoir si c'est douloureux. Des images estivales viennent le surprendre aux bornes de l'hiver. Il pense à ce qu'il lui avait dit, à la lettre de Cassis. Il n'a pas beaucoup écrit depuis. Il avait démarré *un truc*, pourtant. Une sorte d'histoire d'amour marseillaise. Surtout pas un polar. Il a horreur de ça. Il n'a plus l'énergie depuis qu'il ne voit plus Stéphanie.

Alors il mature. Il rumine. Il laisse macérer. Il s'emballait l'été dernier. Il sait maintenant que le désir ne suffit pas. Il faut savoir attendre, laisser du temps. On ne maitrise pas plus l'écriture que le reste. On croit être prêt et puis la neige tombe, le paysage change, on ne sait plus par où passer. C'est Mélodie Gardot maintenant dans ses oreilles. Le bus avance par à coups. Mélodie la chanteuse boiteuse. Mélodie renversée par une jeep à 18 ans. Clouée sur un lit pendant un an. Mélodie qui compose ses premières chansons à l'hôpital. Il sait tout ça, Camel. La fragilité et les détours de nos desseins. Tout se mélange. Stéphanie en bikini, un concert de jazz au crépuscule. *My one and only thrill.* Il ne rêve pas. Dehors le gris gagne l'espace. Tout se mêle et tout s'organise. Il ne bouge pas mais tout en lui s'agite. Bousculés par le vent, les cristaux forment ensuite, au sol, une parfaite page blanche. Il écrira. Tant pis si on ne sait jamais à l'avance quelle sera la longueur du chapitre. Il écrira. Est-ce une religion ?

Quand il descend du bus, quelques flocons volettent comme des papillons lestés autour de sa capuche. Ceux-là meurent en touchant le bitume. Il va falloir faire attention, Camel, la chaussée est glissante.

Il démarre. Son téléphone sonne. Il veut l'attraper dans sa poche. Une voiture pile brutalement devant lui.

38.

Après de longues démarches, Myriam a obtenu un droit de visite. Elle s'est maquillée, a longuement peigné ses cheveux, a mis sa plus belle veste. Elle en a parlé à Akim. Il a lui aussi maintenant un petit téléphone portatif. Il lui a donné son numéro.

Le trajet jusqu'à la prison est très long. C'est l'autre bout de la ville. Elle reste debout. Elle n'ose pas encore demander dans le bus la place prioritaire.

Quand on ouvre les lourdes portes des Baumettes, elle repense à l'insouciance de son enfance et à la légèreté de son adolescence. Elle donnerait tout pour passer encore devant ces murs en toute innocence, jeune fille fraiche et virginale en route vers les rochers et la mer.

Le bruit des clés dans les serrures des grilles que l'on ouvre avant le parloir est encore plus métallique que ce qu'elle imaginait. Elle pense aux portes de l'enfer, se souvient de ses cours sur la mythologie antique. Elle découvre les rites du parloir. Akim l'avait prévenu : pas de soutien-gorge à armature pour pas sonner sous le portique de contrôle. Quand Djamel arrive et s'assoit derrière la table, elle parvient à ne pas pleurer.

Elle ne veut pas lui faire de reproche. Pourquoi n'a-t-il pas davantage communiqué par l'intermédiaire de son avocat ? Son visage est fermé. Il est mal rasé. Elle aimerait le voir sourire. Elle aimerait le lui dire. Elle se retient. Ils se touchent maladroitement, leurs lèvres s'effleurent. Elle n'ose pas davantage d'effusions. Le gardien passe derrière la porte vitrée. Ils échangent quelques mots dérisoires qui renouent le fil d'une conversation interrompue depuis plusieurs mois, depuis ces mots d'amour criés dans l'extase des corps. Très vite, cependant, elle doit lui dire. Elle a une nouvelle importante.

_ Djamel, je suis enceinte.

D'abord il ne dit rien. Il baisse la tête, et retire sa main de la sienne. Il regarde autour de lui comme pour vérifier que personne ne l'entend.

_ Avorte.

Myriam, la si fragile et si sage Myriam, encaisse le coup en pleine poitrine, à l'endroit du cœur.

_ Je ne peux pas, Djamel, c'est trop tard.

Les larmes pressent contre les écluses de ses yeux.

_ Débrouille-toi. Je veux pas d'enfant.

_ Je m'en occuperai.

_ J'en ai pour 7 ans, Myriam, tu entends ? 7 ans !

_ Je peux attendre.

Un temps. Elle reprend.

_ Nous t'attendrons.

Djamel se crispe. Ses lèvres, sa belle bouche, sont déformées par des mots qui ne veulent pas sortir. Il articule lentement :

_ Je te dis que non.

Elle ne le supplie pas. Ne demande rien de plus. Il dit alors :

_ C'est peut-être pas moi le père.

Myriam se lève, sans un mot. Il semble surpris de la voir soudainement si rigide à son tour. Elle le regarde une dernière fois, se lève, et lui tourne le dos. Elle demande au gardien d'ouvrir la porte. Tout en la reluquant en souriant, elle est mignonne cette meuf, le gardien lui demande :

_ C'est déjà fini, mademoiselle ?

_ Oui, c'est fini.

Dehors, le froid la transperce. Elle attend le bus, raide, frigorifiée. Elle a mal au dos. Quand elle arrive dans la cité, des flocons tombent sur le bitume. Deux jeunes en scooters qui font du rodéo arrivent au fond de l'allée. Elle se met au milieu pour les obliger à s'arrêter.

_ Je vous préviens. Je viens de voir Djamel. Si vous

emmerdez la mère de son enfant il vous fait buter. C'est compris ?

Ils semblent avoir compris.

_ Oh ça va, oh. On va pas faire chier une meuf en cloque.

Elle s'écarte. La voie est libre. Tout en faisant vrombir leur petit moteur, l'un des deux lui lance :

_ N'empêche que t'es une pute.

Elle prend l'ascenseur. Elle se couche sur le canapé, la main sur son ventre. Elle voudrait être une marmotte. S'endormir et hiberner jusqu'au printemps. Quand elle se réveille, deux heures plus tard, elle sort sur le balcon. C'est très étrange, la neige, ici. Tellement inhabituel. Sur l'autoroute, plus rien ne bouge. Embouteillage monstre. Bruits de klaxons étouffés. Brume sur la mer.

Sur les quais les conteneurs de couleur sont recouverts uniformément d'une fine pellicule blanche.

Mon Dieu, s'il vous plaît, faites quelque chose. Myriam l'avait oublié : voilà qu'elle se souvient qu'elle a un Dieu. Elle lui dit, spontanée prière : *aidez-moi, faites que j'ai le courage de garder cet enfant, faites que j'ai la force de l'élever.*

La nuit tombe. Elle va chercher une couverture pour rester sur le canapé. En revenant de la chambre un souvenir la traverse, d'une telle violence visuelle qu'elle s'arrête dans le couloir. C'est la nuit, dans les dunes du Sahara...

Elle essaie de lire. Laisse tomber le livre par terre. Elle se lève, va vers le téléphone. Il faudra elle aussi qu'elle achète un téléphone portable. Ce sera tellement plus pratique.

_ Allo, Mary ? Il neige aussi chez toi ?

Elle a saisi cette occasion météorologique pour ne pas lui dire tout de suite la raison de son appel. Elles parlent donc d'abord de la neige et du mauvais temps, des bateaux devenus blancs à la Pointe Rouge, puis Myriam se lance :

_ Tu sais, je voudrais vraiment te voir. Excuse-moi de ne pas t'avoir appelé avant. J'ai beaucoup de choses à te dire. Je te raconterai quand on se verra, d'accord ?

Bien sûr qu'elle est d'accord. Elle s'inquiétait de ce silence.

_ C'est grave ce que tu veux me dire ?

Les vraies amies ont parfois un sixième sens.

_ Je ne sais pas, Mary. Je ne sais pas si c'est grave.

_ T'inquiète pas, je suis là. Dan aussi.

_ Dan ?

_ C'est Daniel, mon copain. Je l'ai rencontré aux Beaux-Arts.

_ C'est du sérieux ?

_ Je ne sais pas Myriam. Je ne sais pas si c'est sérieux.

Elles rient, bien sûr, du parallélisme de leurs phrases.

_ A bientôt, Mary. Grosses bises.

Elle raccroche et compose tout de suite, sans attendre, un autre numéro en tapant sur les touches couleur ivoire. Il y a longtemps qu'elle n'a plus mis de vernis sur ses ongles.

_ Allo maman ? S'il te plaît, maman, je voudrais venir faire la crèche avec toi. Ne refuse pas s'il te plaît. Maman...

39.

_ Putain, Ali, j'ai failli me viander !
_ Qu'est-ce que t'as fait ?
_ Une putain de bagnole a pilé devant moi. J'ai freiné limite et je me suis foutu par terre. Fait chier. Mon jean est déchiré. La moto n'a rien mais j'aurais pu me tuer, mec !
_ C'est à cause de la neige ?
_ Et à cause du téléphone aussi ! Et j'avais pas pris le casque en plus pour pas être encombré à Aix. Sérieux, c'était chaud. Je me suis niqué la jambe.

Ali s'amuse d'entendre son pote. D'habitude il est beaucoup plus raffiné. Là, il parle comme les autres. Il a dû avoir vraiment peur. En même temps il culpabilise. C'est lui qui téléphonait. Camel demande :

_ Pourquoi tu m'appelais ?
_ Pour savoir ce que tu fais ce soir ?
_ Je bosse.
_ Oh, Camel, tu vas devenir neurasthénique si ça continue.

Ali n'est pas sûr de savoir ce que veut dire neurasthénique, mais Camel a compris ce qu'il veut dire.

_ J'ai pas le choix. Je suis lancé, là.
_ Je sais, je comprends, mais tout de même, faut t'aérer, mon frère !
_ T'es sympa, Ali. Mais t'inquiète, je respire encore. Je suis bien vivant.
_ Y a une soirée chez Mohamed. Kevin et Romain seront là. Johana aussi. Sarah peut-être. Tu peux toujours passer si tu veux.

_ OK.
_ C'est vrai que tu arrêtes le foot aussi ?
_ Qui c'est qui te l'a dit ?
_ C'est mon père.
_ Comment il va ?
_ Ça va, ça va. Il continue la chimio. Pour l'instant il a le moral. Mais c'est dur pour lui de ne plus boxer. Il est fatigué. Il est tout le temps sur internet. Il a grossi.
_ Il est courageux ton daron.
_ Moi, j'ai la trouille.
_ Ça va aller, mec. T'inquiète. Il est fort.
_ T'es plus sur Facebook non plus !
_ C'est provisoire, l'ami, mais c'est nécessaire.
_ C'est pour bosser ou c'est à cause de ta blondasse ?
_ Ali, please, parle pas comme ça.
_ Te vexe pas. Je la trouvais canon ta petite bourge. Je l'ai juste entrevue mais même de loin elle faisait de l'effet, surtout sur la plage. C'était normal que tu la caches. Elle aurait mis le feu, ici. C'était peut-être du toc ou c'était peut-être une vraie perle. On ne saura pas.
_ Tu es gentil Ali. N'en parle plus.

Quand Camel remet son téléphone dans la poche il se rend compte que la rue est blanche maintenant. Fais gaffe, Camel, fais gaffe. La vie souvent ne tient qu'à un fil. On a beau être un mec d'élite, un accident est si vite arrivé ! Ce serait tellement dommage. L'écriture ne peut pas faire toujours des miracles. Et toi tu n'as pas encore écrit vraiment ton premier chapitre.

Quand il arrive au pied de la tour, la neige est redevenue de la pluie. Baskets trempés, cheveux mouillés malgré la capuche. Mains gelées. Chez lui, c'est pas grand, c'est pas chic, c'est pas design, mais c'est sa tanière, plus que jamais. Même si les voisins parfois se disputent un peu bruyamment.

_ Salut mum.
_ Salut fiston.

La bise aussi est rituelle. Il ne la refuse pas.

_ Tu as vu ça ? Il a neigé !
_ J'ai bien vu, maman, j'étais dehors, dit-il, logique implacable.
_ Tu es trempé ! Je m'inquiétais.

Elle n'a pas vu le pantalon déchiré. Elle n'a pas vu qu'il boite un peu. Comme Mélodie. Comme Œdipe. Il rentre vite dans sa chambre. Du salon elle demande :

_ Tu bosses ce soir ?
_ Oui.
_ Je te fais des pâtes ?
_ Des penne au pistou, tu peux ? fait-il, allitération incluse.
_ Allez !

Il ajoute :

_ Ali m'a appelé. Il m'a donné des nouvelles d'Akim.
_ Oui, je sais. C'est dur.
_ Tu pourrais prier pour lui.
_ Prier qui ?
_ Ton Dieu.
_ Tu sais bien que je ne crois plus en Dieu, Camel.
_ N'empêche. Tu pourrais. Exceptionnellement.
_ Camel, s'il te plaît. Parlons d'autre chose.

Il n'insiste pas. Il file se déshabiller à la salle de bain. De retour de la douche, dans sa chambre, il voit bien que des livres ont été déplacés. Sur le bureau, appuyé contre le mur à droite, *Le Prophète* devrait être normalement devant *Les Nourritures terrestres,* puis *Ainsi parlait Zarathoustra* et *L'offrande lyrique.* Il n'a pas besoin de mémoire, il est maniaque et adopte toujours, même pour de petites séries, l'ordre alphabétique, de gauche à droite. Il ne déroge jamais à ce principe.

Ainsi : Gibran, Gide, Nietzsche, Tagore.

Il finit de se sécher les cheveux, une serviette sur la tête. Il met un jogging et va voir sa mère à la cuisine. Elle surveille la cuisson des pâtes. Elle a noué un tablier autour de sa taille, une vraie cuisinière, une mama italienne. En arrivant derrière elle, il l'entoure de ses bras. Comme un homme. Comme un mari ou un amant. Il n'est qu'un fils.

_ Je t'aime maman.

Il ne lui en veut pas d'avoir un peu bousculé l'ordre de sa petite compilation thématique. Elle s'intéresse à ses lectures, forcément. Il n'a rien à cacher. Mais Camela beau avoir une manie du classement et une excellente mémoire visuelle, il ne s'est pas aperçu d'un autre changement : à côté du lit, par terre, sur le tapis, normalement, *La Bible* était sous *Le Coran*...

40.

Myriam a placé le petit Jésus et les rois mages sur l'étagère du bahut, celle en dessous de l'encyclopédie en dix volumes. Ils attendront là leur entrée en scène. Les autres santons sont déjà à leur place. Les bergers avec leurs moutons et le petit chien. Le pêcheur très patient au bord de la rivière en papier aluminium. Le tambourinaire à côté de l'étable. Le meunier qui tchatche avec le boulanger. La poissonnière qui papote avec la vieille qui porte un fagot de bois sur le dos. Le bossu qui s'avance et le ravi qui lève les bras sans jamais se fatiguer, éternel enthousiaste devant la naissance de cet enfant. Joseph et Marie qui se penchent pour l'instant sur une absence, une place vide. L'âne et le bœuf qui ne réchauffent aucun bébé posé sur la paille. Il faut espérer. Il faut croire. Il faut attendre.

Et les rois mages sont condamnés à attendre encore plus longtemps. A la foire aux santons, Myriam a acheté un chameau pour compléter leur trio. Sa mère a trouvé cela un peu ridicule, oubliant un instant que Jésus n'est pas vraiment né en Provence. Myriam, elle, regarde le visage noir de Balthazar, et avec ces trois rois d'Orient elle repart sur les dunes, au rythme lent d'une méharée. Elle a, comme eux, suivi une étoile dans la nuit…

La veille, elle a rencontré Mary dans un café sur le Cours Julien. Elle s'étonne de ne plus pleurer en racontant son histoire à sa meilleure amie. La source serait-elle tarie ?

Marie veut l'inviter pour Noël.

_ Je vais chez mes parents, dit Myriam.

_ Comment ils réagissent ?

_ Ça dépend des jours. Là, c'est Noël. Une trêve.

_ Je regrette de t'avoir présenté ce mec.

_ Tu n'y es pour rien, Mary ! Tout est de ma faute.

_ Tu crois qu'il va reconnaître l'enfant ?

_ Je ne sais pas. On verra.

_ Et pour l'appart ?

_ Je ne sais pas non plus.

Elles se quittent en s'embrassant très fort.

_ La prochaine fois j'espère que je verrai Daniel, dit Myriam.

Mary sourit, pense à cet enfant qui pousse dans le ventre de sa copine. Tout finira par s'arranger. Noël fait peut-être des miracles. Il suffit d'y croire.

Le 24 décembre, dans l'après-midi, Myriam va taper à la porte de Fatima.

_ Excuse-moi Fatima. Je regrette ce que j'ai dit. Pardonne-moi s'il te plaît.

Fatima fait d'abord sa mauvaise tête. Mais très vite sa bouche s'élargit et ses yeux s'allument.

_ Bien sûr que je te pardonne, petite idiote ! Tu as mis du temps à venir me voir, hein, mauvaise fille !

Fatima ouvre ses bras.

_ Alors tu le gardes ?

_ Oui, Fatima. Je le garde.

Et c'est une autre poitrine sur laquelle elle pose sa tête, deux seins qui font coussin, un nid où elle enfouit son visage, comme un bébé.

_ Rentre un moment, viens boire un thé.

_ Je n'ai pas le temps, Fatima. Ce soir c'est Noël, c'est une grande fête pour nous. Je vais avec mes parents à la messe de minuit. Je voulais te dire que je t'invite avec Dalila pour le réveillon du 31 décembre. Depuis le temps que je dois vous recevoir ! Je vous ferai une daube provençale. Avec des pâtes !

_ Tu cuisines, toi ? C'est nouveau !

_ Je vais me faire aider par ma maman.

_ C'est d'accord ma fille. Mais maintenant il ne faut plus faire de bêtises hein ?

_ Je pourrai tout de même boire un verre de vin ?

_ Tu feras comme chez toi, non ?

Elles rient en s'étreignant encore. Avant de la laisser partir, Fatima dit à Myriam :

_ Joyeux Noël, ma fille. Joyeux Noël à toute ta famille.
_ Toi aussi tu es ma famille maintenant, Fatima. *Sala malikoum* !
_ *Malikoum sala*, répond Fatima.
Noël est triste, Noël est gai. Il n'y a plus qu'à attendre la naissance d'un enfant. C'est une veille histoire. Toujours nouvelle.

41.

Camel a du mal à comprendre tout ce monde qui s'affaire dans les magasins pour célébrer la naissance d'un enfant. Il a dit à sa mère : *pas de cadeau cette année*. Elle a dit :
_ C'est Noël tout de même.
_ Et alors ?
Elle a été surprise par cette raideur inhabituelle. Elle trouve que cette barbe ne lui va pas bien, mais ne dit rien. Elle espère qu'il va tout de même l'aider à faire la crèche.
Alban, lui, il veut des cadeaux : une platine pour sa sono, des baskets. Et pourquoi pas une nouvelle montre ? Stéphanie n'a rien dit. Si, tout de même, elle a suggéré à son père : *offre-moi des livres que tu as aimés.* Sur le bulletin du premier trimestre, elle a obtenu les *Félicitations*. C'est la première fois. Elle devrait être contente, mais même sur Facebook, plus aucune trace de son amour perdu. Elle cache sa peine derrière la jolie façade de son sourire. Inutile d'inquiéter ceux qu'on aime. Elle n'en parle plus à personne, pas même à Sabrina.

Sabrina qui cherche une idée. Comme Jérôme. Ils n'ont pas osé se demander, comme les vieux couples, ce qu'ils voudraient se faire offrir. Ils en sont au stade où ils croient encore trouver d'instinct, forcément, sûrement, ce qui fera plaisir à l'autre. Un parfum, se dit Sabrina. Pas très original. Un parfum, se dit Jérôme. C'est cher tout de même. Il aimerait lui offrir une guêpière rouge avec des porte-jarretelles. Une paire de bas qui va avec. Mais est-ce que ça se fait pour Noël ? Il en penserait quoi le petit Jésus ? Il ne sait pas. Il ests juif.

Sabrina erre dans les galeries marchandes, sans joie particulière. Ses parents ont invité les parents de Jérôme. Il va falloir qu'elle fasse attention à ne pas trop manger et en même temps à ne pas vexer sa mère cuisinière. Le programme ne l'emballe pas. Elle serait bien partie une semaine en République Dominicaine, retrouver un été, retrouver une plage. Elle n'a pas les moyens. Elle refusera absolument que les parents de Jérôme leur paient le voyage.

Elise, c'est moins compliqué. Ce sera pour Mathieu, comme chaque année, un beau livre d'art. La seule question, c'est : *Dürer ou Hokusaï* ? Mathieu, simple aussi. Ce sera pour Elise, comme chaque année, son parfum *Hermès*. Et une petite surprise en plus. Quelque chose de coquin, qu'ils échangeront loin du sapin. Et tant pis ce qu'en pense le petit Jésus qui deviendra grand. Pour sa fille chérie, touchée par la grâce de la littérature, il a déjà prévu : *L'écume des jours, Le vieux qui lisait des romans d'amour, La vie devant soi*. Il ne doit pas non plus oublier d'acheter le *Sauternes* qui ira avec le foie gras, et le *St Emilio*n qui accompagnera le magret de canard. Mathieu a le sourire en sortant de chez le caviste. La vie est belle, même si tout près d'ici, des bateaux chargés de réfugiés coulent dans la Méditerranée.

Camel part au lycée. C'est à côté. Il va à pied, sur le chemin balisé de voitures brûlées. En arrivant devant les grilles du lycée, il tombe sur Abdelkrim, un joueur de son équipe, par ailleurs lycéen invisible.

_ Oh Camel, putain, pourquoi tu viens plus jouer ? Tu manques grave.

_ Je suis indisponible. Une mauvaise blessure.

_ C'est même pas vrai, bouffon. Me prends pas pour un con. On m'a dit que c'est pour tes études. T'es malade ou quoi ? Tu crois que tu vas gagner du fric avec ça ? Non mais regarde-toi ! Tu deviens vraiment une tapette mon frère. Réveille-toi, oh !

Des gestes de la main, doigts pliés, accompagnent cette rhétorique élémentaire.

_ Tu veux en gagner du fric ? Viens avec moi, tu vas voir, c'est facile.

_ T'inquiète Abdel. Si j'ai besoin je viendrai. Faut que j'y aille, je vais être en retard.

Grand gaillard, Abdelkrim lui barre le passage.

_ Camel, on te respecte. Mais faut pas abuser. Je te préviens. N'oublie pas qui c'est ton père, et d'où tu viens. Ta mère elle est francaoui, mais toi tu es un frère. Noël, c'est des conneries de chrétien. Pourquoi tu viens pas à la Mosquée ?

_ J'ai pas le temps.

_ Pour Allah on a toujours le temps.

_ Oui, je sais. J'ai bien lu le Coran : *Allah vous accueille, si ce n'est aujourd'hui ce sera demain, et ceux qui n'ont pas le temps maintenant ils viendront à lui*

plus tard, car Allah est intemporel dans sa grande sagesse.
Camel ajoute, après un temps d'arrêt :
_ Sourate 4, verset 26.

Abdelkrim reste d'abord sans voix sous sa capuche, puis conclut, en bougeant sa grande carcasse :
_ C'est bien, mon frère, c'est bien.
Camel reprend :
_ Et puis regarde. Tu vois pas ma barbe ?

42.

Dalila a aimé la daube. Fatima était un peu fatiguée. Elle a dit à Myriam :
_ On va se coucher maintenant. Il faut que tu te reposes, ma fille. Tu portes un petit homme, hein !
_ Pourquoi tu dis un petit homme ?
_ Je ne sais pas, mais je préfèrerais. Inch Allah !
_ Moi je préfèrerais une fille, Fati. Et je l'appellerais Camille.
_ Pourquoi ?
_ C'est comme ça que j'appelais ma poupée préférée quand j'étais petite.
_ Un enfant, c'est pas une poupée, a dit Fatima, sévèrement.

Mary a offert à Dan un livre sur *Pollock*. C'était leur premier Noël ensemble, puis leur premier réveillon. Ils ont fait l'amour tout de suite après minuit, dans la salle de bain de leur ami François. Gonflés. Culottés. Déculottés. Mary se demandait si ça pourrait durer ainsi, s'ils feraient l'amour l'année prochaine dès la première heure, pour bien entamer le nouveau calendrier. En auront-ils envie encore ? Si vite, si impérativement.

Myriam voudrait à tout jamais garder ce bébé dans son ventre. Son corps a adopté souplement cet invité à la vie. Elle a peu grossi. Bien sûr il ne faudrait pas maintenant que l'ascenseur tombe en panne. Si nécessaire, elle couchera chez Fatima. Les jours s'écoulent, et l'hiver avec. Myriam est dans un cocon. Il fait chaud même au 15ème étage. C'est la vertu du chauffage collectif.

Mary vient la voir avec Dan. L'artiste est un beau brun. Mary a du goût. Ils ne s'embrassent pas devant Myriam. Ils ne veulent pas la gêner. Akim lui apporte les courses. Il lui parle de sa fiancée, Djamila, qui habite la cité d'à côté. Il lui montre une photo un peu froissée qu'il sort de son portefeuille. C'est une autre époque.

_ Elle est belle, hein ?

_ Oui, Akim, elle est belle. Tu as de la chance. Mais tu le mérites. Tu es une belle personne.

A 20 ans, Myriam distribue des diplômes de sagesse quand tant d'autres à son âge ne songent qu'à faire les fous.

Elle passe des soirées avec ses mains sur son ventre. Elle écoute du jazz : Oscar Peterson, Miles Davis, Petrucciani. Erik Satie aussi. C'est tout doux pour son bébé. A côté du canapé, un gros livre : *La Bible illustrée* par Gustave Doré. Sa mère lui a dit : *tu peux la garder*.

Ses parents ne viendront jamais ici. *Viens nous voir, on te paye le taxi.* Elle a encore refusé de rester chez eux. Elle leur a longuement expliqué, pour ne pas les blesser, qu'il fallait qu'elle s'habitue à sa solitude. Elle verra plus tard. Peut-être après la naissance du bébé.

Le jour de sa seconde visite aux Baumettes, un mistral violent et sans scrupules faisait tout pour gifler ses joues roses de jeune fille. Heureusement qu'elle avait pris une grande écharpe.

Elle raconte au prisonnier le réveillon avec Fatima et Dalila. Elle lui donne des nouvelles du quartier, de l'immeuble. Djamel lui dit :

_ Tu veux garder l'appart ?

_ C'est l'enfant que je veux garder, Djamel !

_ Tant pis pour toi. Moi, je t'ai prévenue…

Ils ont peu parlé. Elle n'a rien oublié de ses caresses mais elle a déjà du mal à faire le lien entre la douceur du souvenir et la dureté de cet homme. Son ventre rond, il n'a pas voulu le regarder. Sortie de la forteresse, elle est allée boire un café pour se réchauffer à *Ici mieux qu'en face*.

Elle a la clé de la boite à lettres, qui de toute façon est presque toujours défoncée. Ses parents la maintiennent à flot. Le bailleur social lui fout la paix, tant qu'elle paye. Elle a appris que Djamel avait l'habitude de régler le loyer en liquide.

_ On t'a fait le virement pour le mois, mais c'est idiot, tu pourrais venir vivre avec nous, dit sa mère au téléphone.

_ On en a déjà parlé, maman.

_ Et tes études ?

_ Je me réinscris l'année prochaine.

_ Tu es sûre ?

_ Oui, maman.

Myriam n'est sûre de rien. Promettre, ce n'est pas tout à fait mentir : c'est un pari sur l'avenir. Et un secret, est-ce un mensonge ?

43.

Dans le salon de la famille Aubanel, un livre sur Hokusaï est venu s'ajouter sur la pile bien rangée au coin de la table basse.

_ Ca donne envie d'aller au Japon, dit Mathieu à Elise qui passe derrière le canapé, pieds nus sur le tapis, en pantalon de soie, et qui sent bon la fleur d'oranger. Mathieu regarde la passante, totally in love. Il a envie d'écouter du jazz. Ou peut-être Katie Melua. Il hésite à se lever. Torpeur langoureuse du mari comblé.

Stéphanie a déjà lu l'*Ecume des jours*. Elle a dit :

_ C'est trop triste, mais c'est trop beau. Ou l'inverse peut-être.

Pour l'instant son père se contente tout à fait de cette brève et très synthétique critique. Ce n'est que le début, il en est persuadé.

Alban est allé changer ses baskets. Ses pieds grandissent trop vite. Sa mère, qui s'est trompée de pointure, se souvient de ses petits pieds de poupon :

_ Tu étais si joli, bébé.

Il ne sait pas comment il doit le prendre. Elise Aubanel sent qu'elle a peut-être fait une gaffe. Elle enchaîne :

_ Tu fais quoi, finalement, pour le réveillon ?

Il claque la porte de sa chambre.

Le 31 décembre vers 19h, la Vénus marseillaise a mis une petite jupe volantée et un top à bretelles et à paillettes. Quand elle lève son manteau en arrivant chez Sabrina, sa cousine la félicite. Cette fois-ci, elle ne lui reproche pas le noir. Et surtout pas les talons trop hauts. Jérôme évite de trop la regarder. Il a hésité à mettre cette cravate. Stéphanie lui dit que ça lui va super bien. Il est content. Cela tient, parfois, à peu de choses.

Cette fois, elle prend vraiment sa première cuite. À minuit, elle a même du mal à articuler :

_ Boonne aannée…

Pourvu qu'elle ne dégueule pas, se dit Jérôme, vaguement déçu par le piteux spectacle.

Camel n'est pas allé chez Kevin pour le réveillon. Tout le monde dit : *il s'isole*. On ne le reconnaît plus. Et puis qu'est-ce que c'est que cette barbe ridicule ?

_ Dis pas ça, frère, intervient Mohamed. Il a le droit de s'impliquer dans notre religion.

_ Faut arrêter avec ces conneries, Momo, dit Ali.

_ Tu sais quoi ? On va arrêter effectivement tout de suite. Je préfère. C'est mieux pour que la soirée se passe bien.

La soirée se passe. Plus ou moins bien. Surface et profondeur. Et les suivantes. Les semaines aussi. Les jours défilent sur un calendrier où rien ne peut s'arrêter. *Pourquoi ne pas pointer le doigt là, sur un seul jour, et le rendre plus vaste, pourquoi n'est-il pas un seul jour élastique que l'on puisse étirer, tendre jusqu'à le rompre, élargir le champ des possibles et ralentir le passage des heures ? Peut-être parce que d'autres préfèrent au contraire que le temps s'accélère, que les heures monotones nous fuient et s'éloignent, qu'arrive très vite la bonne heure rêvée, attendue, espérée. Le maître du temps a voulu satisfaire tout le monde. Tout passe, mais chacun peut faire de chaque seconde sa manière d'éternité ou de néant. Le temps se joue de nous, jouons avec le temps.*

Bravo Camel, c'est pas mal pour un début. Mais n'oublie pas que c'est une dissert, trois parties et tout le toutim, que tu dois écrire sur le sujet : *Tout s'en va-t-il avec le temps ?* Introduction, problématique, développement, et jolie conclusion. Relis Bergson au lieu d'en perdre (du temps) sur ton téléphone portable. D'ailleurs, quelles images regardes-tu sur cet écran ?

L'hiver se traîne. Bien sûr, les attentats sont dans toutes les têtes. Mais c'est Paris. On n'oublie pas, mais on a besoin de vivre.

Stéphanie s'est achetée de nouvelles chaussures. C'est un détail, mais faut la voir, en collants noirs, faire trotter ses petites bottines. Au deuxième trimestre elle sera encore *félicitée*. A la réunion des parents Elise et Mathieu sont venus tous les deux. Pour le plaisir. Au collège, ils se disputaient pour savoir lequel des deux irait écouter des professeurs qui partageaient néanmoins leur déception. Comment expliquer un tel changement ? Dans cette section *elle a retrouvé de la motivation*, dit son prof de français, un jeune homme qu'Elise trouve en effet motivant.

Stéphanie demande à son père d'autres titres de livres. Elle ne parle pas de ses lectures à ses copines. Addiction secrète. Elles ne comprendraient pas. Le livre est un objet du passé. Un truc d'avant. Has been. Elles, à leur jeune âge, elles parlent déjà de vibromasseurs et de fellation. Stéphanie joue le jeu devant elle, feignant de trouver hilarantes, choquantes, horribles, incroyables, au choix, les images innombrables qui se font et se diffusent dans un réseau de plus en plus saturé, une toile dans laquelle ils se croient libres quand ils sont prisonniers.

Elle a fini par s'inventer pour la galerie un amour éloigné, un mec chopé sur internet et dont elle ne peut pas parler davantage. Un type beaucoup plus âgé qu'elle, marié, qui habite loin mais qui vient la voir quand il passe à Marseille pour son travail. Non, elle peut pas montrer sa photo. C'est trop secret. On la croit. On se tait. Respect. *Et au lit ? Le top,* elle dit. Super expérimenté, tu comprends. Un homme mûr. Ses copines fantasment un max.

C'est pas très compliqué d'inventer une histoire, finalement, se dit Stéphanie, devant son ordi. *Je pourrai peut-être écrire un roman moi aussi un jour.*

A Cassis, dans la belle lumière déclinante du dimanche finissant, ils n'avaient pas totalement résisté à l'attrait de l'image, se jurant d'effacer ensuite ces clichés pour conserver à leur amour sa clandestinité. C'était le jour de la lettre, la fameuse lettre, qu'elle n'a pas déchirée, qu'elle a planquée au fond d'un tiroir et qu'elle n'a (presque) jamais relue. Camel pose avec Jérôme. Ils avaient mis longtemps à revenir du large. Ils étaient beaux tous les deux. Elle avait fait une première photo du duo, puis quelques autres avec lui sur le matelas rose, en mode selfie. Elle a donc aussi quelques images de Camel, dissimulées dans un fichier secret. Elle ne les a pas (toutes) effacées. Elle ne les a (presque) pas regardées. Sauf ce soir. Et le soir d'après. Et le soir d'après après. Et le soir après l'après d'après.

44.

Non, elle ne veut pas savoir. Le médecin n'insiste pas. L'échographie est très bonne. Ce cœur qui bat lui suffit. Garçon ou fille. Il rythme son quotidien.

Elle ne sort presque plus. Fatima prend l'ascenseur et vient faire la cuisine chez elle. Après, elles regardent la télé. N'importe quoi. C'est Fatima qui choisit. Myriam s'en fout. Elle s'endort très vite.

Un soir Fatima lui apprend que Akim va bientôt se marier.

_ Déjà ?

_ Oui. Lui aussi il a fait une bêtise. Il faut se dépêcher.

_ Il est obligé de se marier ?

_ Hamdoulila ! Bien sûr, ma fille ! Sinon c'est la honte pour elle. Et ce bébé, ce serait un bâtard. C'est écrit dans le saint Coran.

Myriam montre son ventre.

_ Et lui alors, ce sera un bâtard ?

_ Toi, tu t'arranges comme tu veux avec ta religion. Je ne te juge pas.

_ Et Djamila, elle a honte ?

_ Je sais pas. C'est pas ma fille, heureusement.

_ Et Dalila, elle a honte aussi ?

_ Elle n'est pas contente. Mais ça va. Le mariage va tout arranger. Et puis elle sera grand-mère. Je crois que ça lui manque, les bébés.

Elles se taisent. Sur l'écran cathodique, le feuilleton va commencer, mais Fatima ne s'arrête pas là :

_ Pourtant je croyais qu'il était sérieux, Akim. C'est un sportif.

Myriam essaie de plaisanter.

_ Il a un corps musclé, Djamila n'a pas résisté.

_ Et alors, moi aussi il était musclé mon mari ! Mais j'ai rien fait avant le mariage.

_ Tu sais, Fatima, si Dieu existe il est amour. Il comprend tout le monde, il ne refuse aucun d'entre nous.

_ Chut, le feuilleton commence.

Le feuilleton ne fait toujours que recommencer. Dans la vie aussi. Ce soir-là, la fiction ne suffit pas à imposer le silence aux deux téléspectatrices décidément très bavardes.

_ Tu vas rester là ?
_ Je ne sais pas encore.
_ Tu devrais partir. Ici, c'est pas pour toi.
_ C'est toi qui dis ça ?
_ Plus tard, tu veux que ton fils il finisse comme le mien ?
_ Ce sera une fille.
_ C'est encore pire.
_ Fatima, qu'est-ce que tu as ce soir ?

Elle a parlé avec une désarmante douceur de femme enceinte qui sait qu'elle porte la vie, le miracle de la vie :

_ C'est vrai. Excuse-moi ma fille.

Silence. Dialogues du feuilleton. Fatima :

_ Avant de monter chez toi ce soir, je suis allée dans la chambre de Karim. Je n'arrive pas à oublier. Je suis encore en colère. Parfois j'en veux même à Allah, et ça c'est pas bien du tout, alors je suis encore plus en colère.

Elle pleurniche sous son voile. Myriam lui tend les bras. Et c'est la maman, cette fois-ci, qui pose sa tête contre la poitrine menue de la future très jeune mère assise sur le canapé.

_ T'inquiète pas, ma Fati. Ce sera un garçon, et il sera formidable. Ce sera un peu ton fils aussi et il ne lui arrivera jamais rien.

_ *Wa fik barak Allah* !

_ Oui, que Dieu nous bénisse !

Elles ont bien sûr perdu le fil du feuilleton. Pas grave. Elles ont noué des fils beaucoup plus précieux.

_ Et puis tu sais, si c'est un garçon, je sais comment je vais l'appeler.

_ Vas-y va ! Dis-moi !

_ Camel.

_ Kamel. C'est bien, mais c'est pas très français tout de même.

_ Avec un C , Fatima, avec un C .

_ Ah bon, qu'est-ce que ça change ? C'est pas français non plus. Appelle-le Philippe ou François ce sera plus simple pour lui.

_ Ça commence comme Camille, et ça finit comme Djamel.

_ C'est bizarre, ma fille. C'est encore un truc d'intellectuel, ça. Mais c'est normal. Tu veux devenir professeur.

Fatima, bien sûr, ne sait pas que Camel veut dire aussi chameau dans une langue étrangère. Myriam, on ne sait pas si elle le fait exprès. Le petit chameau en argile, il y a déjà des semaines qu'elle l'a rangé dans la boite en carton avec les autres santons. Ce n'est plus qu'un souvenir.

45.

Il n'y a pas de raison de croire qu'elle puisse le retrouver sur sa route. Habiter pour l'un les quartiers sud de la ville et pour l'autre les quartiers nord laisse peu de place au hasard d'une telle rencontre. Une plage avait réussi ce prodige. C'est un lieu mixte, une place commune, l'agora des corps. Le soleil brille pour tout le monde. La mer est gratuite. Est-ce parce qu'elle permet de tels miracles que la plage de leur rencontre s'appelle *la plage du prophète* ?

Sa tristesse en bandoulière, son amour en berne, Stéphanie traverse pourtant l'hiver en beauté. Les amis de ses parents le remarquent et disent dans leur voiture en revenant chez eux à quelques rues de distance de son nid de la rue Paradis :

_ Elle a drôlement mûri, Stéphanie.

_ Et puis elle est vraiment jolie.

Elle fait la conversation, commente les livres qu'elle vient de lire, s'intéresse à l'actualité. Ce soir Stéphanie a même évoqué en des termes très peu politiquement corrects les récents attentats.

Pour ses parents c'est à la fois étrangement rapide et en même temps évident : c'est leur fille, tout de même. Les chats ne font pas des chiens. Alban, c'est un peu différent. Mais il est plus jeune. *Il faut lui laisser le temps*, disent-ils pour se rassurer.

Stéphanie sait que Jérôme revoit Camel. Ils sont allés au stade ensemble. Elle ne demande rien. Elle n'interroge pas sur l'hypothèse *une autre*. Sabrina a cru bon de prendre l'initiative. Elle raconte. Elle dit que Camel a changé. Même physiquement. Il se laisse pousser la barbe. Une drôle de barbe. Il ne voit plus ses copains. Elle connaît Romain qui sort avec une fille qui travaille à la même banque qu'elle. C'est marrant le hasard, tout de même ! Romain lui a dit (à sa copine, qui l'a dit à Sabrina, qui le dit à Stéphanie) qu'il ne voyait plus Camel depuis longtemps. Il dit (Camel) qu'il travaille mais il dit (Romain) que c'est une excuse, que ça cache quelque chose. Il veut pas en dire plus, et elle (Sabrina) non plus, n'en dit pas plus, mais elle en a assez dit, pense-t-elle, pour que sa petite cousine cesse définitivement de penser à lui. Faut suivre, mais au moins *c'est dit*...

Rien n'y fait. Stéphanie l'attend. Elle ne sait pas combien de temps elle pourra continuer, mais elle a décidé, instinctivement, et Sabrina aura beau lui dire ce qu'elle veut, et d'autres aussi pourront lui dire ce qu'ils veulent : elle attend. Elle fait semblant de les écouter, acquiesce d'un joli hochement de tête, puis retourne à son tête-à-tête avec son amour absent.

Est-ce pour mieux le retrouver qu'elle est devenue la meilleure élève de sa classe en français ? Est-ce pour mieux comprendre son désir d'écrire ? L'amour ne fait pas de tels miracles scolaires mais il peut éveiller ce qui dormait, dans le domaine de l'esprit comme dans celui du corps.

Pendant que Stéphanie lit, tout de même un peu laborieusement, *Madame Bovary*, Sabrina disserte avec Jérôme, assis en pyjama sur le canapé face à la télé grand écran achetée en commun.

_ Je te dis que c'est évident. Il vire islamiste.
_ Mais non il prend le look hipster, c'est tout !
_ Il porte des chemises à carreaux ?

_ Non.
_ Alors tu vois que j'ai raison.
_ Il porte tout le temps des sweats américains.
_ Ça veut rien dire ! C'est pour donner le change !

Pendant ce temps, Camel brave le froid hivernal et traverse encore une fois la ville sur son deux-roues pour aller écouter une conférence du Festival de pop philosophie où l'on se demande *si une religion peut être à la mode* et si *la mode peut être une religion*. En écoutant le conférencier, il pense au cours de philo de la veille où justement on a abordé la religion comme notion. C'est au programme, mais pas facile pour le prof. Mourad a levé la main pour dire :

_ Ce que j'aime bien, avec ma religion, c'est que tout est prévu.

Myriam veille à l'hivernage de ses géraniums. Elle redoute le gel, mais a procédé comme il se doit à la taille drastique recommandée sur internet. Elle a revu ce soir tous les conseils donnés en petites vidéos par toutes sortes de jardiniers aux physiques parfois charmants parfois étonnants. Elle n'aime pas celui à la grosse moustache. elle préfère les joues glabres du jardinier frisé qui lui rappelle Yann. Elle l'imagine nu sous son tablier vert. Elle a basculé aussi, ce soir, entre deux sites d'horticulture, sur un site de rencontres. Des géraniums aux jardiniers, des jardiniers à son jardin. Elle n'ose pas reprendre cette vieille habitude. Elle ne peut pas non plus laisser son corps en jachère. Elle n'a pas quarante ans. Elle se souvient de Voltaire : *Il faut cultiver notre jardin.* Elle avait là-dessus longuement disserté à l'université. Ce soir, c'est sa main qui disserte encore avec sa chatte.

Quand Camel revient, il s'inquiète :

_ Où est Athéna ?

_ Sur le balcon. Il faut l'habituer. Je ne veux pas de litière dans l'appart.

Camel aimerait bien qu'elle vienne dormir avec lui, sur sa couette. La petite chatte est nouvelle dans la maison. C'est Mohamed qui l'a trouvée dans les caves de son immeuble. Personne n'en voulait. Myriam s'est dévouée. Ils ont longtemps cherché un nom. Camel a raconté, un peu pédant, que Camus avait appelé ses chats *Cali* et *Gula*. Kevin a proposé *Cocaïne*. Mohamed a suggéré *Pachole*. C'était logique dans les deux cas, d'une certaine façon. Myriam a rigolé. Camel pas trop. C'est lui qui a tranché, homérique, pour une autre héroïne.

_ Qui c'est cette meuf ? a demandé Mohamed.

_ Je sais, moi ! C'est la femme d'un dieu ! a dit Kevin.

_ Une femme d'Allah ?

Myriam se marrait bien décidément.

_ Au fait Mohamed, tu sais combien il a épousé de femmes Allah ?

_ Non. Il y en a trop.

_ 13 !

_ Zeus aussi il en a eu plein, s'empresse de dire Kevin, décidément en verve.

_ Et Jésus, il en a eu combien ? demande Mohamed.

_ Aucune, a dit Myriam. Mais il avait 12 disciples.

_ C'était un pédé alors ?

_ T'es con ! a conclu Camel.

Ce soir il sort sur le balcon pour caresser *Athéna*, qui n'est pas seulement la fille de Zeus, la belle déesse aux yeux de chouette de l'*Odyssée*, mais aussi une minette craintive, boule de poils noire et blanche blottie au fond du balcon sur un coussin de chiffons. La main de Camel vient se poser sur sa petite tête en triangle. Pour les caresses on vous le dit, Camel, c'est vraiment un mec d'élite. Athéna pourrait vous le confirmer, si elle avait les mots.

De l'autre côté de la ville, Stéphanie rêve qu'elle est une chatte et ronronne dans son lit. De l'autre côté de la Méditerranée, des jeunes filles rêvent qu'elles vivent ailleurs et font des cauchemars la nuit.

46.

Elle ne se déplace plus beaucoup mais tout de même, les kilos la ralentissent. Akim lui paie un taxi pour aller aux Baumettes. Pas facile d'en trouver un qui veuille venir la prendre au pied de l'immeuble. Les jeunes qui surveillent l'entrée de la cité, assis sur des sièges de bureau déglingués ou de vieux fauteuils piqués dans les caves ou les poubelles, l'ont laissé passer, mais un scooter l'a escorté jusqu'à l'entrée de la tour.

Encore le même vent glacial. On dirait que le mistral le fait exprès. Comme pour la punir. Dieu est amour mais doit se faire respecter. C'est lui le maître. Elle accepte et courbe l'échine, emmitouflée dans sa grosse écharpe en laine tricotée par sa mère. Elle essaie de n'avoir pas froid au moins à l'extérieur. Elle reste frileuse à l'intérieur et s'avance vers la grande porte sans savoir comment elle va lui parler.

Djamel est barbu. Une barbe drue et frisée qui s'allonge sous le menton. Elle lui dit que ça lui va bien, pour lui faire plaisir. Ça facilite le début de la conversation. Il attend le jugement en appel. Il ne connaît pas du tout la date de ce second procès. Il dit que son avocat est nul, mais qu'il ne peut pas en prendre un autre. Elle ose lui parler brutalement du bébé.

_ C'est ton enfant, Djamel.
_ Non, c'est pas mon enfant.
_ Tu crois que j'ai vu quelqu'un d'autre ?
_ Qu'est-ce que j'en sais !
Elle ne réplique rien.
_ Alors tu ne vas pas le reconnaître ?
_ Non.
_ Je pourrai venir te voir tout de même ?
_ Si tu veux. Tu pourras me faire passer des colis ?
_ Bien sûr, Djamel. Je t'aime, mon chéri.

Il la regarde, un peu hébété, comme surpris par ce mot prononcé ici. Cela cadre si peu avec le décor. Il n'est pas simple de comprendre ce qu'il pense. Elle est sa seule famille.

_ Ton oncle, c'était du bidon, pas vrai ?
Il sourit.
_ Mon oncle d'Amérique ! C'était marrant non ?
Elle se retient de hurler. A cause du bébé qui écoute peut-être.
_ J'allais pas t'expliquer comment je ramenais le blé, non ?

Peut-être parce qu'il se sent obligé, vaguement rattrapé par un scrupule moral, il dit :
_ C'est parce que je t'aimais. Je voulais pas te perdre. Tu n'aurais pas compris. Tu n'es pas de ce milieu. Tu serais partie.

Myriam le croit-elle ? Elle baisse la tête et continue de caresser son ventre sous le tissu épais de son pull. Quand elle redresse la tête, son regard a changé. C'est le même regard animal que devant les encapuchonnés, la première fois, au pied de la tour.

_ Que ça te plaise ou non, tu seras son père.

Cette fois-ci c'est lui qui baisse d'abord la tête, comme un enfant que l'on punit. Puis en la regardant dans les yeux, il se souvient de leur dernière nuit.

Elle avait glissé le long de ses jambes, sur son corps en sueur écroulé après l'amour. Un rayon de lune traversait le tapis en largeur. Il se souvenait précisément du contact de ses seins sur ses cuisses, de sa bouche sur l'objet du désir.

_ Encore, mon chéri… Je veux encore…

Elle le léchait à petits coups, langue de chatte, rose et râpeuse. Elle avait passé ses mains entre ses cuisses pour attraper ses fesses, mains de madone, blanches et douces. Ils ne s'étaient pas donnés la peine de chercher un deuxième préservatif.

Le surveillant s'avance vers elle.

_ Tu m'entends, Djamel ?

A une telle amante il ne peut pas refuser ça.

47.

Camel n'a pas oublié la première fois où il est allé à Paris. Seul avec sa mère. Il avait couru derrière les pigeons aux Tuileries, n'avait pas trop aimé faire la queue au Musée du Louvre, avait adoré passer sous les ponts en bateau-mouche, avait guetté la première vue de la Tour Eiffel comme une apparition miraculeuse. Trois jours tous les deux, trois jours en amoureux. Le petit hôtel place Denfert-Rochereau était un peu minable mais ils dormaient dans le même lit. On aurait dit deux marmottes dans leur terrier. Le bonheur, malgré l'automne et la ville grise. Le petit Marseillais ne savait pas encore que le ciel pouvait rester si bas sur sa tête. Ils étaient sur une autre planète. Le labyrinthe du métro les effrayait un peu. Myriam ne quittait pas des yeux le plan précieux qui leur livrait les clés de ce dédale. Ils se dirigeaient avec précaution dans les couloirs où affluaient des piétons pressés. Camel observait tout avec les yeux avides de l'enfance. Il ne lâchait jamais la main de sa mère.

Aujourd'hui Myriam a pris sa voiture dans sa ville pour accompagner son fils à la gare. Les profs ont donné leurs derniers conseils à leur meilleur élève. Les autres candidats de la prépa ont abandonné l'option parisienne. Ils tenteront seulement le concours en province.

Myriam l'embrasse sur le quai H. Ses potes Ali et Mohamed déboulent au dernier moment, juste avant qu'il monte dans le train. Ils lui font la surprise. Très excités, tous les deux. Ils ont un peu abusé sur le hasch. Mohamed n'a pas tout à fait compris ce qu'on étudie à Sciences Po mais il a appris que beaucoup de présidents de la République sont passés par cette école, alors sur le quai il se met à gueuler :

_ Camel Président ! Camel Président !

Il continue pendant que son candidat passe le seuil du wagon numéro 13 et tire sa petite valise dans le couloir. Ali s'y est mis aussi. Camel ne les entend plus. Il pense déjà à réviser ses fiches de sciences éco dès qu'il aura trouvé sa place. L'éco, c'est son point faible.

Myriam le cherche du regard derrière les vitres fumées. Ce serait tellement bien qu'il réussisse ! Un pied de nez à une forme de fatalité. *Voiture 13, ça lui portera bonheur !* Myriam sent qu'elle va rester en apnée jusqu'aux résultats du concours.

Elle était aussi en apnée au printemps de cette année où le bébé grandissait dans son ventre. Elle n'avait plus demandé d'autorisation de visite. Les derniers mois, Fatima et Dalila la trouvaient inquiète, inexplicablement angoissée. Elle parlait peu, semblait se renfermer dans une bulle où désormais personne ne pouvait entrer. Elle ne voyait presque plus ses parents. Elle supportait assez mal qu'on lui pose des questions quand elle descendait pour faire quelques pas dans la cité. Surtout celle-là :

_ Alors, c'est pour quand ?

Elle donnait une date vague, comme si elle ne savait pas vraiment, comme si c'était le bébé qui devait décider. Ou le destin.

En apnée. Il fallait bien pourtant qu'elle apprenne à respirer pour accoucher.

Le TGV démarre. Mohamed et Ali se sont un peu calmés. Ils entourent Myriam, chacun d'un côté, et la raccompagnent jusqu'aux escaliers du parking souterrain.

_ Ne lui téléphonez pas, hein. Il est dans sa bulle.

_ Vous inquiétez pas, madame Myriam. On le sait qu'il est dans sa bulle, ça fait des mois que ça dure. Il va réussir son putain de concours et il va redevenir comme avant ! dit Ali.

_ Et puis plus tard il sera Président de la République et il nous invitera à l'Elysée ! précise Mohamed. Le premier rebeu Président de la France ! On se fera des soirées de ouf !

Myriam leur fait de chaleureuses bises. Elle descend l'escalier en cherchant son ticket de parking. Elle repense à ce que Camel lui a dit hier soir, assis par terre sur le tapis, en caressant Athéna :

_ Mum, tu as dit l'autre fois qu'Allah a épousé 13 femmes. Tu sais qui était la dernière ?

_ Non.

_ Elle s'appelait Myriam, et elle était chrétienne.

_ Pourquoi tu me dis ça maintenant ?

_ Pour rien. Comme ça.

Qu'il redevienne comme avant... N'est-il pas trop sérieux à 17 ans ? Elle pensait bien voir débarquer cette année une minette dans sa vie. Pas Athéna. Une fille en vrai. Elle aurait pu venir dormir à la maison. Elle lui aurait fait une bonne daube le samedi soir. Ils auraient peut-être regardé la télé tous les trois. Que le quartier effraie les bourgeoises des quartiers sud, elle le comprend. Mais les filles du quartier ou du lycée, Johana, Sarah, Manon, et d'autres encore, lorgnent sur lui avec insistance. Elle les a entendues parler de ses fesses quand elles fumaient sur le balcon pendant que les gars jouaient à *FIFA* et qu'elle arrosait ses géraniums.

Camel a passé tout son temps dans les livres. Elle devrait s'en réjouir et pourtant elle s'en inquiète. Tous les livres méritent d'être lus, mais elle sait que certains ont trop de pouvoir. Elle a plusieurs fois inspecté les piles de bouquins dans sa chambre. A son âge, dévoreuse de livres, elle n'en était pas là. Camel va peut-être trop vite, trop loin. Les livres ne sont pas innocents.

Elle se dit qu'elle lui dira un de ces jours ce que disait Yann, le beau Yann, le prof mythique : *à la religion du Livre je préfèrerai toujours le culte des livres*. Que devient-il d'ailleurs, Yann, plus de 20 après ? Elle pourrait essayer de le retrouver sur Facebook. Elle n'a pas encore osé.

En mettant son ticket dans la fente idoine de la caisse automatique, elle pense à ce fils unique, beau et fragile, qui file vers la capitale, qui file vers son destin. A Paris il risque de pleuvoir. Au moins ici, le ciel est bleu. En rentrant, il ne faut pas qu'elle oublie de mettre le linge à sécher sur le balcon. Cette nuit, elle travaille.

48.

Tous ceux, peu nombreux, qui l'approchent encore, perçoivent une inquiétude. Plus que quelques semaines. Elle se terre encore davantage dans son repaire perché. Sa mère s'inquiète. Elle lui a offert un petit téléphone mobile. Un vrai luxe. Son père a décidément beaucoup de mal à imaginer la suite. Il ne pardonne rien. Akim continue de faire les courses. Myriam a commencé à anticiper depuis longtemps, mais tout manque encore : lit, draps, table à langer, gigoteuse, barboteuse, biberons, baignoire, thermomètre... C'est peut-être parce qu'elle prend conscience de la place que va prendre l'enfant à venir qu'elle ne sourit plus. On ne l'a jamais vu aussi irritable.

Grâce à un gros travail de Dalila qui a fait du porte à porte, les voisines se sont mobilisées pour constituer un trousseau de démarrage.

Les filles de Fatima s'y sont mises aussi. Elles ont rameuté toutes les aides-soignantes de l'hôpital pour récupérer ici un landau, là des jouets, ailleurs des serviettes, et tout l'attirail post-natal. On a même commencé à stocker les paquets de couches. Elles sont venues aussi plusieurs fois faire le ménage, en vraies pros, avec leurs blouses vertes, tornades ménagères. Myriam les remercie chaleureusement, à grandes embrassades.

Ce sont deux jeunes femmes rieuses et dynamiques. Myriam a demandé un jour à Fatima pourquoi ses filles ne portaient pas le voile.

_ Tes parents, ils vont à la messe chaque dimanche ?
_ Oui.
_ Et toi ?
_ Je n'y vais plus.
_ C'est pareil pour mes filles.
_ Et ça ne t'embête pas ?
_ Tes parents, ça les embête ?
_ Ça les déçoit un peu, sûrement, mais ils me laissent libres.
_ C'est pareil pour elles.
_ Tu es vraiment déçue ?
_ Non. Le voile, ce n'est pas le plus important. C'était notre génération, ce n'est pas la leur. Elles peuvent vivre leur foi à leur façon.
_ Et si elles n'ont plus la foi ?
_ Je m'en remets à Dieu. Il jugera.
_ Tu pourrais le tolérer ?

_ Je n'ai pas le choix. C'est leur vie. Elles doivent rester libres.

Les jours filent et s'allongent. En ville apparaissent les lunettes noires et les sandales. On mange sur les terrasses, on s'attarde à l'apéro. Le printemps gagne les corps et les cœurs mais le corps et le cœur de Myriam semblent imperméables aux signes de la belle saison.

Aujourd'hui, c'est Fatima qui est venu faire du ménage chez elle. Myriam, comme à son habitude, est allongée sur le canapé. Une belle lumière vespérale rentre dans le salon et vient rebondir sur le miroir près de l'étagère où elle a rassemblé les livres lus ces derniers mois, soigneusement rangés. La fenêtre est ouverte. Le ciel est d'un bleu vraiment provençal, quasi estival. La mer compose toujours dans le cadre le même tableau horizontal.

Fatima, joyeuse, plaisante en se penchant sur le ventre de Myriam :

_ Alors petit Camel, quand est-ce que tu vas arriver ?

Premier rappel à l'ordre :

_ Ne dis pas ça, Fatima ! Je t'interdis de dire ça !

_ Oh ça va, ça va…

Fatima ne comprend pas. Elle se retient de lui rappeler qu'elle pourrait être sa mère, qu'elle n'a pas le droit de lui parler comme ça. Dans sa main le balai pourrait devenir un bâton. Elle préfère le poser et prendre un chiffon. C'est tout mou un chiffon. C'est pas dangereux. Elle commence par l'étagère mini bibliothèque. La lumière est cruelle pour la poussière. Plus possible de rester invisible. Fatima attrape la petite fiole posée à côté des livres. Elle sait ce que c'est. Elle a déjà interrogé Myriam : un peu de sable du désert, un souvenir de voyage. L'objet mérite un coup de chiffon. Fatima tremble un peu, énervée par l'injonction de cette toute jeune femme, et fait tomber la fiole qui s'écrase sur le carrelage. Ce n'est que du verre qui se brise, et un peu de sable répandu par terre, et pourtant Myriam hurle.

_ Qu'est-ce que tu as fait ! Tu pouvais pas faire attention ?

Fatima ne dit rien et commence à ramasser avec le balai le sable mélangé aux mille morceaux de verre éclaté.

_ Arrête ! Ne touche rien ! Laisse-moi faire ! crie Myriam, en larmes, dévastée en quelques secondes, qui s'appuie sur les coussins pour se lever immédiatement du canapé.

Cette fois, c'en est trop. Fatima quitte la pièce sans un mot, déserte l'appartement, laissant Myriam à genoux par terre, le visage ravagé, les doigts dans les grains de sable qui, sur le carrelage, ramassés, forment des dunes minuscules. Myriam fouillant pour enlever chaque éclat de verre et redonner toute sa pureté à son souvenir.

49.

Les virages se répondent, dialogue habituel qui commence par le rituel *Aux aaaarmes !* Le football aussi est une religion. Pas toujours pacifique. Camel a entraîné cette fois Jérôme dans le virage sud, où la fumée n'est pas seulement celle des merguez ou des fumigènes. Il est un peu paumé, Jérôme, l'habitué des tribunes. Un peu secoué. Bien obligé de bouger avec les autres, en rythme, car *qui saute pas n'est pas marseillais...llais !* Il sourit, malgré le roulis, un peu euphorique. Il a l'impression de s'encanailler.

Camel, au milieu de l'agitation, garde comme d'habitude un calme olympien. Il saute et chante lui aussi, mais reste digne et pondéré dans l'attitude, se concentrant sur le spectacle offert sur la pelouse. Bien sûr, au premier but, c'est pas facile de garder le cap. Au second, difficile de ne pas sombrer dans le remous. Au troisième (reprise de volée de 25 mètres) c'est carrément impossible de ne pas se noyer dans la vague. Surtout que c'est pas tous les jours fête pour cette équipe cette saison. Alors, *zou*, profitons ! Les deux potes chavirent avec tout le stade.

A la fin du match, la foule quitte le stade en plusieurs rivières humaines qui se déversent dans les diverses artères du quartier. C'est à ce moment que Camel s'adresse à Jérôme :

_ Je peux te demander un service ?

C'est le genre de question qui n'attend pas vraiment de réponse. Jérôme émet un vague *ouep* ou *wouaih* ou *yep*, on ne saurait trop dire, une onomatopée affirmative dans tous les cas.

_ C'est bientôt mon anniversaire.

_ Ah.

_ Je vais organiser une petite fête.

_ Ah ?

_ Je voudrais t'inviter avec Sabrina.

_ Ah !

_ J'aimerais aussi inviter Stéphanie.

_ Oh ?

Jérôme ne sait comment réagir. Ils marchent serrés dans une foule encore compacte. Alors, après son exclamation minimaliste, il ne dit d'abord rien, continuant à piétiner en essayant d'avancer un peu plus vite vers l'entrée du métro. Camel s'inquiète :
_ Ça t'embête de lui demander ?
Jérôme semble rétif :
_ Tu as son téléphone, non ?
Il devient même caustique :
_ Tu n'as qu'à lui envoyer une lettre. Tu fais ça très bien.
Camel précise :
_ Je pensais que ce serait mieux si c'était toi.
_ Je ne vois pas pourquoi, dit Jérôme, irrité.
Ils ne se disent plus rien. Camel reprend sa petite moto garée au milieu d'une centaine d'autres. Dans le métro bondé, Jérôme se demande pourquoi il a été si désagréable. Et nous aussi on se le demande, mais on a une petite idée.

Une heure plus tard, couché sur un matelas 160 de large acheté chez Ikéa, il reçoit un texto. Le téléphone est sur la petite table à côté du lit. Il croyait Sabrina endormie, mais elle a entendu le bip d'arrivée du message et demande, peut-être méfiante :
_ C'est qui ?
Désolé de t'avoir embêté, vieux frère. T'inquiète, je lui enverrai une lettre en effet. Tu as tout à fait raison.
_ C'est Camel, dit Jérôme.
_ Qu'est-ce qu'il veut ?
_ Rien. C'est une connerie à propos du match.
_ Ça s'est bien passé son concours ?
_ Il sait pas. Maintenant il veut avoir une mention *Très Bien* au BAC.

_ Il t'a parlé de Stéphanie, c'est ça ?

Les filles ont, c'est indiscutable, un sixième sens, voire plus.

_ Mais non ! Il n'en parle plus, de Stéphanie.

On se croit infaillible et puis un mensonge est si vite arrivé. Même sans raison apparente.

_ Bonne nuit.

_ Bonne nuit.

Avant de rentrer sa petite moto dans le local pour deux-roues, Camel roule sur du verre brisé juste devant l'immeuble. Heureusement qu'on a jamais touché la voiture de sa mère. Il supporterait assez mal ces récurrentes dégradations. Lui, il faudra qu'il passe vite son permis. Pas comme elle.

Il croyait Myriam endormie, mais elle a entendu le bruit de la clé dans la serrure de la porte blindée. Elle fait toujours, avec constance, semblant de s'intéresser au football. De sa chambre, elle l'interroge :

_ Ils ont gagné ?

_ Oui, 3 à 0.

_ Ah ! Super !

_ Bonne nuit !

_ Bonne nuit.

Après avoir envoyé le texto à Jérôme, il caresse Athéna. Mais pas seulement.

50.

Jérôme est contrarié. Il aurait pu vexer Camel. Heureusement que son copain n'est pas susceptible. Il ne l'a même pas remercié de l'avoir invité avec Sabrina. Ce manque de tact ne lui est pas coutumier. Jérôme est un garçon bien élevé. Son père, sec et rigide, lui a souvent rappelé, parfois même violemment, les règles élémentaires de politesse et de civilité.

Il est dans le grand amphi, pas totalement passionné par le Droit Public, tapant sans entrain des bribes de cours sur son ordi. Camel l'attrape sur Facebook. Le prof peut continuer de parler, la conversation écrite s'engage :

_ J'ai oublié de te demander quelque chose hier.

_ Quoi ?

_ Tu aurais une idée pour trouver une salle pour mon anniv ?

_ Tu sais pas où tu vas le faire et tu lances déjà les invits ?

_ Pour l'instant j'ai invité seulement 2 personnes.

_ ?

_ Toi et Sab.

_ ;-)

_ ;-))

_ Et Stéphanie ? Tu la comptes pas ?

_ Je vais lui écrire. Pas sûr qu'elle accepte…

_ T'inquiète, vieux frère ;-) je lui parlerai.

_ Non, ne dis rien, svp.

_ OK.

_ Alors, tu as une idée pour la salle ? Disons pour une trentaine de personnes.

_ Je vais réfléchir. Je te dirai.

_ OK. Merci mon pote !

_ Je te laisse, je suis en cours.

_ Moi, j'y vais. A+

Le lendemain, nouvelle conversation. Cette fois entre midi et deux. Jérôme mange un morceau de pizza au snack devant la fac. Rires bruyants des groupes attablés. Beaucoup de filles blondes as usual et de chemises blanches casual. Pour téléphoner à Camel il s'est écarté de la terrasse. Il remet ses lunettes noires.

_ Camel, j'ai une idée.

_ Super.

_ Tu peux le faire chez moi si tu veux.

Camel ne dit rien.

_ À part si ça t'embête de venir chez un juif.

_ T'es con, mec !

Alors c'est calé. Les parents de Jérôme ont prévu de partir ce week-end là. Mais 20 personnes maxi. Il faudra que ce soit redevenu nickel pour le dimanche soir.

_ Ils sont au courant tes parents ?

_ Oui oui. Si je leur cache ça, mon père me tue.

_ Et ils savent que je suis plus ou moins arabe ?

_ Bien sûr. T'es con, toi aussi, mec !

Il ne reste plus à Camel qu'à écrire la lettre à Stéphanie. Il a déjà fait cinq versions, manuscrites, pleines de ratures et de renvois dans les marges. On dirait les brouillons de *Madame Bovary*.

Il va inviter ses copains du quartier : Ali, Kévin, Mohamed, Romain. Des filles aussi bien sûr : Sarah, Johana. Et puis ceux du lycée, du foot. Jérôme est tout de même un peu inquiet :

_ Tu me promets qu'ils vont pas mettre *le oaï* (note de l'auteur pour les non-marseillais : prononcer *why*) ?

_ T'inquiète. Je vais leur faire jurer de pas faire les cons.

_ Sur le Coran ? rigole Jérôme. Sur la vie de leur mère ?

_ Sur leur propre vie, dit Camel. Ils n'ont rien de plus précieux.

Quand Sabrina apprend finalement que Camel veut inviter Stéphanie, elle fait comme si elle n'était pas vraiment surprise. *Elle s'en doutait.* En apprenant les noms des autres invités, en revanche, elle est inquiète franchement, et sans retenue. Pas sûr qu'elle vienne. Elle reparle aussi tout de même de la barbe de Camel. Jérôme se fâche. On est à la limite de l'incident diplomatique grave. Ils se retrouvent heureusement plus guillerets après l'apéro décidé comme prélude à une négociation où il est décidé de finir le débat dans le lit. En ce moment, Sabrina a très envie d'être nue, de montrer son nouveau corps aminci par des mois de régime. Elle vivrait volontiers, maintenant, dans un camp naturiste. Jérôme a déjà tenu dans ses bras ce corps remodelé. Ce soir, sous les draps, au milieu de leurs ébats, il réalise à quel point finalement il préfère les rondes.

_ Ça va, je viendrai, le taquine Sabrina qui lui susurre aussi à l'oreille des cochonneries.

Il n'ose pas lui dire que d'ici là il aimerait qu'elle reprenne quelques kilos. Elle ne comprendrait peut-être pas. Inutile de provoquer un nouvel incident.

_ Tu crois qu'elle veut venir, Stéphanie ?

_ Bien sûr, idiot. Elle n'attend que ça depuis des mois.

_ Tu vas pas chercher à la dissuader, au moins !

_ Oh, je suis sa cousine, pas sa mère.

Jérôme se marre :

_ Je crois avoir déjà entendu ça.

Sabrina, langoureusement allongée en travers du lit,

confirme d'une voix molle en posant un doigt sur son sexe épilé :

_ Tu as raison, c'était sur une plage.

_ *La plage du prophète*, précise Jérôme, en s'allongeant sur Sabrina.

_ Tout se répète.

_ Rien n'est pareil. *On ne se baigne jamais deux fois dans la même mer*, dit Jérôme en trahissant un peu Héraclite.

_ Oh, tu fais ton philosophe ! Baiser un intello, j'adore ! dit-elle en écartant les jambes.

Pendant que Sabrina et Jérôme se mélangent à nouveau, Stéphanie, sur son lit, lit. Un livre, pour de vrai, pas sur un écran. Stéphanie étrangement sereine dans son amoureuse mélancolie. Stéphanie qui en a fini avec la jalousie. Stéphanie, comme par magie. Stéphanie jolie en été, charmante en automne, belle en hiver. Imaginez au printemps !

Demain, sur son lit, Stéphanie lira encore, et relira, et relira… la lettre de Camel, invitation courtoise et tendre, une lettre de troubadour, un pur poème délicat comme une fleur offerte, mais là, ce soir, comme elle ne le sait pas encore, elle va s'endormir et rêver qu'elle reçoit une lettre, une lettre de Camel, une invitation courtoise et tendre, une lettre de troubadour, un pur poème délicat comme une fleur offerte.

51.

Camel est assis sur un banc à l'intérieur du lycée, dans l'allée qui mène au parking voitures des professeurs et qui surplombe la rade. Il est allé acheter un kebab. A ses pieds le port, la ville, les îles. Au loin, les Calanques. Un panorama comme celui de son 15ème étage. On pourrait y mener les touristes. D'ailleurs depuis quelques temps on voit passer des marcheurs sac au dos sur le chemin devant le lycée, côté colline. Des aventuriers d'un nouveau genre probablement.

Camel est seul. Fatiha et Manon, la brune et la blonde, qui tournaient dans le coin, désœuvrées, viennent s'asseoir près de lui.

_ Ça va Camel ?
_ Ça va. Je kiffe le paysage.
_ Il est pas nouveau le paysage, fada !
_ Il est toujours nouveau.
_ Oh, ça va, nous embrouille pas, l'intello !
Un temps.
_ Au fait Camel, c'est vrai ce qu'on dit ?
_ Qu'est-ce qu'on dit ?
_ Que tu as lu tout le Coran ?
_ Qui c'est qui dit ça ?
_ Abdelkrim.
Camel ne dit rien.
_ Alors c'est vrai ou pas ?
_ C'est presque vrai.
_ C'est à dire ?
_ J'ai lu. Presque tout.
_ Il a dit que tu avais cité une sourate par cœur.
_ C'est presque vrai.
_ Qu'est-ce que tu nous embrouilles encore ?
_ J'ai un peu inventé.
_ Aya ! Tu as inventé le Coran ?
_ Disons que j'ai extrapolé.
_ Parle autrement, bâtard !

_ T'énerve pas, Fatiha. C'est pas un gros mot.
_ C'est grave, tu sais ! Et si je le dis à Abdelkrim ?
_ Tu lui diras aussi que j'ai lu la Thora et les Evangiles.
_ C'est quoi ?
_ C'est le Coran des juifs et celui des chrétiens.
_ Aya ! Et alors ?
_ Alors j'ai décidé d'être agnostique, définitivement.
_ C'est quoi encore ce mot d'intello ?
_ Fatiha, si tu viens à mon anniversaire je t'expliquerai.
_ Pourquoi ? Tu m'invites à ton anniversaire ?
_ Bien sûr ! Et toi aussi Manon. Et Abdelkrim s'il veut.
_ T'es sérieux ?
_ On va aller teuffer chez un Juif.
_ T'es sérieux ? C'est vrai ?
_ Aussi sérieux que le Coran et la Bible réunis. Tu viendras ?
_ Je verrai.
_ La vie est belle, Fati, nous sommes tous ses prophètes.
_ Ne m'embrouille pas, je te dis ! Et ne blasphème pas !
_ Je blasphème pas, mais je prophétise que vous viendrez !

Manon qui n'a encore rien dit, s'exclame :
_ Moi, je viens !
Camel la défie, en souriant :
_ C'est toutes les deux ou dégun ! Débrouillez-vous !
Fatiha intervient :

_ C'est quoi ton plan ? Un trio ?
_ J'aimerais bien, mais mon cœur est déjà pris.
_ Il reste ton corps ! s'amuse Manon.
_ Lui, je ne sais pas encore.
_ Ça va, ça va, on a compris, dit Fatiha en se levant.
En s'en allant, Manon soupire :
_ Je suis dégoûté. Il est trop beau ce con…
_ T'inquiète. A son anniv je vais le chauffer, tu vas voir !

Manon se marre, et elles se dirigent lentement vers le foyer du lycée, baignées dans la lumière parfaite d'un printemps idéal, sans s'imaginer que toutes les deux, la brune et la blonde, la black et la blanche, la musulmane et la chrétienne, elles trouveront bientôt l'amour dans la même soirée. Qui pouvait le prédire ? *Un prophète ?*

52.

C'est un tout petit bébé, tout léger, couleur café au lait. Il a décidé de naître le premier jour de l'été. Sa maman sourit tout le temps, émerveillée d'être la raison suffisante d'un tel résultat. Et tant pis pour Camille. Ce sera un Camel !

Non, le papa n'est pas là. *Il est en prison*, dit-elle à l'infirmière. Il n'y a aucune raison de dire autre chose.

Il fait chaud. La fenêtre est ouverte. En fin d'après-midi, entre deux étapes nourricières, elle entend les premières cigales. Elle pense à l'été, à la plage, au corps d'un homme.

Le bébé appelle.

_ Celui-là, il saura se faire entendre ! dit l'aide-soignante.

53.

Finalement, ils sont moins que prévus. Camel a prévenu : soirée sans alcool ni drogues. Beaucoup ont fui l'invitation. C'était un test. Les fidèles sont là. Un comité restreint. Guère plus qu'une équipe de foot.

Il a aussi exigé un maximum de couleurs. Il parlait des habits, bien sûr. Voyons comment se passe la soirée.

La petite bande semble avoir fait un voyage dans le temps, transportée au temps béni des communautés hippies. Touchés par une grâce mystérieuse, dans leurs tenues arc-en-ciel, les voilà devenus libertaires et cool. Peace and love pour tout le monde. Il flotte dans l'air un parfum d'utopie. Et le plus curieux c'est qu'il n'y a là-dessous aucune raison fumeuse, aucune béquille hallucinogène, aucune ivresse liquide. Simplement, Camel est aux commandes. Pas aux platines : on a confié ça à Alban, qui découvre ce soir la mixité sociale et le métissage culturel avec le sourire du ravi de la crèche, un ravi qui aurait un gros casque sur les oreilles mais qui, respectant la tradition, *puts his hands up in the air !*

Camel, rasé de près, a dit des mots, d'emblée, qui ont donné le ton. Il ne veut aucun autre cadeau qu'une soirée parfaite : amour et amitié, joie et fraternité. Camel parle, et tout le monde écoute. Même Mohamed qui évidemment lance à la fin un :

_ Camel Président ! repris par une assistance en folie.

Camel a mis les choses au point ainsi:

_ A ceux qui se sont interrogés sur ma barbe, je dirai ceci : inconsciemment j'ai probablement essayé de ressembler à Homère, ou à un philosophe. Mais je me trompais : ce n'est pas la barbe qui fait le poète ou le philosophe, c'est l'amour de la vie et de la vérité !

Galvanisée, électrisée, la petite troupe applaudit, même si tout le monde ne connaît pas cet Homère (Johana a compris *à ma mère* mais Stéphanie l'a vite rassurée en lui parlant de l'*Odyssée*). C'est un peu, ce soir, le cercle des poètes apparus...

Camel parle et les mots viennent se poser comme des langues de feu sur la tête de ceux que pourtant nous n'appellerons pas des disciples. Sont-ils transfigurés, convertis ? Ou simplement ne font-ils qu'exprimer la meilleure part de leurs jeunes vies ? Il se passe ce soir quelque chose d'étrange. *Love is in the air.*

Johana adore Stéphanie, Mohamed fait le con avec Jérôme, Fatiha chauffe Kevin, Romain est dans les bras de Sarah, Manon ne quitte plus Ali, Sabrina danse comme une déesse...

Après la bise d'entrée, Stéphanie a d'abord tenu Camel à distance. Elle est en rouge et lui en blanc. Ils s'observent maintenant à la dérobée. Leur langage muet veut donner le change mais personne n'est dupe. On ne les dérange pas. On leur laisse le temps de profiter encore un peu des délices de l'attente. Quand Camel fait un discours, Stéphanie essaie de ne pas montrer un enthousiasme trop démonstratif. Elle sait qu'elle a eu raison de lui faire confiance.

Entre deux cocktails de fruits, Camel explique à Fatiha ce que veut dire *agnostique*, avant de lui apprendre une très vieille danse, très lente : *le slow*. Alban a ce qu'il faut, Camel l'avait prévenu. On les regarde béats, un peu bêtas. Puis tous se mettent à pratiquer ce rite si archaïque, si adorablement old school, si intensément années 70. Et la soirée tout entière devient un slow, un slow géant, mains caressantes mais pudiques, changements de partenaires quand Alban coupe le son, et Mohamed danse avec Jérôme, dans un élan de rire qui gagne tout le monde et devient un éclat magistral qui s'entend au-dehors jusque dans les jardins voisins, jusque dans la maison d'en face où un couple rassis regarde la télé et se demande jusqu'à quand ça va durer ce raffut sans savoir que le monde est peut-être en train de changer tout près de chez eux.

Le temps, cette fois, s'est vraiment arrêté. Pas d'avant, pas d'après. Le présent s'étire dans ce jour le plus long. Camel mène la danse. Camel tient bon la barre en bon capitaine. Et les voilà tous matelots, intrépides aventuriers embarqués dans une soirée de joyeux et gentils délires, sobres marins sur ce nouveau bateau ivre.

Quand Abdelkrim arrive, beaucoup plus tard, il est lui-aussi rapidement emporté par l'élan collectif. Il résiste à peine. Juste le temps de dire à Jérôme :

_ Alors c'est toi le jeuf ?

_ Oui. Alors c'est toi le bicot ?

_ Non, moi c'est le con d'arabe.

_ Et moi le putain de youpin.

Camel est là, à côté d'eux, tout sourire.

_ Et moi, les mecs, je suis le goy mécréant ! Si on dansait un slow tous les trois ?

_ Tiens tu as coupé ta barbe ? dit Abdelkrim.

_ Ce n'est pas la barbe qui fait le prophète, l'ami !

Oui, il se passe de drôles de choses dans cette maison cossue des quartiers sud. Camel parle encore, élocutionne avec ardeur, appelle chacun à la concorde finale, rameute le groupe de gais compagnons, invite à de luxurieuses mais frugales bacchanales. Il est Apollon, sans la couronne de laurier. Il est Dionysos, sans la grappe de raisin. Il est le calme et la tempête. L'ordre et le mouvement. Les mots lui viennent avec une déconcertante facilité. Ils ont longtemps tourné dans sa tête. Il a pris le temps, tant d'années, de laisser mûrir sa vocation. Ce soir il ose tout. Le charme agit comme un philtre magique. Camel l'enchanteur. Oui, il se passe quelque chose. Un mirage ou une réalité ? *Une révélation.*

Chacun s'aperçoit à quel point il est bon de se laisser aller à aimer, de laisser tomber les armes. Pourquoi se haïr puisque nous allons mourir ? Chacun s'inscrit dans ce cercle d'amitié. Ils virevoltent et lutinent, ils savourent leurs affinités électives. D'une seule chose ils ne se sont pas vraiment aperçus dans cette slow soirée : ils sont 13. Quand on aime on ne compte pas.

Un féminin trio amène le gâteau. Sabrina, Stéphanie, Johana. Les autres ne sont pas jalouses. Chacun se satisfait d'avoir la chance de vivre ce moment.

C'est au moment de souffler ses bougies qu'il s'évanouit, et tombe sur Kevin. Stéphanie hurle son nom. Jérôme le gifle. Ça ne dure que quelques secondes. Vague malaise.

_ Doucement, vieux frère ! Tout va bien !

C'est juste son petit cœur qui s'émotionne. Tout le monde s'émeut, mais ça va tout de suite beaucoup mieux. Il faudra bien que son cœur s'habitue à cette vie.

_ Allez, il faut m'aider.

Et les voilà rassemblés, autour du gâteau rond, en forme d'auréole, autour de Camel, dans un même souffle puissant qui ne laisse aucune chance aux pauvres dix-huit flammes frêles. Puis le capitaine prend un premier morceau et dit :

_ Prenez, et mangez-en tous. Ceci n'est pas mon corps !

_ Ça me rappelle quelque chose, dit Fatiha.

_ T'es con, dit Sabrina, tu blasphèmes !

_ Tu te moques de ma religion, dit Manon la chrétienne.

_ J'extravague, j'humorise, c'est tout…

Pas de malaise. Camel insiste :

_ Moïse, Allah, Jésus : respect ! Et paix à leurs longues barbes ! *Mais nous sommes tous des prophètes car nous pouvons tous écrire l'avenir !*

La formule est belle, pense Stéphanie. Ça paraît un peu culotté pour Abdelkrim et Mohamed, un peu osé pour Sabrina et Manon, assez juste pour Jérôme et Ali, un peu abscons pour les autres. Ils applaudissent tous, gagnés par l'euphorie, séduits par une nouvelle harmonie qu'ils n'imaginaient pas. Ils sont sur une île, un paradis trouvé. Demain ils verront bien. Il sera toujours temps, puisqu'il paraît que c'est nécessaire, de reprendre les mots habituels, les postures identitaires et les rôles communautaires. Ce n'est pas la paix, c'est un cessez-le-feu. La guerre n'est pas finie. Camel le sait mais plus rien, désormais, ne pourra l'arrêter. Il se tourne vers la sono :

_ Alban, envoie la musique !

Comme convenu, le maître de cérémonie lance *Every breath you take*. Camel attrape sans prévenir

Stéphanie par la taille et improvise sur le champ avec elle un duo chorégraphique magnétique. C'est sa déclaration.

En approche serrée il lui glisse à l'oreille :
_ Tu te souviens, au Campus ?
Elle sourit.

Ils dansent au milieu d'un cercle admiratif et silencieux. Entourant la scène sublime les comparses accompagnent le couple lumineux et balancent leurs corps au rythme de *Police* dans une orgie de couleurs. La musique a une fin. On réclame un baiser, il vient, on applaudit, et Stéphanie rougit.

Quelques heures plus tard, bien au-delà du milieu de la nuit, ne restent plus dans la maison que le quatuor estival reconstitué. Jérôme dit à Camel :

_ Vous pouvez rester là. On reviendra demain pour ranger la maison. Ma chambre, c'est celle du fond, dit-il sans faire de clin d'œil.

La grande cousine fait une bise à la jeunette.

_ Bonne nuit, pitchounette, dit-elle sans clin d'œil non plus. N'oublie pas ton alibi. Je te rappelle que tes parents pensent que tu es avec nous pour l'anniversaire d'un certain Camille.

Jérôme salue virilement Camel :

_ Ciao, mon pote. Une soirée comme ça, j'en ai jamais vécu. Ce sera mémorable. J'ai bien fait de te sauver la vie, tu rends la mienne plus belle !

_ Tu lui as sauvé la vie ? demande Sabrina.

_ Qu'est-ce qu'il s'est passé ? demande Stéphanie.

_ Je vous raconterai, dit Jérôme, qui comprend qu'il a fait une gaffe.

Pour faire diversion, il ajoute :

_ Et n'oublie pas que le BAC continue lundi. Te déconcentre pas, hein ?

Cette fois, il accompagne son conseil d'un ostensible clin d'œil.

_ T'en fais pas. C'est la littérature. Je suis fin prêt.

Sabrina, une mèche sur l'œil, met la main aux fesses de Jérôme :

_ On y va, *mio amore* ?

Cette fois-ci, c'est Camel qui fait un clin d'œil à Jérôme hilare.

Le couple quitte la grande maison et traverse le jardin main dans la main. Le grand portail se referme automatiquement.

Stéphanie, effarée et heureuse, s'approche de Camel. Ils ne se pressent pas. Ils ont la vie devant eux. A ce moment là, elle comprend combien l'attente était précieuse. Ce baiser est comme leur premier.

Dans la chambre, elle repousse la main de l'amant.

_ Attends !

Elle s'avance vers la baie-vitrée, s'arrête, ouvre un battant pour laisser entrer la première nuit de l'été. Elle se fige, face aux étoiles, ne se retourne pas, commence à soulever lentement le bas de sa robe dos nu qu'elle fait remonter sur ses cuisses puis ses fesses. String rouge avec volants noirs. Camel, Camel, ton petit cœur va-t-il résister à tant de beauté ? La robe un peu plus haut encore. Doucement. Dans le creux de ses reins, un vers de Rimbaud :

Le monde a soif d'amour, tu viendras l'apaiser.

Troisième partie

54.

Akim est allé déclarer l'enfant à la mairie annexe avec le médecin accoucheur. Il portera le nom de sa mère et de son père. Un attelage culturel : *Durand-Bektaoui.*

_ *Camel* ? Je ne sais pas si c'est autorisé, dit l'officier d'Etat Civil.

_ C'est arabe, dit Akim.

_ Ça c'écrit comme ça ?

_ En berbère oui, dit Akim à court d'arguments.

_ Ah, alors... Dans ce cas...

Les parents de Myriam viennent chaque jour à la maternité.

Trop beau, ce bébé ! A l'unanimité. Mary passe le voir avec Dan. Elle ne dit pas à la jeune mère qu'elle n'est pas pressée d'avoir des enfants. Daniel ne semble pas très concerné. Il parle de sa prochaine expo. Mary dit qu'ils ont trouvé un atelier, une friche.

_ Ce sera super, dit Myriam.

Une semaine plus tard, Fatima et Dalila accueillent Myriam et Camel en se lançant dans une série de youyous qui ont pour effet de faire pleurer le bébé. On a oublié la fiole cassée. Tout est pardonné.

Dans l'appartement, une surprise attend Myriam : ses parents sont là. Akim est allé les chercher.

Myriam se jette dans les bras de son père. Les larmes ne sont pas toujours les mêmes.

Dans la maison tout est prêt. Des peluches en masse. Dalila a vraiment frappé à toutes les portes. Mais sa mère s'inquiète toujours :

_ Tu es sûre que tu vas y arriver ? Viens chez nous pour commencer.

_ Je verrai, maman. Je viendrai souvent de toute façon.

Fatima a préparé un couscous pour tout le monde :

_ Vous restez avec nous, hein, monsieur et madame ?

_ Il faut rentrer avant qu'il fasse nuit.

_ Vous inquiétez pas, Akim n'a pas peur du noir !

Tout le monde rit, et c'est parti pour une couscous party.

Le père de Myriam reprend plusieurs fois du thé à la menthe. La fille guette sur son visage l'ébauche d'un plein sourire.

Dalila est descendue chez elle et revient au 15ème étage avec des pâtisseries.

_ C'est trop !

_ Mais non, madame, goûtez, vous allez voir !

_ Oui, Dalila est une experte.

_ C'est bon !

Un loukoum déclenche enfin sur le visage ridé de son père un sourire que Myriam reçoit comme un cadeau. Elle voudrait, comme on le veut chaque fois que l'heure est bonne, que le temps s'arrête un peu là, qu'il ne file pas vers cet avenir dont on ne sait rien. Ce bébé va grandir, vraiment ? Pourquoi ?

Le *caganis* a un mois quand elle retourne à la prison. Il a fallu refaire des démarches pour un permis de visite. Des papiers à fournir encore. Akim est toujours là pour aider.

Il fait très chaud. Elle repense à ses visites hivernales et glaciales. Elle serre le bébé sur elle, dans un grand châle coloré qu'elle porte en travers de la poitrine. C'est une belle baba-cool qui s'avance vers la grande porte. Elle n'a pas d'appréhension. Il ne pourra que succomber au charme de ce bébé à la peau dorée. Elle entre fièrement dans le parloir. Elle a un nouveau statut. Ce n'est plus une amante, une fiancée, c'est une mère. On s'écarte différemment devant elle. Dans le bus on lui a laissé une place assise.

Et Djamel, en effet, s'attendrit. Comme souvent dans ce cas, il s'extasie de toute cette petitesse et commente chaque détail :

_ On dirait qu'il a les yeux clairs.

_ On ne peut pas savoir encore.

_ Il aura peut-être mes yeux.

Myriam ne dit rien. Le bébé se met à pleurer.

_ Il a soif non ? demande-t-il. Faut pas lui donner à boire ?

Camel a un père on dirait.

La mère demande un peu plus tard :

_ C'est quand ton procès en appel ?

_ Je ne sais pas. Ce con d'avocat ne vient plus me voir. Ça peut être très long. Peut-être un an.

_ C'est dingue !

_ C'est comme ça. Ils sont pas pressés.

_ Moi je suis pressée, Djamel. Je t'attends. On t'attend tous les deux.

_ Je ne sais pas si c'est une bonne idée.

_ Pourquoi tu dis ça ?

_ Je ne sais pas.

_ Tu n'as que nous, Djamel.

Le bébé regarde intensément tout ce qui l'entoure dans cette pièce fraîche où la lumière pénètre faiblement à travers les barreaux d'une seule fenêtre. Myriam lui a donné le sein. Le surveillant vient signifier la fin de la visite. Au-dehors, le soleil rattrape la mère et l'enfant qui se dirigent lentement vers l'arrêt de bus. Bébé a chaud. Elle essuie son front avec le châle en coton. Elle avait mis, pour venir, une robe à bretelles. Il n'a rien dit de ses épaules nues.

55.

Quand il a vu son nom sur l'écran, il a hurlé. Sa mère s'est inquiétée :
_ Qu'est-ce qu'il y a Camel ?
_ J'ai réussi ! J'ai réussi ! Oh putain, je suis pris !
Myriam se précipite dans la chambre en criant elle aussi :
_ C'est vrai ?
Moment de pure joie. Embrassades. Camel prend l'écran en photo.
Myriam demande :
_ Tu es sûr au moins ?
_ Regarde ! Un nom pareil, et un prénom comme ça, on peut pas être deux !
_ Je vais aller acheter du champagne.
_ Maman, c'est trop cher !
_ Tu es fou ou quoi ? Pour ton BAC on a presque rien fait ! Même pour une mention Très Bien !
Elle se chausse et prend l'ascenseur. Elle s'arrête au 1er.
_ Fati, Fati, il a réussi le concours !

_ Ma fille, comme je suis contente !
_ Il va partir à Paris.
_ Et après il va devenir Président de la République, pas vrai ?
_ Fati, il a peut-être d'autres projets.
_ Pourtant ce serait une bonne idée.
_ Il sera peut-être d'abord maire de Marseille.
_ Ce serait déjà bien. Oui, un demi-arabe, ce serait bien.

Elles rient, s'embrassent. Myriam passe sa main dans le dos de cette si précieuse amie.

_ Mais alors il part quand ?
_ Au mois de septembre.
_ Et comment il va faire à Paris ? C'est cher là-haut non ?
_ J'ai prévu il y a longtemps.
_ Tu as gardé des sous de l'héritage ?
_ Oui…
_ Il fera ses études grâce à tes parents. Qu'Allah les bénisse !
_ Je lui ai souvent parlé d'eux.
_ Et de son père aussi ?

Myriam baisse la tête, comme pour ne pas affronter le regard de Fatima.

_ Oui. De son père aussi. Mais j'avais pas grand-chose à lui dire tu sais.

Un temps.

_ Fati, puisque je ne peux pas t'inviter à boire du champagne, on viendra te voir demain tous les deux.
_ Aya, ma fille, je suis heureuse pour vous ! Venez, je dirai à Dalila de faire des loukoums.
_ Pas trop, Fati, pas trop…

Quelle belle soirée ils passent tous les deux ! Camel prévient tout le monde par Facebook et textos. Bien sûr Mohamed lui répond : *Camel Président !*

Il n'y avait pas de champagne à la superette. Elle a pris de la Clairette de Die. C'est moins cher.

Ils se sont assis sur le balcon. La lune est pleine parce que c'est encore plus beau ainsi, avec le rayon de lumière qui traverse la mer depuis l'horizon jusqu'à la digue du port. Myriam respire fort. Son fils s'en inquiète.

_ Ça va, maman ?

_ Ça va, mon fils, ça va très bien.

Elle respire enfin. Elle se revoit à 18 ans, devant l'affichage des résultats de son BAC. Elle revoit Camel, bébé couleur caramel, posé dans son landau à la plage des Corbières. Elle le revoit faisant du tricycle sur ce balcon ou dans le salon. Elle le revoit apprenant à lire, le doigt sur la page. Elle le revoit lui tenant la main devant la porte de la prison. Elle le revoit marquant son premier but en équipe poussins, courant vers elle au bord du terrain. Elle le revoit partant au collège pour la première fois, un lourd cartable sur le dos.

_ Va falloir fêter ça avec tes copains fiston !

_ Et avec ma copine !

Myriam se fige.

_ Tu as une copine ?

_ Ça te plairait que je te la présente ?

Myriam se dit que ça fait beaucoup pour une seule soirée.

Le bonheur est un leurre. Aussitôt atteint on craint de le perdre. Son fils est heureux. Son fils va partir.

Le bonheur est là, il nous fuit.

Comme pour une naissance, on demande en général dans ce cas là :
_ Elle s'appelle comment ?
_ Stéphanie.
_ Elle habite où ?
_ Rue Paradis.
Myriam se penche pour l'embrasser :
_ Le paradis, c'est ici, mon chéri !

56.

L'enfant est là et sa vie a un centre. L'absurde n'est maintenant pour elle qu'une lubie de dramaturge déprimé ou de philosophe existentialiste. Ils se demandent seulement *pourquoi ?* Ils oublient de s'interroger : *pour qui ?* Myriam sait pour qui elle vit, et du coup elle sait pourquoi. Elle pense à ses lectures de la fac. Beckett, Camus, Sartre, et compagnie : *à la trappe*.

Dans l'ascenseur on la reconnaît. C'est la fille à qui on a donné une peluche, un jouet, une brassière. Je vous salue Myriam. Salam alikoum. On s'arrête pour voir son bébé. On s'exclame, on se réjouit. On demande des nouvelles de Djamel. Il a un père ce petit, c'est le plus important. A son passage les jeunes sur leur cyclo interrompent leur rodéo et restent indifférents. Dalila lui dit qu'elle est une jolie maman.

Elle fait des listes, veille à tout. Il faut garder de la fraicheur à ce 15ème étage. Elle a acheté des rideaux et décidé de changer le papier peint de la chambre. Elle fait bien attention d'attacher la poussette avec un antivol dans le local au rez-de-chaussée. Elle fait des provisions de couches.

Elle organise sa vie. Elle est déjà inscrite à la fac pour la rentrée de septembre. Les livres s'empilent à nouveau près du canapé.

Elle va à la plage avec son bébé. Le plus près c'est l'Estaque. Elle y retrouve d'autres familles du quartier. Elle reste même parfois pour un barbecue. On joue de la guitare. Elle pense à Djamel. Un an, et tout a changé, sauf le soleil, le ciel, la mer, trilogie bienheureuse qui pourtant ne peut empêcher nulle tragédie.

Akim est marié. Djamila va accoucher. Myriam lui donne des conseils. Elles papotent comme deux vieilles copines. Akim semble heureux.

_ Tu sais, c'est un garçon !

_ Vous allez l'appeler comment ?

_ Ali. C'est le nom du cousin du prophète.

_ C'est joli, dit Myriam. Ali Baba ! *Les Mille et une nuits !*

_ Mille et une nuits sans sommeil ! dit Djamila

_ Mais non, tu verras. Camel, il fait déjà ses nuits.

_ Camel, c'est un bébé exceptionnel, plaisante Akim.

En revenant avec son bébé dans leur nid haut-perché, Myriam se demande : *et si c'était vrai ? Et s'il était vraiment exceptionnel ?* Tout est possible. Qui va écrire son avenir ?

57.

La première fois que Stéphanie vient dans la cité, oui, c'est un choc. Camel a prévenu, elle l'a bien écouté, mais la réalité reste bien autre chose que les mots. Il n'était d'ailleurs pas sûr que ce soit une bonne idée mais elle a insisté. Il lui a dit de mettre un pantalon.

Elle n'avait jamais dépassé cette frontière invisible, du côté du port, qui marque le passage de l'opulence à la débrouille, de la richesse à la déglingue. Elle a souvent fréquenté les galeries commerciales qui tentent de reconquérir, avec les inévitables bureaux et appartements *de prestige* un territoire longtemps laissé à l'abandon. Le long des quais, dans les anciens Docks, la ville s'est transformée. Juste après, juste derrière, c'est toujours aussi misérable. Le bourgeois se plaît parfois à imaginer un certain exotisme au nord de cette ville où il ne va jamais.

Stéphanie n'est pas très sensible à ce type de pittoresque. Elle se trouve brutalement plongée sur une autre planète. Quand elle enlève son casque et dévoile sa longue chevelure blonde, les jeunes tankés contre l'immeuble sifflent à plusieurs reprises et commentent son arrivée en riant. Camel laisse faire. Prenons-le comme un hommage. Le hall d'entrée propose à la visiteuse une grande variété de tags et en attendant l'ascenseur elle regarde l'état des boites à lettres. Elle se serre contre Camel jusqu'au dernier étage dans la nacelle bruyante et grinçante, aux parois recouvertes de graffitis obscènes.

Myriam est en short. Fière de montrer à la jeunette ses belles jambes bronzées. La vue sur la mer époustoufle la blonde gamine qui s'exclame :

_ C'est super beau !

Elle observe sans juger tous les menus détails de la décoration un peu hétéroclite de ce petit appartement. Tiens, du sable blond dans un verre à liqueur ! Elle s'approche :

_ Ça vient du Sahara ?

_ Oui.
_ Mes parents aussi en ont ramené.
_ Ils sont allés en Algérie ?
_ Non, en Mauritanie, il y a longtemps. Quand il n'y avait pas de terroristes.
Camel l'interrompt :
_ Viens voir ma chambre.
Une heure plus tard, Myriam demande :
_ Vous restez pour manger ce soir ?
_ Non, il faut que je la ramène, maman.
_ Une autre fois alors, n'est-ce pas Stéphanie ?
_ Bien sûr.
Ce n'est pas sûr du tout.

La première fois que Camel entre dans l'appartement de Stéphanie, oui, c'est un choc. Des intérieurs comme ça il en a vu dans les magazines de déco, à la télé, mais jamais en vrai. Stéphanie l'avait prévenu, mais la réalité reste bien autre chose que les photos. Elle était sûre que ça lui plairait. Elle lui a conseillé de mettre une chemise.

Il n'avait jamais dépassé le seuil de ces immeubles bourgeois. Il est venu très souvent dans ces quartiers où se concentrent les quelques librairies qui résistent encore au milieu des boutiques de marque et de tout un arsenal commercial et bureaucratique, mais il n'était jamais rentré dans un de ces vieux appartements aux plafonds moulurés. Il n'avait jamais approché *in situ* ces meubles design dont la modernité vient tellement bien s'accorder et contraster à la fois avec le sol en tommettes traditionnelles ou les grandes et hautes fenêtres à volets persiennes. Il est surpris tout de même de voir quelques autres meubles qu'il juge d'une époque révolue. Il n'a pas encore compris toutes les finesses de l'esthétique *vintage*. Il ne sait pas qu'il faut aussi parfois, comble du chic, laisser certaines parties anciennes, un pan de mur par exemple, *dans son jus*, combinant ainsi, forcément avec goût, l'ancien et le contemporain. Camel n'a pas toutes les clés de ce langage subtil qui fait toute la distinction sociale et marque d'emblée l'entrée en territoire bourgeois variante bohème.

Elise a mis une jupe et des escarpins. Elle ne se prive pas de montrer ses belles jambes bronzées à ce jeunot. Mathieu s'avance tout sourire :

_ Bonjour Camel. On est content de te rencontrer.

Pour la famille Aubanel, Camel a le grand avantage d'être admis à *Sciences Po Paris*. Pour passer de la théorie multiculturaliste à la pratique, ça aide.

Alban déboule dans le salon :

_ Ça va Camel ?

_ Vous vous connaissez ? s'étonne Mathieu.

_ Ben oui, on s'est rencontrés à l'anniversaire.

Stéphanie intervient :

_ A l'anniversaire de Camille.

Mathieu se doute que. Elise fait semblant de. Ce n'est pas très grave. Il est bien beau ce Camel.

Quels yeux, mazette !

Le bientôt étudiant parisien regarde avec envie la grande bibliothèque et les piles de beaux livres sur la table basse. Chez lui il avait fallu mettre beaucoup de livres à la cave, faute de place. Un jour, tout a été cambriolé. Myriam en a pleuré plusieurs jours. On a retrouvé plus tard une partie de ces livres jetés au pied de la petite falaise qui borde la cité par le nord. Ce fut pour Myriam d'une violence terrible. Camel l'a aidé à récupérer quelques uns de ces bouquins, abîmés, souillés, et à les rapatrier dans un carton dans un coin de sa chambre déjà très encombrée.

Mathieu suit le regard de Camel sur l'un des livres d'art :

_ Tu connais Hokusaï ?

_ Oui, j'aime bien Hiroshige aussi. Je suis très attiré par la culture japonaise.

_Tu dois connaître le haïku alors !

_ Oui oui. J'ai lu ceux de Bashô.

Mathieu se régale. Un beau-fils presque idéal. Mèfi la religion tout de même. Et puis un couple à 17 ans ce n'est pas raisonnable. *Wait and see.*

_ Tu restes à manger ?

_ Bien sûr, répond Stéphanie à sa place.

A l'apéritif, Mathieu propose un verre de vin.

_ Je ne bois pas d'alcool.

Mathieu ne peut cacher sa surprise. Il n'ose pas demander pourquoi.

Elise a fait un ceviche.

_ C'est un plat péruvien, lui apprend la cuisinière._ Très diététique, ajoute le mari de la cuisinière.

Les sets de table sont en silicone. Les assiettes sont noires. Les couteaux sont des *Laguiole par Philippe Starck*.

Pendant ce temps, Myriam arrose lentement ses géraniums. Camel va partir. Elle va encore souffrir.

58.

Après ça, c'est tellement plus simple ! Ils ne se cachent plus. Ils n'ont plus besoin d'alibis mensongers. Ils sortent de la clandestinité et leur amour au grand jour prend une allure ailée. Ils volent de place en place, de lieu en lieu, toujours se tenant, toujours se lovant. Deux anges dans la ville.

Le quatuor à nouveau réuni reprend sa tournée des plages. Au Vallon des Auffes ils choisissent soigneusement leur rocher. Aux Catalans ils trouvent toujours trop de monde et trop de bruit. A David ils vont pique-niquer. A Cassis ils aiment arriver tôt avant le rush des touristes. Sur la Côte bleue ils font des découvertes : une crique, un petit port. Ils affinent leur géographie balnéaire. A l'Estaque, décidément trop populaire pour Sabrina, ils n'y vont qu'une fois. A Sugiton ils nagent jusqu'au rocher fameux appelé *le Torpilleur*, mais Sabrina redoute la rude remontée jusqu'à la voiture. La mer est partout, à portée du corps, offrant son cocon aquatique à tous ses enfants.

Un soir à Morgiou où ils étaient allés seuls, n'hésitant pas à marcher longuement jusqu'à la petite plagette avant le port, Camel et Stéphanie sont restés nus dans l'eau un peu fraiche quand tout le monde est parti. Ils n'ont pas osé faire l'amour. Ils n'osent pas souvent, d'ailleurs. Ils se frottent beaucoup, se tiennent, s'attrapent, font semblant de se lâcher pour mieux se retenir. Le monde leur appartient mais l'intimité leur manque. Pas question de coucher chez Camel. Il refuse. Myriam n'a jamais revu Stéphanie. La famille Aubanel a fermé les yeux sur quelques nuits passées rue Paradis. Stéphanie a eu de si bonnes notes en français que Mathieu et Elise ne veulent surtout pas contrarier cette courbe ascendante. Et puis ils adorent Camel, ce mec d'élite. Les tourtereaux tout bronzés ont profité ainsi de quelques week-ends où les parents s'absentaient pour des raisons pas toujours très claires. Ils n'ont pas osé l'hôtel, trop transgressif, ni les chambres des copains, trop invasif.

Et puis, grande nouveauté, ils ont décidé d'aller cette année camper au Lavandou. Encore une idée de Jérôme, qui connaît bien ce camping quatre étoiles accrochée à une colline littorale. Il a laissé là-bas des souvenirs d'enfance, des vacances au bord de la mer, et quand il les raconte on dirait un nouveau Pagnol. Camel et Stéphanie adorent cette proposition. Ils se procurent très vite une petite tente deux places facile à monter. Ce sera leur première maison. Sabrina est moins enthousiaste. Elle préférerait aller à l'hôtel, ou louer un appartement. Il faut que Jérôme insiste. Il a failli mettre leur relation dans la balance. Elle comprend que ce retour aux sources est pour lui d'une importance cruciale. Il lui offre un superbe maillot une pièce. Elle se vexe.

_ Tu crois que je peux pas porter un deux pièces !

Ils vont ensemble choisir un autre maillot, faisant au passage une coquinerie dans la cabine d'essayage. Sabrina est de meilleure humeur et prête à goûter l'aventure.

Ce sont quinze jours délicieux. Jérôme a prévu un confortable matelas et une tente grand modèle. La cuisine reste un peu sommaire mais ils ont décidé de vivre d'amour et d'eau de mer. L'utopie toujours renouvelée de l'été en Provence leur tient lieu de tout. Ils ne manquent donc de rien puisqu'à l'harmonie des corps et des cœurs se mêle la belle amitié sous un ciel toujours bleu. Ils inventent leurs rituels du lieu. Ils se couchent tard mais parviennent à se lever tôt pour se baigner matinalement dans une eau limpide et s'assoupir sur la plage encore calme. Ils reviennent à leur campement vers midi pour un frugal repas. A l'ombre des pins ils font la sieste dans des hamacs de fortune ou des lits improvisés. Ils repartent à la plage en fin d'après-midi. Camel et Stéphanie amènent toujours un livre. Ils oublient souvent de les lire pour s'embrasser mais entre deux baisers ils s'adonnent à l'orgie perpétuelle de la littérature. Ils ne loupent sous aucun prétexte les derniers rayons de soleil. Chaque jour est trop précieux, et ils jouent avec leurs ombres longues, les pieds dans l'eau, faisant des images dorées par la lumière vespérale. Le soir ils se font beaux pour aller se fondre dans la foule estivale et célébrer la douceur de vivre en se perdant au marché provençal et se retrouvant pour une glace italienne.

Un week-end, Ali et Manon viennent les rejoindre. Ali vient d'avoir son permis. Ils s'émerveillent du site, rient de l'uniformité blonde des campeurs nordiques, commentent un peu moqueurs les installations impeccables des habitués. Ils font des pâtes, à la cuisson incertaine, variant les sauces et abusant du gruyère. Ils négligent la vaisselle qui s'entasse et leur emplacement prend des allures un peu désordonnées de camp de romanichels.

En fin d'après-midi, les garçons jouent au volley. Les filles papotent les seins à l'air.

_ Ça le gêne pas, Ali, que tu te mettes topless ?

_ Tu rigoles. Il adore ça. Il est fier de mes big boobs ! Il suffit juste que sa mère ne le sache pas.

Elles rient. Les garçons reviennent et préviennent : ce soir ils vont faire le tournoi de foot du camping sur le petit terrain synthétique. Jérôme, piètre joueur, est d'office institué gardien de but. Ils se sont mis d'accord pour faire équipe avec deux grands gaillards rencontrés au volley, deux géants germaniques. Equipe de feu : la rigueur et la puissance allemandes, la créativité et la technique latines. Ils seront imbattables.

_ Qu'est-ce qu'on gagne ? demandent les filles.

_ Un coup à boire je crois, dit capitaine Camel.

_ On viendra vous voir, disent les admiratrices.

Le soleil rase l'horizon. Au large croisent parfois des yachts somptueux qu'on regarde passer sans envie. C'est à nouveau, comme chaque été, la paix toujours illusoire de ces lieux où la rumeur du monde s'assourdit un peu.

Le soir, ils gagnent le tournoi contre une robuste équipe de danois. Les allemands assurent à l'arrière, Camel est à la baguette, Ali à la finition. Jérôme, héroïque, a pris le ballon sur *la nasole*, mais ça va. Sabrina le félicite. Sur le bord du terrain, les filles se sont amusées à faire le show en supportrices hystériques. Une blonde, une brune, une rousse : un trio à se damner, mais ni l'enfer ni le paradis n'existent ailleurs que sur cette terre. C'est moi qui vous le dis. *Ecoutez le prophète.*

Après leur victoire, ils récupèrent leurs diplômes de vainqueurs, beau souvenir pour leur vieux jours, et vont boire leur prix tous ensemble. Stéphanie insiste :

Camel accepte la coupe de champagne. Il cite même Talleyrand pour justifier son dépucelage alcoolique: *tout ce qui est excessif est insignifiant.* Ils trinquent avec leurs amis germains : au sport, à l'amitié entre les peuples, à la vie ! Puis ils repartent à pied vers la cité balnéaire, vers d'autres coupes, glacées celles-là. Sabrina, qui aime si peu marcher, ne râle pas cette fois. Le champagne est un dopage légal.

De retour, dans la nuit avancée ponctuée d'une demi-lune, ils repassent par la plage avant de rentrer dans leurs maisons de toile. Le sable est frais sous les pieds nus. On ne s'en lasse pas. Sabrina s'est écroulée sur les genoux de Jérôme. Camel entoure Stéphanie de ses bras. Elle aime la finesse de ses poignets, elle baise ses mains. Ils restent encore longtemps assis sur la plage et écoutent la mer qui murmure son éternel refrain, celui d'une langue liquide qui va et qui vient.

Dans leurs cœurs aussi : un bruit de vagues.

59.

Sur *la plage du prophète*, c'est un pèlerinage. Là où tout a commencé. Ils croient que rien n'a changé depuis l'été dernier. Ils ont vieilli mais ne le savent pas. Ils pensent rejouer les mêmes scènes. Ce serait une histoire intemporelle. La preuve : ils n'ont pas l'âge de leurs prénoms. Le temps passe et les modes aussi, mais c'est toujours la même histoire. *Il faut que tout change pour que rien ne change*, dit Camel, encore sentencieux et un peu sibyllin pour ses camarades de plage, en se prenant pour le prince Salina dans *Le Guépard* de *Giuseppe Tomasi di Lampedusa.*

Quel nom ! C'est autre chose que *Stéphanie*, *Sabrina* ou *Jérôme* ! Mais que peuvent les modes contre l'éternité ? Le noble Camel se lance dans un résumé-explication du chef-d'œuvre italien. Par la magie de ses mots il transporte ses copains sous le soleil sicilien, encore plus rude que le *cagnard* provençal. Il leur raconte le vieil homme amoureux de l'étoile Vénus, et qui attend la mort en contemplant mélancoliquement le déclin de l'aristocratie sur une terre âpre et outrageusement belle. Sabrina conclut : *je regarderai le film.* Il ne le lui dit pas mais Jérôme le pense, comme nous : *Camel aussi est un prince.*

Au mois d'août, Myriam se plaint, juste un peu, sans trop insister, de ne pas voir Stéphanie. Camel organise en ville une petite balade tous les trois. Une virée shopping où Myriam laisse quelques économies. La blondinette est pour Myriam une fillette idéale. Pourquoi pas inviter ses parents à manger une daube ? Camel lui explique que c'est un peu prématuré. La mère se contente d'une seconde visite dans la haute tour, un samedi après-midi. Elle présente Fatima et Dalila qui sont venus boire le thé.

_ C'est la grand-mère d'Ali !

_ Oui, je sais, dit timidement Stéphanie.

Dalila en profite pour poser des questions.

_ C'est vrai que vous avez dormi sous la tente là-bas dans le Var ? J'aurais jamais cru que mon petit-fils il dorme dans une tente !

Elle sourit :

_ Chez nous, c'est les bédouins et les berbères qui dorment dans des tentes !

Myriam est songeuse.

L'après-midi se passe en douceur. On caresse Athéna. Camel sent bien que Stéphanie est venue là pour lui faire plaisir. Elle accepte tout de même quelques pâtisseries orientales, des cornes de gazelle.

_ Ce que tu as de beaux cheveux, ma fille... dit Fatima.

_ Et toi, Fali, ils sont beaux tes cheveux ? demande Myriam.

_ Oui, ils sont beaux.

_ C'est dommage que tu les montres pas.

Fatima ne se fâche pas, mais ne lâche rien :

_ Recommence pas, Myriam.

On n'en dit pas plus. Camel trouve un dérivatif. On parle de l'installation à Paris. Une cousine de Myriam est heureusement propriétaire d'un petit studio meublé quartier République. Le loyer sera léger.

Quelques jours plus tard, Myriam monte dans le TGV avec son fils. Elle est fière comme une mère juive. Elle voudrait le dire à tout le monde dans le wagon. C'est mon fils. Il va étudier à Paris. Il entre à *Sciences Po*. Oui, oui. On dirait pas que c'est mon fils, avec sa peau de métis et ses cheveux bouclés, mais c'est bien lui, mon fils unique, mon bébé, l'amour de ma vie. Il est beau en plus, pas vrai ? Vous avez vu ses yeux ?

Le train traverse la France et elle regarde ce pays de cocagne la tête contre la vitre. Les champs défilent à grande vitesse et elle repense à toutes ces années passées si rapidement. A tous les hommes qu'elle n'a pas voulu retenir. A toutes ces journées qui se sont ressemblées. A tous ses rêves brisés. Elle n'a fait que ça : regarder son fils grandir. Lui apprendre à lire, à écrire, à éviter les mauvaises rencontres. Elle n'a fait que ça, s'inquiéter pour cette pépite d'or. Elle a veillé sur ce trésor. Et demain elle va le laisser vivre seul dans une ville grise. Contre la vitre, des gouttes de pluie s'écrasent et roulent. Sur sa joue, une larme glisse.

Le week-end prolongé passe trop vite. Ils ont rapidement terminé l'installation dans le studio de poche. Il ne manquait que quelques courses pour la cuisine. Myriam s'inquiète de ses futurs repas.

_ T'inquiète, Mum, je vais me faire des petits plats.
Myriam en doute.
_ Et ton linge ?
_ La laverie est tout près.

Ils mangent leurs sandwichs amenés de Marseille puis vont à la brasserie toute proche, au carrefour des deux boulevards, près de la sortie du métro. Myriam s'offusque du prix des cafés.

_ Je ferai le café chez moi, Mum.
_ Et ta carte de métro ?
_ Je vais m'en occuper.

Elle trouve son fils étrangement calme. Elle est beaucoup plus nerveuse que lui. Il l'embrasse sur la joue, comme un doux amant. Un amant qui va la quitter, lui aussi. Elle essuie une larme, encore, en essayant maladroitement de la lui cacher.

L'après-midi ils vont rue St Guillaume. Ils entrent ensemble dans le grand hall de Sciences Po, la fameuse *péniche*. Ils ne sont pas des martiens mais ils restent des provinciaux. Ils ont tous deux grandi très loin de ces quartiers chargés d'histoire, de ces lieux du pouvoir où règne le petit monde qui fait l'opinion et la culture.

Myriam aurait rêvé d'étudier ici. La Sorbonne n'est pas loin. Ils décident de faire un grand tour dans le quartier latin. Ils évitent de s'asseoir au Café de Flore. Ils n'ont pas besoin de se dire le nom des écrivains et écrivaines qui ont posé là leurs fesses célèbres. C'est elle qui lui a mis les livres entre les mains. Camel sourit tout de même en imaginant Boris Vian fumant une clope aux Deux Magots, ou Albert Camus, en imperméable couleur mastic, assis à côté d'une belle brune et ne lui parlant pas que d'existentialisme.

Le dimanche, ils font les touristes, en se souvenant de leur voyage d'antan, quand Camel était un petit boy. Nostalgie maternelle. Au jardin du Luxembourg elle lui rappelle qu'il courait après les pigeons. Camel prévoit déjà de venir ici pour lire et méditer. Il s'imagine en Rimbaud des temps modernes écrivant sur un ordinateur portable posé sur ses genoux.

Ils visitent le musée d'Orsay où Myriam retrouve les sculptures de Camille Claudel qu'elle n'a jamais oubliées. Elle est *L'implorante*, cette femme à genoux aux mains tendues, au corps décharné. Elle est cette fragilité inscrite à jamais dans le bronze. On peut aussi pleurer devant des statues. Elle est décidément trop émotive aujourd'hui. Les corps massifs et les petits seins des statues de Maillol la divertissent de son émotion qui n'est pas qu'esthétique. Elle s'amuse plus loin de vouloir caresser les fesses de marbre d'un *Narcisse* grandeur nature. A l'étage, les tableaux de Monet lui redonnent définitivement le sourire. Il faut rester en joie. Elle n'a pas oublié non plus Spinoza.

Camel lui demande, juste après la sortie :

_ Il faudra appeler Dalila pour qu'elle n'oublie pas de donner à manger à Athéna.

Sa petite chatte va peut-être lui manquer davantage que sa mère. Myriam est jalouse. Il téléphone longuement à Stéphanie.

Le dimanche soir, dans le petit appartement, ils mangent des sushis, petite folie. La mère s'inquiète de tout. Comment peut-il faire sans elle ? Ils ont acheté une bouilloire électrique. Ils boivent du thé vert à la menthe. Elle voudrait rester là, avec son fils, attendre qu'il revienne et pendant ce temps préparer à manger, faire le ménage, repasser son linge.

_ Tu n'as même pas de balcon pour mettre des fleurs, dit-elle.

_ C'est pas grave, maman. Il y a plein de parcs à Paris.

_ Demain je t'achèterai tout de même une plante avant de partir. Comme ça, tu penseras à moi quand tu l'arroseras.

_ Maman, j'ai pas besoin d'une plante pour penser à toi.

_ Et tu me téléphoneras quand ?

_ Souvent.

_ C'est à dire ?

_ On se fera des skype !

_ Tu vas me manquer, mon fils.

La larme affleure encore. Il vient la prendre dans ses bras, comme un mari.

_ Toi aussi, tu vas me manquer, mum.

Bon, il faut arrêter la séquence émotion. Ils regardent ensemble un film sur l'ordinateur portable tout neuf de Camel. Dernier modèle Apple. Myriam a puisé dans l'héritage.

On se couche. Camel commence demain par une journée d'intégration. Myriam a mal au dos sur le canapé convertible. Elle dort mal. Elle écoute le souffle de son fils. Elle repense à ce jour où il lui tenait la main devant la porte de la prison. Elle avait mis une robe à bretelles, blanche, comme le jour du concert. Le petit garçon était en short et en sandales. C'était une belle journée de septembre... Elle finit par s'endormir entre rêve et cauchemar.

Le lendemain matin ils se quittent station St Michel, au bord de la Seine. Il file vers St Germain. Elle le regarde partir, svelte, tout mince dans sa chemise blanche. Va-t-il vraiment utiliser le petit fer à repasser ?

D'un trottoir à l'autre ils se font des signes de la main. Le train part dans deux heures. Elle a le temps. Elle se tourne vers Notre-Dame, passe sur l'île de l'autre côté du pont. D'abord, elle ne veut pas entrer. Quelque chose en elle se refuse. Elle ne prie plus depuis 18 ans. Faire la touriste, ça, elle peut. Elle entre.

Elle fait quelques pas dans la nef puis s'assoit, posant à côté d'elle son petit sac de voyage qu'un gardien a fouillé à l'entrée. Elle respire largement, longuement, et ferme les yeux. Elle ne saurait dire si elle joint les mains volontairement.

_ Mon Dieu, protégez mon petit. S'il vous plait, mon Dieu, je vous en prie. Et vous Marie, vous aussi.

Cette prière là, elle s'en souvient. Elle récite à mi-voix : *je vous salue Marie* ... Elle double puis triple la prière, à la façon de ses parents qu'elle entendait le soir depuis sa chambre, ou à Noël devant la crèche, alors qu'elle regardait le ravi et le tambourinaïre, le berger, son chien, ses moutons, toute la troupe des petits saints en argile, et qu'elle remuait les lèvres parfois pour faire semblant parce qu'elle avait perdu le fil de la litanie. Camel, cette année, ne sera peut-être pas là pour faire la crèche. Elle ressort après avoir fait mécaniquement le signe de la croix.

Devant la cathédrale on entend parler toutes les langues. Il peut faire beau à Paris. Longer la Seine est délicieux. Elle retrouve les bouquinistes, résiste à la tentation d'un vieux livre, marche jusqu'à la Comédie Française. Elle aurait tant aimé un jour venir sur le pont des Arts avec un amoureux. Est-ce trop tard ? Elle ne se jette pas dans la Seine, mais une tristesse molle envahit la voyageuse qui monte dans le wagon 6 et cherche la place 21 du TGV pour Marseille, départ 14h12. Le contrôleur est débonnaire, cela ne suffit pas à la consoler.

Il n'est pas facile de se retrouver, moins de quatre heures plus tard, dans une tour de banlieue à 800 kilomètres de la ville Lumière. Les ponts sur la Seine, Notre-Dame de Paris, sont déjà très loin, et Camel semble exilé au bout du monde. Quand elle ouvre la porte, Athéna vient se frotter sur ses mollets. Grand beau estival sur la ville sudiste. Merveille toujours fidèle, la mer toute proche. Trois grands bateaux de croisière sont accostés. Myriam pose son sac sur le canapé. Elle a soif. Elle va à la cuisine prendre de l'eau dans le frigo. Elle n'a pas aimé le bruit de la porte refermée. Pas celle du frigo, celle de la porte d'entrée, blindée. Comme une porte de prison.

60.

L'été passe. Myriam est bronzée. Le petit Camel fait l'admiration de tous. Elle le laisse souvent chez ses parents. Elle est allée plusieurs fois chez Mary et Daniel. Elle a visité leur loft atelier. Ils préparent une grande expo pour la rentrée. Ils exposeront ensemble, tous les deux. Dan fait de très grands formats abstraits. Mary peint des petites aquarelles et dessine des formes hybrides. Myriam est ravie de retrouver une vie sociale et culturelle.

Au mois de septembre, elle se prépare pour la rentrée universitaire. Elle a reconstitué une garde-robe, en partie achetée au marché aux Puces tout proche. Elle adore les robes longues, à fleurs, très années 70. Elle porte des foulards de couleur. Dans la cité, on a cru un moment qu'elle s'était convertie.

Elle prévoit les déplacements. Sa mère gardera Camel les jours où elle a cours. Myriam est une enfant unique arrivée sur le tard. Ses parents sont à la retraite depuis cet été. Tout semble écrit pour que chacun retrouve sa sérénité. La vague est passée. La vie peut recommencer.

61.

Au début, bien sûr, on le prend de haut. Camel n'a pas le profil type de l'étudiant de Sciences Po. D'autres ont les codes. Ils étaient programmés pour arriver là. C'est naturel. Une évidence. Leurs parents sont souvent d'anciens étudiants de cette éminente institution. Les Parisiens sont chez eux, ils jouent à domicile. Camel doit trouver sa place, apprendre les usages, faire ses preuves. On ne lui facilite pas toujours la tâche. Mais comment arrêter un gars qui a navigué sans sombrer dans une cité des quartiers Nord de Marseille ? *Il craint degun*, comme on dit chez lui. Ce ne sont pas quelques blondinets bien habillés, bon chic bon genre, quelques fils ou filles à bobo, qui vont l'empêcher d'avancer. Il apprend vite. Il s'adapte sans se compromettre. Il plie sans jamais rompre. Ça, la cité le lui a appris mieux que personne. Et s'il le faut, la bagarre, il connaît. Il sait rendre les coups avec ses propres forces. Une joute verbale, un exposé public, c'est tout de même moins flippant qu'une menace au couteau.

Le foot aussi fut une bonne école. Dribbler, faire la bonne passe, tirer au bon moment, garder la tête haute pour bien voir le jeu. Il ne tardera pas, même à Paris, à devenir capitaine. *O Captain, my Captain...*

En attendant, il téléphone à sa Mum aussi souvent qu'il peut. Il lui raconte les cours, les conférences, par exemple celle de cet ancien président chilien qui a dit : *la politique est une passion créatrice.*

_ Tu veux faire de la politique alors ?

_ Oui, maman. Je serai maire de Marseille.

_ Comme je serai fière !

_ Eh, t'emballe pas. Je déconne.

Myriam, elle, elle s'y voit déjà. La mère du maire. C'est amusant. Le premier maire métis de Marseille.

En attendant ces échéances électorales, Myriam bénit Skype et Facebook qui lui permettent de garder le contact avec son petit boy, son grand garçon café au lait, l'amour de sa vie. Il lui demande des nouvelles du quartier, et s'inquiète pour Athéna qui lui manque beaucoup. Elle lui demande des nouvelles de Stéphanie. Elle viendra bientôt le voir à Paris.

_ Oui, elle me manque aussi. Comme vous tous. Mais on s'est promis de savoir attendre. Je lui ai dit de se consacrer à son BAC. Il faut qu'elle ait une mention.

_ Camel, parfois je te trouve trop sage.

Myriam a dit ça sans réfléchir, et elle le regrette aussitôt. Qu'est-ce que c'est que cette mère qui se plaint d'un fils pareil ? Elle est folle ou quoi ? Sur l'écran, le visage de Camel s'est un peu tendu. Là, entre les deux yeux, une ride est apparue. Avec ses cheveux bouclés on dirait vraiment un lion. Il ne dit d'abord rien. Puis il sourit devant son ordi :

_ T'inquiète Mum. Je vais faire le fou.

Myriam essaie de se rattraper.

_ Non, c'est pas ce que je voulais dire !

_ Si si, c'est ce que tu voulais dire. Tu as raison.

On coupe Skype peu après et Myriam s'en veut déjà. Elle l'imagine dans des beuveries estudiantines, des fêtes orgiaques. Peut-être il va devenir à Paris le délinquant qu'il a réussi à ne pas être à Marseille. Elle sait qu'il boit de l'alcool de temps en temps depuis l'été dernier et le camping au Lavandou. Il va peut-être se droguer maintenant qu'il est loin d'elle, dans cette ville de toutes les débauches. Y a-t-il une destinée génétique ? Elle pense à son père…

Pendant que sa mère s'inquiète, Camel est à la bibliothèque. C'est tout de suite devenu son nouveau port d'attache. Il y prend ses habitudes. Il aime bien aussi les cafés du quartier mais ils sont trop bruyants pour travailler et les prix, décidément, vraiment exorbitants. Il lit énormément. Il écrit aussi. Il s'est acheté un carnet *moleskine* dans lequel il consigne ses idées, ses projets, ses états d'âmes et l'état actuel de son esprit. Il prend soin de ce carnet comme on s'occuperait d'un jardin. Il le garde toujours sur lui. Il y revient tous les jours, en jardinier amoureux. Il sème des graines d'idées. Il arrose avec ses mots. Il ne sait pas encore ce qu'il pourra récolter mais il laboure consciencieusement. Il parle de la vie et du monde, de la société, de la politique, de l'amour, de l'avenir. Il se fait philosophe et poète, rumine longuement dans sa tête les formules qu'il écrit à l'encre bleue sur les pages couleur ivoire de son petit carnet noir. Recopie quantité de citations.

Pendant ce temps il ne voit pas les étudiantes qui lui tournent déjà autour. Il fait ce qu'il faut pour rester proche, pour ne vexer personne, mais il garde ses distances. Il a un amour. Et il a un projet. Finalement, maire de Marseille, oui, ce serait bien. Ce n'est pas qu'une galéjade. Il y a tant à faire.

Ses potes l'appellent aussi sur Skype. Jérôme lui raconte ses hauts et ses bas avec Sabrina. Ils vont peut-être faire appart à part. Vivre en petit couple, ce n'est pas raisonnable à leur âge. Camel n'a pas trop d'avis sur la question. Ali lui parle de Manon. Il est bien accro. Camel est content. Il plaisante :

_ Tu vas te convertir alors ?

Ali se marre.

_ Mes parents ils en ont marre eux aussi de la religion en ce moment, tu sais. Ils font juste semblant pour pas choquer.

Camel a déjà des réflexes d'étudiant de Sciences Po. Il donne un peu la leçon.

_ On a mis 15 siècles à gagner à peu près une vraie liberté de pensée, d'expression, et la laïcité dans une société chrétienne. Sans parler de la condition des femmes. On va pas en reprendre pour des siècles avec l'Islam, pas vrai ?

Ali acquiesce poliment. Camel ajoute :

_ Personne ne me soumet, personne ne me possède, *je suis mon propre prophète !*

Il ne dit pas à Ali qu'il récite ce qu'il a déjà écrit dans son carnet moleskine. Le copain préfère changer de sujet :

_ Quand tu redescends on se fait un foot à 5, OK ?

_ Bien sûr, frère.

_ Tu me dis frère ?

_ Parce que tu es mon pote, mec.

_ Alors tu reviens quand ?

_ Je ne sais pas. Le TGV c'est pas gratos. Ma mother peut pas toujours payer.

_ Et Stéph ?

_ Elle monte me voir le week-end prochain.

Camel en rajoute une bien bonne :

_ Tu viendras voir PSG-OM au Parc des Princes ?

_ Putain ce serait bon de leur mettre enfin une branlée. Y a trop longtemps.

_ C'est mal parti.

_ Wouaih, je sais. Ce serait idiot de bousiller des tunes pour voir l'OM se faire massacrer.

C'est bon d'avoir un ami comme Ali. C'est bon d'avoir un amour comme Stéphanie. *Elle est pas belle, la vie ?*

62.

Le 21ème jour en ce mois de septembre au siècle dernier, elle est encore allée à la mer avec son bébé. Elle commence la fac la semaine prochaine. Elle couche Camel dans son petit lit, remonte le mécanisme qui lance la musique douce, allume la veilleuse, apporte la peluche préférée, celle avec un petit morceau de tissu en soie. Le téléphone sonne quand elle revient dans le salon.

_ Vous êtes bien Myriam Durand ?

Ses parents sont morts sur l'autoroute Nord. Une voiture roulait à contresens. *Oui, sur le coup.* Non, le conducteur de l'autre voiture n'est pas décédé. Oui, il conduisait en état d'ivresse. *Nous sommes vraiment désolés mademoiselle.*

On ne sait même pas quel nom donner à cette stupéfaction. Elle ne pleure pas tout de suite. Le sort peut-il être à ce point ironique et cruel ? Un 21 septembre. Un an après. Maintenant.

Myriam, au lieu de hurler, pense d'abord : *je ne croirai plus jamais en aucun Dieu.* Froidement. Sa sidération se transforme déjà, mais elle ne le sait pas, en une rage définitive contre toute sorte de croyance religieuse. Pourquoi elle ? Elle a lu les mythes grecs. Elle en a rien à foutre non plus des héroïnes tragiques ! Elle déteste la littérature aussi subitement qu'elle déteste Dieu. Aucun cri ne sort de sa bouche. Les larmes viendront plus tard, au bout de cette nuit. Elle se demande *pourquoi ?* Et l'absurde ressurgit, monstrueusement.

Dans la chambre la petite musique s'est arrêtée. Elle va se pencher sur le lit à barreaux. Devant lui, même endormi, elle ne veut pas pleurer. Il ne connaîtra pas ses grands-parents. Il ne connaîtra pas son père. *Pourvu qu'il ne soit pas un héros tragique…*

63.

Vendredi soir. Affluence à la gare Saint-Charles. Des militaires patrouillent. Bérets verts sur cranes rasés. Les voyageurs tirent leurs valises à roulettes. On regarde les écrans, on surveille les numéros des quais pour le proche départ. Il fait nuit.

Alban a pris le métro avec sa sœur. Il lui a dit :
_ Je t'accompagne.

Il ne l'a pas habituée à tant de sollicitude, même s'il fait preuve depuis quelques mois d'une maturité nouvelle. Ferait-il sa mue ?

Ils se quittent au milieu de la foule qui se presse au départ du TGV pour Paris. Il lui dit :
_ Amuse-toi bien !

Elle a hâte de trouver sa place dans le wagon, de se poser, de jouir de ce trajet vers son cher amour. Elle a acheté un magazine de philosophie. C'est Camel qui le lui a conseillé. *Tu verras, ça va t'aider pour le BAC.* Elle boit ses paroles. Elle a hâte de sentir ses mains sur ses hanches, sur ses fesses, et ailleurs aussi. Elle observe un peu les autres voyageurs, se demande s'ils sont impatients comme elle de retrouver un être aimé. Elle s'amuse à imaginer l'histoire des uns et des autres. Le train démarre. Dans trois heures : leurs lèvres collées.

Sur l'esplanade mal éclairée de la gare, Alban salue poing contre poing un garçon à capuche. Ils sont en haut de l'escalier monumental.

_ Ça va ?
_ Ça va.
Il tend un billet. L'encapuchonné lui glisse quelque chose dans la main.
_ Tu verras. C'est de la bonne.
_ OK. A la semaine prochaine.
_ Ciao.
_ Ciao Abdel.

64.

La sidération gagne tout l'immeuble. On est pourtant habitués aux drames par ici. Les morts violentes font partie du paysage. Fatima et Dalila, qui ont la souffrance inscrite dans leur chair, entourent Myriam et ne quittent pratiquement plus le 15ème étage. Akim, tout jeune papa, est là aussi bien sûr. Il s'occupe de toutes les formalités. D'autres voisins se manifestent, même parmi ceux qui ne saluaient pas cette jeune mère coupable et déshonorée. On compatit. Chacun demande ce qu'il peut faire. Il y a trop de monde dans le petit appartement. Le bébé pleure. Il est agité. Myriam le serre contre elle plus fort que jamais. Elle se demande s'il comprend ce qui se passe.

Bien sûr elle a accepté la messe d'enterrement. Dans l'église, des femmes voilées. Des hommes sont restés dehors. Ceux qui sont dedans ne doivent pas dire *amen* ni se signer. Ça suffit. Les amis de ses parents sont un peu surpris. Ils ne connaissaient pas tous la vie récente de Myriam. Mary et Dan sont au premier rang. Quelques amis du lycée sont présents aussi.

Myriam a beaucoup de mal à entendre le prêche du prêtre. Elle aimerait qu'il abrège. Elle serre les dents. Elle ne peut s'empêcher de penser à celui qui est vivant, au conducteur ivre. Elle serre les poings.

Elle ne recevra pas les condoléances, annonce le chef de cérémonie.

Elle a choisi pour la sortie des cercueils une *Gymnopédie* d'Erik Satie.

Au cimetière, il fait un temps superbe. Myriam voit la terre recouvrir les deux boites. Elle n'est pas en noir. Elle avait prévenu Fatima :

_ Je vais mettre une robe à fleurs, un cadeau de ma mère offert cet été.

_ Tu crois que c'est bien ? a demandé Fatima.

_ Ce sera comme ça, et pas autrement.

Elle n'a pas de lunettes noires non plus. Au bord du trou, elle ferme les yeux. Sa robe à fleurs fait un bouquet de couleurs au milieu des habits sombres.

Elle revoit comme dans un film les moments purs de son enfance. Quelques images se détachent : la première fois qu'elle a fait du vélo, les vacances au bord de l'Atlantique, les châteaux de la Loire, les virées hebdomadaires à la bibliothèque, son premier bulletin en 6ème, sa poupée Camille reçue à Noël, les concours de grimaces et de chatouilles. Chaque fois, elle est avec son père. Elle revoit son sourire, elle entend sa voix. Et pendant que les fossoyeurs finissent de reboucher le caveau, elle revoit son visage crispé et fermé, sa tête baissée quand elle est partie vivre avec Djamel. Elle aimerait tant sentir à nouveau les bras de sa mère autour de son cou, ces bras qui, ce jour-là, lui ont paru insupportables de vouloir la retenir.

Les filles de Fatima, Leila et Souria, viennent lui donner la main. Il le fallait. Elle était sur le point de tomber. Tout le passé qu'elle enterre est trop lourd sur ses seules épaules. Et ce ne sont pas les épreuves à venir mais bien les joies disparues qui pèsent le plus. Ce fil qui se casse et toutes les perles qui tombent. Elle n'a pas le courage de les ramasser. Elle chute elle aussi, elle tombe dans un trou. Elle veut les rejoindre. Ce n'est pas la mort mais ça pourrait y ressembler. Akim doit venir, à son tour, pour la soutenir. Elle ne pleure pas. Elle est dévastée de chagrin, de peine et de solitude. Il faut pratiquement la porter jusqu'à la voiture.

De retour près de son enfant, elle le réclame avec des gestes de folle. On lui dit qu'il dort. Djamila vient lui caresser la joue et lui dire qu'il est très sage ce bébé. Fatima prépare à manger pour tous ceux qui sont restés. Daniel et Mary sont venus et découvrent le quartier. Ils ne peuvent s'empêcher de demander à Myriam si elle va rester là. Elle pourrait maintenant aller dans l'appartement de ses parents dont elle va hériter.

_ C'est ici chez moi. Chez Djamel. Et chez Camel. Ma famille est ici.

Ils ne lui disent pas qu'ils ne comprennent pas cet entêtement. Ils repartent assez rapidement. Leur exposition a lieu dans quelques jours. Ils vont peindre et dessiner, mettre des couleurs sur des toiles ou du papier. Ils oublieront très vite cette journée funèbre. Et chacun repart, comme eux, vers sa vie qui va, laissant le deuil dans la maison qu'il quitte, pas mécontent, au fond, de se défaire de cette mort entrevue le temps d'une cérémonie. On respire.

Myriam suffoque. On lui apporte un grand verre d'eau. On s'inquiète à part d'elle, on se demande comment elle va faire. Fatima va rester dormir encore cette nuit. Ses filles peuvent se relayer aussi, mais elles travaillent à l'hôpital et ont des enfants.

La nuit est tombée et c'est plus que la nuit qui tombe. Myriam finit par s'écrouler sur le canapé. La fatigue nous rattrape toujours. Souria et Leila l'aident à se déshabiller, comme un enfant, ou comme une vieille dame. Elles ont l'habitude. C'est leur métier. Elles placent un gros coussin sous la tête de l'orpheline. Souria donne au milieu de la nuit le biberon au bébé caramel qui s'agite sur ses genoux. Avant de s'endormir, Myriam lui a dit :

_ Tu sais, je ne crois plus en Dieu. C'est fini. Complètement fini.

Souria n'a rien dit.

_ Et puis je ne conduirai jamais de voiture. Jamais.

Souria a réagi :

_ Ne dis pas de bêtises.

_ Et Camel il ne boira jamais d'alcool, pas vrai ?

Souria a confirmé :

_ Bien sûr. Dors, petite fille.

_ Souria, pourquoi tu ne portes pas le voile ?

_ Parce que moi non plus je ne crois pas en Dieu.

_ C'est vrai ?

_ Oui, mais chut, c'est pas la peine de le dire. Dors maintenant.

Avant de sombrer, Myriam pense à l'appartement vide, à la chambre qu'elle a abandonnée. Demain elle ira là-bas, dans cet autre quartier, celui de son enfance, récupérer sa peluche *Teddy*. Elle voudrait l'avoir là, tout de suite. Elle veut demander à Akim d'aller la chercher. L'épuisement la gagne avant qu'elle n'articule le moindre mot. Il est difficile d'imaginer à quoi elle va pouvoir rêver.

65.

Ils ont déjà derrière eux tant de jours heureux qu'ils ne pensent pas au bonheur. Mais la vie est plus forte que nous, comédie ou tragédie. Ils passent un premier week-end à Paris en amoureux, et c'est mieux qu'au cinéma.

Il l'attend au bout du quai, gare de Lyon. Elle lâche sa petite valise à roulettes, l'entoure de ses bras. Obligée de se mettre sur la pointe des pieds. Elle a acheté de nouveaux baskets pour l'occasion, fun et confortables. Il reste étonné de cet élan. C'est un ravissement. Il a lu Racine. Il comprend concrètement pourquoi on dit *transport amoureux* dans les pièces de théâtre classique. La littérature s'incarne dans ce brin de fille blonde aux courbes agréables et au sourire radieux. Caressant ses cheveux il ne peut s'empêcher de penser aussi à Baudelaire.

Ils courent prendre le métro. Ils ne se lâchent plus. L'attente fait les amants aussi sûrement que l'habitude tue l'amour. Changement à Châtelet. Ils courent encore dans les longs couloirs corridors. Devant la porte, petite halte, code oblige. Ils s'embrassent dans le hall, devant les boites à lettres qui ne sont pas défoncées. Ils montent les quatre étages sans ascenseur. Ils font craquer le parquet. Chaque fois, Camel pense à son 15ème étage et à son cœur qui, parfois, commençait tout de même à le rappeler à l'ordre aux alentours du 10ème. N'empêche : un sacré entrainement. Il cherche la clé, ouvre vite la porte blindée aussitôt refermée, et aussitôt les premiers habits enlevés, voici Stéphanie en lingerie, tout en noir, une surprise pour Camel, et aussitôt il est nu, et aussitôt ils font l'amour, très vite, trop vite, mais c'est pas grave, ils recommenceront, ils ont le temps, ils ont tout un week-end devant eux, autrement dit toute la vie.

Le matin il va chercher les croissants, galant amant. Il fait du café et porte le plateau dans le lit. Comment vous dire Stéphanie en ce premier petit jour à Paris ? Enamourée, alanguie, elle joue à faire Bardot, une Bardot tatouée par Rimbaud : *et mes seins, tu les aimes mes seins ? et mes fesses, tu les aimes mes fesses ?* Camel les aime, oui. Et nous aussi, d'ailleurs. Il dépose un chaste baiser sur ces saintes rondeurs. Ils ne traînent pas au lit, pourtant. Camel a fait le programme. Il ne faut pas tarder. C'est parti !

En un mois Camel n'a pas apprivoisé Paris, cette ville pleine de surprises, mais la littérature lui a donné des idées pour une première balade dans ce territoire idéal pour le piéton poète urbain. Camel commence son périple en lui racontant bien sûr *Zazie dans le métro,* parfaite œuvre introductive à leur parcours littéraire, histoire d'une délirante errance de quelques jours dans le Paris des années 50, entre travelos de Pigalle et cars de touristes fous à la Tour Eiffel. Camel adore Queneau. L'an dernier, il a lu ses œuvres complètes.

_ Mais en fait, Zazie ne prend jamais le métro, parce qu'il est toujours en grève.

Heureusement pour nos tourtereaux, aujourd'hui il est pas en grève, le métro. Ligne 1. Sortie Palais-Royal sous *le kiosque des noctambules*. Sur la place Colette, il lui parle de cette femme qui aimait les hommes, les femmes, les chats, la nature, et ses parents. La vie, quoi.

_ Tu devrais lire ses souvenirs d'enfance.

Dans le hall du théâtre, au pied de l'escalier, ils vont toucher le buste de Molière presque religieusement, comme deux comédiens superstitieux. Dans les jardins du palais Royal, Camel raconte l'histoire du Lucien de Rubempré de Balzac, *jeune provincial épris de gloire littéraire qui perdit ses illusions à Paris*, comme dirait Wikipédia. Le plus incroyable, c'est que Camel, tout en suivant ce GPS littéraire et en se transformant en guide culturel parvient à ne pas être ennuyeux. Il faut dire que Stéphanie est bon public. Il faut dire aussi qu'ils prennent le temps de faire des pauses baiser, le temps de dire des bêtises, le temps de rire. Il pose les lèvres sur ses ongles vernis en rouge qui lui rappellent l'été et la plage dans cette ville au soleil pâle. Ils se prennent en photo, comme tout le monde, à chat perché sur les colonnes de Buren. Ils n'ont pas honte de faire les touristes. Ils en profitent à fond. Ce jardin, tout de suite, devient pour eux un lieu culte. Ils savent qu'ils y reviendront. On y est au calme et dans une atmosphère d'entre-temps, où plusieurs époques se mêlent. On peut y boire un café, affreusement trop cher bien sûr, en se prenant pour un écrivain en panne d'inspiration. On peut s'y embrasser sous les galeries à colonnes, regarder les vitrines des horlogers ou autres boutiques chics. Stéphanie y retrouve des meubles vintage. Elle a les mêmes à la maison. Elle initie Camel au design d'aujourd'hui et aux modes du moment. Elle est fière de devenir à son tour son initiatrice.

Ils quittent le Palais Royal direction le Louvre, profitant pour passer dans le quartier des antiquaires où s'entassent les objets d'un passé révolu. On peut s'amuser de ces temps anciens et sourire de ces bric à brac insolites : chandelier, casque militaire, échiquier en marbre, statues en bronze, coffre, vases, tasses, meuble à tiroirs, miroir, tableaux à gros cadres dorés, cage à oiseaux, animaux empaillés, petite sculpture en plâtre d'un faune qui joue de la flûte… Le voyage en littérature est aussi un voyage dans le temps.

Arrêt à la Pyramide du Louvre. Ils reviendront au musée une autre fois. Aujourd'hui ils marchent, ils pérégrinent, ils sautillent de place en place comme deux oiseaux. Ils vont s'asseoir au jardin des Tuileries, plus poètes que jamais, poètes sans œuvre, sans autre œuvre que leur vie, *grand et glorieux chef-d'œuvre*. Des baisers qu'ils ne comptent pas, des baisers innombrables. Surtout qu'ils ne se demandent pas jusqu'à quand durera ce charme qui exclut toute lassitude.

Ils repartent, infatigables, poussés par l'inextinguible vigueur de leur jeunesse. Ils longent la Seine. Sur le Pont des Arts, ils ne vont pas par hasard. Et tant pis pour les clichés. Selfie. Pourquoi s'en priver ?

Devant l'Académie Française il lui annonce qu'un jour il sera académicien. Il s'amuse : *je serai un grand homme.* Elle, elle veut seulement qu'il soit son homme. Même petit.

Il a tout prévu. Les quais rive gauche puis le Pont Neuf vers l'île de la Cité. Un salut à Henry IV et ils pénètrent sur la place Dauphine.

_ Tu ne remarques rien, demande Camel ?

Stéphanie préfère ne pas dire de bêtises.

_ La place a une forme triangulaire. Tu sais ce que disait Breton, le fondateur du surréalisme ?

Stéphanie trouve que Camel fait un peu trop le prof, mais elle ne lui en veut pas. Un prof qui aurait une bouche comme la sienne, une peau comme la sienne, des fesses comme les siennes, elle serait prête à l'écouter tant qu'il voudrait.

_ Breton prétendait que cette place est le sexe de Paris.

Même prof, c'est sûr, elle serait tombée amoureuse de lui. Sur un banc tout proche ils se posent et s'accrochent encore l'un à l'autre. Ils sont le sexe et ils sont l'amour, par une alchimie qui transforme le plomb de la vie en or précieux. On peut ne pas y croire. Ça existe.

Ils repassent rive droite. Elle ne connaît pas l'histoire du *baiser de Doisneau*. Il lui montre la photo sur son téléphone. Celle-là, il y tient. Devant l'Hôtel de Ville, Camel arrête un touriste japonais et lui tend son téléphone pour qu'ils puissent mimer le baiser célèbre en passant devant lui. Le voyageur nippon est ravi de photographier les amoureux. Paris est si romantique ! Il veut aussi une photo avec eux. Il la ramènera sur son île très lointaine, commentera devant ses amis en buvant du saké cette rencontre avec ce jeune couple *si français* (en japonais) et *so lovely* (en japonais) dans une France cosmopolite où l'on ose s'embrasser dans la rue.

Ils ne connaissent pas le nom du pont qui les ramène sur l'île. Il sort son plan. *Pont d'Arcole*. Il décide d'apprendre le nom de tous les ponts de Paris.

_ Tu me feras réciter ?

_ Oui mon chéri.

Elle dit *mon chéri,* un truc de vieux. Elle le dit comme elle pense. Elle le chérit. C'est ainsi.

_ Je vais te montrer mon école.

Il dit *mon école,* un truc d'enfant. Il le dit comme il pense. Il est là comme il était à l'école. C'est comme ça.

C'est déjà l'heure de déjeuner. Un kebab fera l'affaire. Comme à Marseille. Ils vont s'asseoir pour se reposer dans le square derrière Notre-Dame. Une péniche passe. Un moineau se pose sur leur banc. Il vient picorer les miettes. Un ange passe aussi. Ils ne le voient pas.

_ Une autre fois il faudra aller au musée Rodin.

Ça, elle connaît. *Le Baiser ! Le Penseur* aussi, dit-elle. Son père a un grand beau livre sur Rodin dans sa bibliothèque.

_ Et au musée d'Orsay.

Elle connaît aussi. Il oublie qu'elle est déjà venue plusieurs fois à Paris avec ses parents. Lui, il se souvient de son unique voyage dans la capitale, du bateau-mouche d'où il regardait émerveillé les lumières de la ville et la fameuse Tour illuminée. Il pense à sa mère. Elle aurait pu être à sa place. Elle aurait pu être une brillante étudiante venant faire ses études à Paris. Au fond, il lui a volé sa vie. Elle a tordu son destin pour protéger celui de cet enfant venu trop tôt. C'est pour ça qu'il ne doit pas la décevoir. C'est pour ça, peut-être, qu'il est si sage, comme elle dit.

Il a tout de même une folie, elle se nomme Stéphanie. C'est bien assez comme ivresse.

Ils repartent maintenant vers la place Saint-Germain, étape incontournable du Paris littéraire. Il y a peu de temps, un de ses nouveaux potes parisiens lui a fait découvrir le café Procope.

_ Tu te rends compte, Voltaire venait ici !

Plus loin, c'est la statue de Diderot. Devant les cafés célèbres où ramène inéluctablement toute aimantation littéraire, il parle à Stéphanie de Simone de Beauvoir plutôt que de Sartre. Camel est intarissable. Comment a-t-il fait pour avoir tant lu à son âge ? Stéphanie écoute, toujours bonne élève.

_ Je suis venu ici avec mum l'autre jour.

Stéphanie aime bien qu'il soit tellement famille.

Sur le boulevard Saint-Germain elle s'arrête aussi devant quelques boutiques de luxe. Ils arrivent à Sciences-Po. Il veut lui monter la bibliothèque, son cloître intellectuel. Elle n'a pas le droit de rentrer. Depuis les derniers attentats il faut montrer sa carte d'étudiant. Il est un peu déçu. Devant l'entrée elle regarde tous ces étudiants qui vont et viennent. Toutes ces étudiantes, aussi, qui ont l'air si sûres d'elles.

Quelques rues plus loin, surprise de l'errance urbaine, ils tombent devant la vitrine de *Victoria Secrets*. Après le Paris littéraire, vive la frivolité ! Mélange parfait. Elle l'entraîne sans lui laisser le choix. C'est la première fois qu'il entre dans une boutique de lingerie. Elle lui demande son avis. Juste une petite culotte, un tanga brésilien. Quelle couleur ?

_ Pour ce soir, lui dit-elle à l'oreille…

Il pense aux romans érotiques trouvés au fond d'un tiroir de la commode dans la chambre de sa mère. Si elle savait…

_ Rouge.
Elle sourit :
_ Encore ?
_ Toujours.

Dans ce quartier il y a toujours une librairie tout près. Lui aussi il va lui faire une surprise. Il lui demande de l'attendre dehors. Ce soir il lui lira pour la première fois les belles pages d'un de ces livres qu'il avait provisoirement dérobé dans ce fameux tiroir secret, le livre d'une femme. Il ne se souvient pas tout à fait du titre. C'est la première fois, aussi, qu'il cherche avec une vendeuse, une jolie brune aux cheveux courts, le titre d'un livre érotique. Même plus timide, le petit Marseillais. On finit par trouver l'auteur dans l'ordinateur. *Oui, on l'a en stock*, dit la vendeuse en souriant à Camel. *Je vais vous le chercher.* Il la regarde s'engager entre les étagères et les tables, sensible à cette beauté brune qui se faufile entre des piles de livres comme Ariane dans le labyrinthe. Heureusement que Stéphanie est dehors. Il a demandé un paquet cadeau. La brune n'est pas très douée pour le pliage, mais elle a de jolies mains. En lui tendant le sac en papier recyclé elle dit *à bientôt* les yeux baissés, mais Camel n'a pas bien entendu. Stéphanie s'impatiente. Elle en profite pour téléphoner à ses parents. *Oui, papa, tout va bien.* Elle lui raconte sa virée culturelle et Mathieu Aubanel se dit que, décidément, ce Camel est une perle rare. Et qu'importe la couleur de la perle.

Et après ? Leur déambulation continue. *Fluctuat* leur amour. Jamais *mergitur* ? On se fout de demain. Seul compte le présent, absolument rond. La ville leur appartient. Il y a tant de choses à voir, tant de choses à vivre ! Le monde est à eux.

Quand Stéphanie est fatiguée de voler de place en place, de parc en parc, les deux piétons entrent sous terre. Dans le métro il faut replier les ailes. Demain ils iront aux Champs Elysées, à la Tour Eiffel et puis voir l'Opéra.

_ Il faut en garder pour les prochaines fois, dit Stéphanie.

Elle a hâte de retrouver leur nid. Mais avant de rentrer ils veulent laisser quelque part écrit un souvenir de cette journée idéale. Quelque chose de discret, qu'ils puissent retrouver, et qui ne dégrade rien. Pas facile de trouver le bon endroit et le bon support. Ils en font un jeu, un petit défi. Stéphanie se souvient de Vérone et des graffitis sur les murs de la prétendue maison de Juliette. L'urgence et le matériau les empêchent d'imaginer un poème. Rimbaud ne leur en voudra pas. L'important est d'avoir usé leurs semelles de vent, l'important est d'être assez fou pour croire au moins un moment que la vie est un roman. Ils font dans le classique : un cœur, leurs prénoms dedans.

Je ne vous dirai pas où. Vous pourrez chercher.

66.

Elle a des envies de meurtre. Un homme est là, aussi jeune qu'elle, vivant, qui lui a enlevé ses parents. Il faut qu'elle se calme. Encore un procès à attendre.

Mais aussitôt, tout se grippe. Tout devient compliqué. Une immense lassitude gagne la jeune mère. A quoi bon continuer ? Sur son balcon elle se penche à nouveau vers le vide. Son bébé pleure, elle rentre.

Il faut s'occuper de la succession. Akim n'est plus disponible comme avant. Il s'occupe de sa famille. Myriam pleure la sienne.

Quelques cousins qui habitent loin, c'est tout, et ce n'est rien sur quoi elle puisse compter. Les amis, même proches, ne seront pas là au quotidien. Mary fait sa vie avec Daniel. Ils exposent de plus en plus souvent leur art. Myriam devient une amie encombrante, peu amusante.

Il devient difficile d'aller à la faculté. Elle n'a ni le courage physique ni la disponibilité intellectuelle. Qui va garder son bébé ? Il n'y a plus de places dans la crèche surchargée.

Elle hérite d'un appartement à louer et d'un capital. Elle n'a pas besoin de travailler tout de suite. Autant se consacrer à ce bébé, nombril de son petit monde.

Quand elle a appris la nouvelle à Djamel il n'a pu que baisser la tête encore. Il n'a pas même tendu la main vers elle. Elle se résigne à ne plus le toucher. Elle regarde sa bouche et ne sait plus si elle la désire. Elle l'observe désormais un peu comme un étranger. On voit bien qu'il ne partage pas sa peine, trop occupée de la sienne. Elle lui parle de l'appartement, des factures en retard qu'on lui réclame et du loyer :

_ Prends la suite si tu veux, dit-il, puisque tu as des tunes maintenant. Mais peut-être tu ferais mieux de te barrer de là. C'est pas un quartier pour toi.

_ Et quand tu reviendras ?

Il ne répond pas tout de suite, et elle ne comprend pas si cet avenir lui paraît trop long ou s'il se tait pour une autre raison.

_ On verra bien, dit-il, évasif.

Camel est dans sa poussette prêtée par la prison. Il dort. Djamel refuse de le toucher lui aussi. Il prétend que ce serait trop dur de s'en détacher. Myriam a amené un colis. Il l'aura tout à l'heure, après la fouille. Elle lui décrit le contenu. Il la remercie et lui offre, tout de même, un baiser avant de partir. Furtif. Elle a juste eu le temps de fermer les yeux et de croire une seconde à l'amour, à la liberté, à l'insouciance. De penser au passé, au temps si bref de sa vie pleine.

C'est ce jour là, de retour de la prison, qu'elle passe devant un fleuriste et décide de mettre des fleurs sur le balcon. Après tout, maintenant, ce sera chez elle. Elle va offrir un jardin à son enfant, une petite jungle verdoyante et colorée au 15 ème étage, face à la mer.

Les bonzaï, c'est trop cher. Elle commence par un premier géranium. Il crève très vite. Elle insiste. C'est chaque fois une aventure. Le pot, la terre, la plante. Tout ça dans l'ascenseur. Le plus proche fleuriste n'est pas à coté. Il est beaucoup plus facile de trouver de la drogue que des fleurs. Les seules plantes qui poussent ici parfois sur les balcons ont des feuilles qui se fument.

Les semaines passent et Myriam n'est pas retourné étudier. Elle a 20 ans et ne rêve plus d'amour. L'amour, le vrai, elle sait ce que c'est, elle le tient dans ses bras, un bébé café au lait qui a fait sauter toutes les digues de l'égoïsme pour venir se placer au centre de sa vie.

Elle passe beaucoup de temps avec Djamila, qui pouponne son petit Ali. Fatima ou Dalila gardent Camel quand Myriam doit sortir toute seule, mais elles sont souvent occupées aussi avec leurs petits-enfants.

Djamel lui manque de moins en moins. Le sexe lui manque de plus en plus. Plus d'un an sans sentir la chaleur d'une bite (elle y pense avec ce mot, sans le trouver vulgaire, ce mot qu'elle disait à Djamel), ce membre qui vient en elle, une épée qui trouverait son fourreau. Elle ne sait pas comment faire. Une fille-mère, ça refroidit vite les ardeurs des mâles.

Elle ne veut surtout pas tourner autour des garçons du quartier. Quelques uns sont sympas, mignons, et semblent se tenir à l'écart des trafics. Les membres d'un groupe de rap qui commence à se faire connaître ont su lui témoigner leurs condoléances et leur compassion quand ses parents sont morts. Elle va les voir de temps en temps. Mais Djamel aussi était sympa, mignon, et faisait de la musique… La plupart des jeunes de la cité la méprisent. En attendant ils continuent leurs rodéos pitoyables, marquent leurs territoires, jouent à faire peur.

Ils laissent Myriam tranquille parce que Djamel a gardé de l'influence. Il a laissé des ordres à son bras droit qui organise sans qu'elle s'en aperçoive une protection rapprochée invisible. Le boss est en prison mais pour l'instant il reste le boss. Jusqu'au prochain règlement de comptes.

Elle part une demi-journée à Aix. Elle voudrait draguer quelques étudiants sur le campus. Elle est mal à l'aise. Elle ne sait pas faire. Elle multiplie les sourires et les regards appuyés. Elle tombe sur des timides. Quelques mots échangés. Elle repère un grand maigre qui lit *Fragments d'un discours amoureux* sur les escaliers du grand hall. Pull en laine, grosse écharpe. Du genre *Petit Prince,* en brun. Ou Rimbaud, en moins beau.

_ Il est bien, ce livre ?
_ Heu, je commence à peine.

Il en rougit, le pauvre. Elle s'installe sur le même escalier, sort le roman qu'elle a spécialement choisi pour l'occasion, *L'amant de Lady Chatterley*, et tourne ostensiblement la couverture vers son voisin lecteur. Rien ne se passe. Il garde le nez sur son bouquin. Elle se pince les lèvres. Elle bouge ses hanches, se fait lascive, mais ses mouvements restent limités sur l'escalier. Elle a froid aux fesses. Elle ne peut pas non plus improviser un strip-tease dans le hall. Il se lève. Imbécile.

_ Salut !

_ Salut !

Elle reprend le car mortifiée. Elle se demande si elle pourra encore séduire un garçon. Quand elle arrive enfin dans sa tour, Fatima n'est pas contente.

_ Tu es en retard.

Le bébé pleure. Elle se dit qu'il lui reproche son escapade.

_ Mon chéri, mon petit chéri. Excuse-moi.

Il se débat un peu puis se calme dans ses bras. Il la regarde avec ses grands yeux clairs. Les yeux de son père.

67.

La planète, c'est sûr cette fois, se réchauffe. L'automne est d'une douceur estivale. Jérôme et Sabrina ne dansent pas le tango. Leur petit couple tangue mais ne rompt pas. Ils ne vivent plus ensemble. Mais n'excluent rien. Sabrina voudrait changer de boulot. Pas trop envie de rester derrière un guichet toute sa vie. Elle est sur un projet de vente sur internet avec une copine. Ça pourrait marcher. Il faudra trouver des investisseurs.

Jérôme ne sait pas vraiment s'il va goûter cette séparation comme une libération. Il est vaguement accroché à une blonde aixoise qui ressemble à Stéphanie. Disons qu'il y pense sexuellement. Mais il sent bien qu'il n'a pas envie d'être amoureux. Sabrina est là, même si elle n'est plus là. Plus dans son lit tous les soirs. Ils ont passé un pacte : ils ne s'interdisent rien. Liberté, liberté chérie. Ils ont même le droit de se revoir. Jérôme y pense déjà. Quand il aura couché avec sa blonde. Et pourquoi pas tous les trois ? Jérôme ne sait pas s'il s'égare ou s'il se trouve. Laissons-le à ses divagations.

C'est plus simple, pour le moment, entre Ali et Manon. Pour eux en tout cas, c'est évident. Un peu moins pour leurs familles. Les deux amoureux s'en foutent. Ils se prennent pour *Roméo et Juliette*. Ils ont vu le film.

Fatiha et Kevin ont passé l'été l'ensemble. Mais à chaque saison sa vérité. Kevin châle une autre jolie cagole sur son scooter. Fatiha ne s'ennuie pas. Le seul truc qui l'embête, ce sont ces cons de mecs qui lui parlent du voile. Elle, du coup, elle aimerait plutôt mettre les voiles. Faire comme *Marius*, ce héros marseillais, ce beau brun aux yeux bleus qui s'embarque pour *les îles sous le vent*. Elle a vu le film. Oui, mais elle, c'est une fille, et dans le film, la fille c'est Fanny, et Fanny elle reste sur le Vieux Port chez sa mère, avec un enfant à venir, un enfant sans père.

C'est ça le destin d'une fille ?

Romain et Sarah se souviennent de l'anniversaire de Camel. C'est là, eux aussi, qu'ils se sont la première fois léché le museau, comme Fatiha et Kévin. Ils se sont frottés la peau la semaine après. Et maintenant ils sont bons copains. On n'est pas pressés quand on a 18 ans.

Mohamed, il fait toujours le con. Abdelkrim, on ne le voit plus beaucoup.

Camel garde le contact. On lui raconte tout ce qui se passe dans la cité. Il a ses informateurs. Quand Ali lui téléphone pour lui annoncer la mort de son père, il est dans la bibliothèque. Il sort précipitamment dans le jardin de la noble institution, s'assoit sur un banc. On voit bien, quand on passe près de lui, qu'il est secoué de sanglots. Clémentine arrive à ce moment là. Cheveux courts, look bohème, c'est une de celles qui ont déjà remarqué Camel pour ses diverses qualités, physiques et intellectuelles. Elle s'arrête :

_ Ça va pas, Camel ?

Peut-être sera-ce l'occasion, instant de compassion, pour nouer une plus tendre relation, pense-t-elle. Elle connaît bien le rôle de consolatrice.

_ C'est rien. Merci, Clém.

Ah, c'est rien ? Chagrin d'amour probablement. Clémentine s'éloigne en souriant. *Il vient sûrement d'apprendre que sa copine le quitte.* Marseille-Paris, ça fait de la distance tout de même. Loin des yeux, loin du cœur. Elle reprend espoir.

Lui, le mec qui pleure sur un banc à Sciences Po, il pense à Akim. Il revoit ce jour où pour la première fois il l'a accueilli à l'entraînement du foot. Un tout petit bambin chétif, presque malingre, aux jambes maigrichonnes. Une fois le ballon dans les pieds, le garçonnet timide s'était métamorphosé. Akim avait veillé sur lui. A la boxe, c'était lui aussi. Un guide et un protecteur. Un père, en quelque sorte. Un autre père. Une autre perte.

Il pense à sa mère. Elle aussi doit pleurer, encore. La vie est une vallée de larmes. Tous les prophètes le disent. *Ils font chier, les prophètes !*

Camel, lui, il trouve que Myriam a suffisamment porté sa croix. Il a un peu la rage. Il revient prendre ses affaires à la bibliothèque et quitte la rue Saint Guillaume. Il va marcher au hasard, rentrer chez lui à pied, traverser la Seine sur un de ces ponts dont il connaît maintenant les noms par cœur, errer et divaguer pour ne penser à rien d'autre qu'à mettre un pied devant l'autre. Une fois dans son petit appart, il va appeler Myriam, lui parler sur Skype. *Mum, ne sois pas triste. C'est mieux comme ça. Il souffrait trop.* C'est ce qu'on dit, pour cacher la vérité de l'insupportable. Il demande aussi des nouvelles de Djamila, veuve à moins de 40 ans, et de Dalila, qui vient de perdre un second fils. Des femmes toujours un peu plus seules, livrées à la souffrance de l'absence.

Le pire, c'est qu'il ne pourra pas venir à l'enterrement. Impossible de manquer un cours trop important. L'institution est intransigeante. Il rappelle Ali. Il est tellement désolé de lui dire qu'il ne sera pas là ! Il n'a jamais pleuré autant. Ali le rassure.

_ Arrête, mec. C'est nous tous que tu représentes là-haut dans ton école. C'est là ta place. Tu sais, à la télé, chaque fois qu'on voit un prof de Sciences Po, on est trop contents. Mon père était super fier de toi, tu le sais bien. J'étais même un peu jaloux.

Camel pleure encore plus. Vallée de larmes… Il n'a pas besoin de prophète, il a besoin d'un père.

Stéphanie l'appelle un peu après, rituel quotidien. Elle est toute joie et sa voix aux accents du sud chante à l'oreille de Camel qui essuie ses larmes avec le torchon de la cuisine. Elle a une bonne nouvelle. Elle va revenir à Paris.

_ J'arrive le 13.

Camel ne lui parle pas d'Akim. Il dit seulement qu'il est fatigué, qu'il travaille beaucoup. Il a plein d'exposés à préparer. Mais oui, bien sûr, il est content. Elle ajoute :

_ En plus, mon père nous a fait un cadeau !

Camel ne dit rien.

_ Il nous offre des places de concert pour le vendredi soir. Je partirai dans l'après-midi. Je raterai deux heures de cours mais c'est pas grave. Ma mère est d'accord. Trop bien !

Camel a juste le temps de remarquer sur son ordi que c'est un vendredi 13. Il demande :

_ Tu n'es pas superstitieuse ?

Elle rit.

_ Avec toi, je ne crains rien.

_ C'est où, le concert ?

_ Une salle qui s'appelle *Le Bataclan*.

68.

C'est Fatima qui lui donne l'idée.

_ Pourquoi tu ferais pas comme mes filles ? Elles aiment leur métier. Elle pourraient t'aider à rentrer à l'hôpital.

Il va bien falloir que Myriam travaille. Le loyer pourra être payé par la location de l'appartement de ses parents mais elle se refuse à toucher l'héritage. C'est sacré. Ce sera pour les études de Camel. Et puis ça ne suffirait pas.

_ Tu t'y prends tôt, sourit Dalila. Pense d'abord à l'inscrire à la maternelle.

_ Je suis sûr qu'il sera très intelligent, dit Myriam, confiante comme toutes les mères dans le génie de son petit.

Alors, elle avance, courageuse encore, toujours, et prépare le concours d'aide-soignante. Là au moins elle est sûre d'avoir du travail. Les épreuves théoriques ne lui posent aucun problème. Rédiger, elle sait. Culture générale : largement au-dessus de la moyenne. L'oral réclame des connaissances spécifiques dans le domaine sanitaire et social. Elle prépare son exposé. Elle retrouve le plaisir d'apprendre, se découvre même un vrai intérêt pour la biologie. Au moins, c'est concret. On ne vadrouille pas dans le monde informel des idées ou dans les méandres du style comme en littérature. Elle a le sentiment, très important pour elle, de servir à quelque chose. Les livres ont leurs limites. La vraie vie, c'est un corps qui souffre, un corps à soigner, un corps à soulager. Elle se consacre tout de suite à cette mission avec un élan qui la surprend elle-même. Elle se croyait destinée à transmettre le goût des mots, à enseigner les joies du langage. Elle passe des fleurs de la rhétorique aux couches des personnes âgées. Au lieu de faire un cours sur l'humanisme du XVIe siècle ou le siècle des Lumières, elle change des draps et apporte des plateaux-repas. Elle trouve tout de suite sa place dans le service cardiologie de l'hôpital Nord où elle a été embauchée, recommandée par les filles de Fatima.

Elle aime bavarder avec les malades. Parfois, elle leur prête des livres, introduisant la liberté de la littérature dans cette autre prison, sans barreau : un hôpital.

Elle s'occupe ainsi à sa manière des problèmes de cœur. Mais elle néglige le sien. Son cœur à elle ne bat pour personne, excepté son bébé de miel. Les semaines passent vite. Le week-end, quand elle ne travaille pas, elle va voir Djamel avec son enfant, mais insensiblement les visites s'espacent. Camel ne montre aucune joie. Il joue dans le parloir sans regarder cet homme qui ne le câline pas. Quant il va sur ses genoux, il pleure. Djamel s'irrite. Myriam le calme. Elle lui dit :

_ Tu verras, ce sera différent quand tu seras à la maison.

L'enfant grandit, il dit bonjour papa, il fait la bise, il est calme. Il ne pleure plus. Assis sur une chaise il tourne les pages d'un livre d'images pendant que Myriam dit à Djamel ce qu'elle a mis dans le colis.

Le procès en appel a eu lieu, enfin. La peine est ramenée à 6 ans. Djamel est atterré, désabusé. Myriam trouve le temps long mais ne le dit pas au prisonnier. Elle donne des nouvelles de la cité. Elle lui parle d'Akim et du petit Ali qui grandit lui aussi. Il lui demande parfois de dire certaines phrases à des amis du quartier. Surtout à Aziz. Elle n'aime pas ça. On dirait des messages codés, comme pendant la guerre. Elle s'exécute.

Djamel a toujours refusé de faire l'amour au parloir. Ce serait possible, pourtant. Certains gardiens acceptent de fermer les yeux. Myriam est venue quelques fois en tenue adéquate, jupe légère et dessous itou. Elle a laissé Camel chez Fatima. Djamel dit que ça ne se fait pas. Selon le caprice du gardien ils peuvent aussi être privés de visites pendant des mois. Echaudée par ce refus répété, elle n'en parle plus, elle en perd l'envie, s'étonne que ce feu brûlant que cet homme allumait entre ses cuisses puisse s'éteindre aussi facilement.

Les années passent et Myriam reste chaste, ne s'adonnant qu'à des plaisirs solitaires, fantasmant sur quelques hommes en blouses blanches qui pourtant regardent à peine ces femmes en blouse verte. Plus proches des médecins, les infirmières ont plus de succès. Dit-on. Elle est bizarrement sensible au charme d'un cardiologue play-boy qu'elle regarde quitter l'hôpital dans sa voiture de sport. Pas du tout son genre. La peau trop blanche. Le cheveu trop blond. La mâchoire trop carrée. Les dents trop carnassières. Elle emporte pourtant cette caricature dans son lit. Ça lui suffit. D'autres images, préservées dans sa mémoire, ont poussé dans son jardin secret. Nous n'avons pas le droit d'y entrer.

Elle ne reste plus forcément deux heures au parloir. Elle abrège. Elle refuse toujours de passer le permis de conduire qui est pour elle permis de tuer alors bus, métro, bus : le trajet est long. Les fouilles sont pénibles. Elle s'en irrite après toutes ces années. De retour chez elle, elle se détend en arrosant ses géraniums. Elle regarde un peu trop la télé, prend du poids, se demande pour qui ou pourquoi elle ferait un effort vestimentaire.

On a changé de millénaire. Camel a trois ans quand pour Noël il reçoit un cadeau merveilleux : un tricycle.

_ C'est un cadeau de ton papa, dit sa mère.

Le dimanche suivant il saute dans les bras de Djamel. Il n'est jamais trop tard.

_ Si tu le voyais ! dit Myriam. Il tourne autour de la table, zigzague entre les chaises, il fonce dans le couloir ! Sur le balcon j'ai un peu déplacé mes géraniums pour qu'il ait plus de place.

_ Tu pourras le mener en bas aussi. Il craint rien.

_ Oui, un peu plus tard.

L'enfant raconte. Le dialogue s'instaure. L'enfant se révèle bavard. Quelle pipelette ! Il parle tellement bien que Djamel rigole.

_ Un vrai petit intello, ce minot !

Myriam recommence à y croire. Tout le monde est plus serein. Plus de la moitié de la peine est purgée. Une semaine plus tard, Myriam remet sa mini jupe. Cette fois-ci Djamel accepte enfin d'en parler au gardien.

Contre le mur, Myriam retrouve les gestes de l'amante. Elle défait son chignon, enlace son homme. L'amant, lui, ne retrouve pas tous ses moyens. Elle s'accroupit, le prend dans la bouche. Il suffit peut-être d'attendre un peu. Il n'y arrive pas, il se crispe. Elle se redresse, se tourne, retrouve les mots crus qu'ils se disaient, lui présente ses fesses, il se plaque contre elle. Ça fait si longtemps. Elle sent qu'il suffirait d'un rien pour retrouver le grand frisson. Le pantalon de Djamel, flasque, recouvre ses chaussures. Ses mains maladroites, tremblantes, violentent le corps de cette femme qui oublie de l'embrasser, trop concentrée sur l'objet du désir qui peine à rejaillir. Le temps presse.

Le gardien ne va pas leur laisser une heure. Elle insiste, exagère la pose, et ça commence à sonner faux. Il s'énerve, perd encore plus ses moyens. C'est fini.

Elle le rassure. *C'est normal mon chéri. Ne t'inquiète pas. On recommencera.* Et elle lui dit, doucement à l'oreille, alors qu'il remonte son pantalon :

_ Je t'aime.

Ça faisait si longtemps.

Elle l'attrape et le serre contre sa poitrine. Il est déjà absent.

69.

Il devient la coqueluche du quartier, toujours sur son tricycle. Elle, c'est la meuf de Djamel. Elle aurait pu partir d'ici. Elle reste par amour, et on la respecte pour ça.

Il y a longtemps qu'il n'y a plus eu de règlement de comptes. On pourrait presque dire que la vie est un fleuve tranquille, mais faut pas exagérer tout de même. On voit bien que la cité est un enjeu commercial de plus en plus important. Myriam a choisi, plus ou moins consciemment, le regard sélectif. Les dealers, elle ne les voit pas. Quand elle descend avec son petit boy pour qu'il fasse des tours sur les parkings au pied de l'immeuble, elle choisit des parcours qui évitent les guetteurs calés sur leurs fauteuils avec leur bouteille et leur sandwich. Elle pense bien sûr à ce que son Camel va devenir. Il ne fera pas du tricycle toute sa vie.

Etrangement, elle n'a jamais demandé à Djamel ce qu'il a prévu à sa sortie de prison. Elle se nourrit d'une évidence : il ne recommencera pas. Il a un enfant maintenant, il a une femme. Elle travaille, elle a de l'argent. Ils peuvent construire ensemble une vie normale.

On a du mal à comprendre cet aveuglement, ce déni qui continue pendant toutes ces années. Elle est seule. Elle a l'âge des drames qui l'ont touchée mais elle est jeune encore. Elle s'accroche à cet espoir d'un amant qui peut devenir un mari et un père. On peut la blâmer de toutes ces chimères mais que celui qui n'a jamais été aveuglé par l'amour lui jette la première pierre. Ce petit garçon qui roule devant elle à fond sur son tricycle, il faut qu'il ait un père, et peu importe s'il n'est pas parfait. Elle aura le temps de lui raconter la vérité, plus tard…

En attendant, Camel joue avec Ali pendant que leurs mères papotent. Djamila montre à Myriam son téléphone mobile.

_ Ils sont vraiment de plus en plus petits, dit Myriam.

_ Dalila m'a dit que tu préparais le concours d'infirmière ?

_ Oui.

_ Awouah ! C'est bien pour toi.

_ Oui. Ce sera mieux pour me faire un médecin.

Elles rient toutes les deux mais Djamila n'ose pas demander à sa copine si elle est sérieuse ou si elle plaisante. Des sirènes de police interrompent leur conversation. Plusieurs jeunes courent se planquer dans les halls d'immeubles. Les deux mères appellent leurs fils. Fin de la récréation.

_ Au fait, c'est quand qu'il sort de prison Djamel ?
_ Bientôt.

Ils ont finalement refait l'amour dans le parloir. C'est elle qui a insisté. Pour la première fois de sa vie elle a mis des porte-jarretelles et des bas résille. Dans le bus, elle avait l'impression que tout le monde le savait, que tous les hommes la regardaient. En revanche elle n'a mis les chaussures à talons qu'au dernier moment, avant le portique de la fouille. Evidemment les gardiens se sont marrés. Elle leur avait parlé la fois d'avant. Elle avait peur qu'ils changent d'avis au dernier moment.

Dès qu'elle a enlevé sa culotte, Djamel a fait très vite. Elle n'a pas joui. A partir de ce jour ils ont pu le refaire de temps en temps, toujours à la va-vite, froidement. Myriam a même, pour la première fois, simulé l'orgasme. L'important, se disait-elle est d'avoir renoué ce lien. Ils auront le temps plus tard de retrouver leur totale complicité. Elle ne pouvait s'empêcher de se souvenir du sexe joyeux et fou de leur premier été. La peau même du prisonnier semblait désormais tellement moins douce. Probablement usée par la rudesse de la cellule.

Tout s'abîme, se disait-elle. Et elle pensait à une autre peau, dont le souvenir puissant, grain, couleur, odeur, lui revenait aussi à la mémoire corporelle par rafales, comme un grand souffle d'air frais. Elle ne s'interdisait plus, désormais, de se laisser envahir, pénétrer, par cette douce sensation.

Et ainsi les mois passent. De temps en temps elle retourne le grand sablier qu'elle a acheté chez Nature et Découvertes et qu'elle a posé sur la table du salon. Elle regarde pensive chaque grain s'écouler et reformer chaque fois une petite dune qui lui parle du temps, qui lui parle d'un amour, qui lui parle d'une attente.

Camel a cinq ans. Ce soir, sa mère a soigneusement repassé et préparé ses vêtements. Il l'a vue essayer une robe blanche, à bretelles. Elle est longtemps restée devant le miroir. Il la trouve belle. *Elle est belle, ma maman.* Il reprend son livre préféré, son premier atlas que sa mère lui a acheté pour la rentrée en grande maternelle. Il regarde les pays du monde, dessinés. Il essaie de se rappeler ce que sa mère lui a dit : *ici, c'est l'Europe, là, c'est l'Afrique. Là, c'est le désert.*

Il se couche tôt. Il remue dans son lit. Demain, son père sort de prison.

70.

Ils ont refait, pour la dernière fois, le long trajet. Myriam n'arrivait pas à réaliser qu'elle ne serait plus seule avec son enfant. Pour revenir ils prendront un taxi. Elle a mis une veste sur sa robe blanche pour ne pas paraître trop voyante. C'est une robe ancienne déjà, une robe de 6 ans. Dans le bus on regarde ce si beau bambin aux cheveux bouclés. Si sage. Une vieille dame assise à côté de Myriam lui dit :

_ Il est drôlement joli, votre petit.

Dans cette ville on ne se prive pas de parler. On ne se gêne pas. On dit ce qu'on pense. Douceurs ou ordures.

On est samedi. Il fait beau. Myriam regarde le ciel bleu et essaie d'imaginer à quoi pense d'abord le prisonnier libéré.

C'est Djamel lui-même qui lui a donné la date et l'heure de sortie. Ils ont rendez-vous devant la porte. Oui, comme dans un film. Un film qui aurait mal débuté mais qui finirait bien.

Quand ils descendent du bus ils se joignent comme les autres fois au groupe de femmes qui vont vers la grande porte. Mais cette fois, ils n'entrent pas.

Ils attendent. Au début, Myriam prend Camel dans ses bras. C'est un poids plume, un petit gars tout gringalet. Mais ça dure.

Elle ne s'inquiète pas. L'enfant, lui, même sage, trouve vite le temps long. Il va taper dans une canette de bière et tirer des pénaltys imaginaires contre le mur d'enceinte.

Au bout d'une heure, elle s'interroge. Elle se décide à avancer jusqu'à la porte, appelle un gardien.

_ Djamel Bektaoui ? Oui, je vois qui c'est. Il est sorti hier madame.

D'abord elle ne dit rien. Puis :

_ Mais, il m'avait dit…

_ Je comprends, madame…

L'enfant prend la main de sa mère, instinctivement, et on ne sait pas si c'est pour se rassurer ou pour la protéger. Ils sont là tous les deux, devant cette porte de l'enfer, à comprendre que la vie leur joue encore un mauvais tour.

Elle insiste, avidement. *Il n'a rien dit ? Il n'a pas laissé un message ?*

_ Non, madame.

La porte se referme. Ils sont libres, mais la souffrance est une sacrée prison.

Ils montent dans un taxi. Elle ne veut pas pleurer devant Camel. Il se serre contre elle sur le siège arrière.

_ Il est où, papa ?

_ Je ne sais pas mon chéri. T'inquiète pas. Il va revenir.

De retour au 15ème étage, Camel part tout de suite sur le balcon, attrape son tricycle, et vient tourner autour de la table de la salle à manger. Trop vite. Il tombe. Il pleure, et on ne sait pas non plus si c'est à cause de la chute ou à cause de l'absence. On ne sait jamais ce qui se passe vraiment dans la tête d'un enfant. Et Myriam se met à pleurer aussi, une cascade de larmes qui tombent sur les cheveux du petit boy plaqué contre la poitrine maternelle.

Le lendemain, Aziz sonne chez elle. Il a quelque chose à lui dire de la part de Djamel. C'est délicat, mais il a promis à Djamel de faire le messager. *Djamel est parti en Algérie.* Il ne faut pas qu'elle cherche à le voir. Il lui enverra de l'argent si elle en a besoin pour *le minot.* Il ne pouvait pas faire autrement. *C'était une question de vie ou de mort.*

Elle demande :

_ Et puis ?

Aziz semble surpris.

_ Rien d'autre.

A cet instant elle est dure comme l'acier, peut-être comme la lame d'un couteau.

_ Merci Aziz. Et toi, ça va ? Et ton petit Abdelkrim, il va bien ?

_ Ça va, ça va... Je suis désolé, Myriam. On t'aime bien, tous, ici. T'es une super meuf. Je crois vraiment qu'il pouvait pas faire autrement.

_ Je crois que si. Il pouvait. Au revoir Aziz.

Dès que la porte est refermée, elle appelle son fils.

Elle prend sur l'étagère la petite fiole remplie de sable du désert. Elle dit à Camel :

_ Tu vois ça, Camel ? Tu vois, ce sable, tu le sais,

il vient du désert, en Algérie. Tu dois me faire une promesse. Ce sable tu le garderas toujours. Promets-moi.

_ Je te promets maman.

Camel a 5 ans, et toujours pas de père.

71.

Il a bien fallu qu'elle lui invente une histoire. Chaque vie, au fond, n'est qu'une sorte d'histoire qu'on nous fait jouer. Comme aurait dit Shakespeare. La seule chose qu'on peut faire, c'est la raconter un peu comme on veut si elle nous dérange.

Myriam s'arrange avec la vérité. En fait, ce n'est pas la première fois. Elle dit à son petit chou que son papa est parti dans un pays très loin d'ici pour essayer de gagner de l'argent et qu'il reviendra quand il aura fait fortune. Elle est probablement inconsciemment influencée par ses lectures adolescentes, des romans d'aventure, des conquistadors en quête d'Eldorado, des chercheurs d'or ou d'Atlantide. *Des oncles d'Amérique.*

Ça ne tient pas longtemps. Pas bête, le petit boy. Il pose des questions. Et finalement, bien sûr, elle raconte la vraie histoire, ou presque. Il est reparti dans sa famille en Algérie.

_ Alors nous, on est pas sa famille ?

Elle est restée muette. Qui ne dit mot consent.

_ Alors c'est pas mon père.

Elle n'a rien ajouté.

A partir de ce jour, ils n'en reparlent plus.

Myriam pensait : plus tard il voudra le revoir, comme ces enfants adoptés qui recherchent leur origine biologique. Camel n'a jamais plus évoqué ce père absent. Sa mère fut son repère. Son 15ème étage son repaire. La vie continue. C'est aussi bête que ça. Quelle que soit l'histoire qu'elle raconte.

Très vite elle lui apprend à lire. Il se plonge dans la lecture quand d'autres, à son âge, sont déjà tombés dans l'abîme sans fond des écrans. Il est doué. Peut-être surdoué même. On dit *enfant précoce*. Myriam a trouvé son rôle. Elle a une mission : permettre à ce petit Mozart de grandir et de s'épanouir.

Il est tout petit aussi quand Akim lui propose de venir jouer dans l'équipe de foot du quartier. Catégorie poussins. C'est mignon. Il est doué là aussi. On dirait qu'il est bon pour tout. Pourtant il n'est pas blond.

Camel est un lecteur tellement assidu que parfois Myriam s'en effraie. Comme la mère du petit Pagnol dans *La gloire de mon père*. Tiens, celui-là aussi il l'a lu. Mais elle préfère cette drogue à toutes les autres, à tout ce qui rôde autour de lui dès qu'il quitte le nid perché au sommet de l'immeuble. Elle ne cesse de le mettre en garde. Il la rassure.

Il y a déjà longtemps qu'il a lu et relu *Le Petit Prince*, en plusieurs éditions différentes, mais il n'a tout de même que 12 ans quand elle lui met entre les mains *Terre des hommes*. Il lit : *Ce qui me tourmente, ce ne sont ni ces creux, ni ces bosses, ni cette laideur. C'est un peu, dans chacun de ces hommes, Mozart assassiné.*

Il n'est pas sûr de tout comprendre, mais il sent confusément, dans sa petite et déjà grosse tête, qu'il y a dans les livres davantage que des histoires. Une part de vérité de ce monde dans lequel il se situe déjà, pleinement conscient, parfois même frappé par une perception extra-lucide de sa propre existence, quelque chose d'un peu effrayant qui ne dure jamais longtemps mais lui laisse un durable souvenir d'intensité.

Déjà amateur de citations il recopie et affiche au-dessus de son petit bureau la dernière phrase du livre de Saint-Exupéry : *Seul l'Esprit, s'il souffle sur la glaise, peut créer l'Homme*. Dieu ? Il verra plus tard.

Il aime les idées, et les mots pour les dire. Au pied de l'immeuble la vie réelle le rattrape pourtant tous les jours. Dans les livres il cherche à comprendre ce qui est au-delà de l'expérience brute de l'existence. Camel, je vous l'ai dit dès le début : *un mec d'élite*.

Myriam découvre *Meetic* grâce à une collègue infirmière, une jeunette en quête de *coups d'un soir* :

_ C'est un nouveau truc sur internet. Tu devrais aller voir.

Elle comprend bien qu'on cherche à la caser. Fatima aussi, d'une autre manière, en lui parlant de certains hommes de l'immeuble ou de sa famille. Elle en fait des portraits flatteurs. Elle jouerait volontiers à l'entremetteuse, à l'arrangeuse de mariage.

Fatima qui s'est résolu à vider enfin la chambre de son fils pour que ses petits enfants puissent venir dormir plus confortablement à la maison. Fatima qui garde Camel chaque fois que Myriam part désormais à un rendez-vous organisé sur internet (mais qui ne passe jamais une nuit hors de la maison et qui dit à son fils qu'elle va manger avec une copine). Fatima qui fait toujours le couscous le dimanche. Fatima qui a aussi sa mission que la vie lui a confiée.

Myriam devient une ancienne dans la cité. Elle a épuisé assez vite les plaisirs des sites de rencontre. Sans regrets. Non qu'elle en néglige l'étendue des possibilités ni la variété des aventures. Mais finalement, les scénarios sont assez prévisibles. Les hommes sont ce qu'ils sont. C'est tout. Elle espère seulement que Camel sera un peu différent.

Dans l'immeuble elle fait autorité. On connaît son histoire. Elle rend service aux plus âgées, elle aide les jeunes mères. On dit toujours :

_ Elle aurait pu partir d'ici.

Elle joue modeste. Ailleurs elle n'aurait pas eu la mer tous les jours sous les yeux pour le même prix. Est-ce donc seulement le panorama qui la retient dans ce quartier mal réputé ?

Après le départ de Djamel les règlements de comptes se sont succédés. Des nouvelles armes sont apparues. C'est de plus en plus violent. Aziz a été exécuté. On l'a retrouvé criblé de balles et carbonisé dans sa voiture. On appelle ça ici *un barbecue*. Un joli nom. On garde toujours le sens de l'humour. Pas sûr que son petit Abdelkrim ait trouvé ça marrant.

Myriam a observé cette dérive violente avec un certain détachement. Elle demande juste à Camel de ne jamais rester dehors le soir. Elle repense à ses parents qui se faisaient du souci pour elle. Elle comprend maintenant leur anxiété. Deux fois par an elle va au cimetière et dépose une plante, un bouquet de fleurs vivaces. Elle pense à Hugo sur la tombe de sa fille. Heureusement, Camel est bien vivant. Elle en crèverait.

Elle a failli plusieurs fois rompre avec la littérature. Trop d'histoires tragiques. Trop de questions sans réponses. Puis elle a peu à peu retrouvé cet amour ancien en accompagnant son fils dans sa découverte de ce territoire si vaste et si fascinant. Elle a lu tout Proust. C'est pas rien. Il parle du temps perdu, mais aussi du temps retrouvé. On pourrait donc retrouver le temps ? Dans les mots au moins. *L'écriture est peut-être un miracle.*

Camel traverse les dures années du collège sans trop de dégâts. En 6ème, quand il a commencé l'anglais, il a pris l'habitude d'appeler sa mère *Mum*. Le collège s'appelle *Arthur Rimbaud*. Première rencontre avec la poésie. Camel est petit. On le croit fragile. Il résiste à tout. Dans la cour on essaye de lui voler ses bouquins. Il ne se laisse pas faire. Il court après ses harceleurs. Ne lâche rien. Les *maudit de leur race.* Il a les mots qu'il faut. Et si nécessaire, parfois, il peut faire semblant de pactiser avec la bêtise. La survie est à ce prix dans une cour de récréation.

Il arrive au lycée auréolé d'une petite gloire footballistique. Il grandit. Il s'allonge. En finesse musculeuse. Ses yeux clairs font des ravages mais il ne s'aperçoit de rien. Il rêve peut-être d'un amour romanesque. C'est étrange. Il se tient encore à distance des filles, laissant supposer un amour caché, lointain, ou interdit. Posture romantique dans un paysage de béton. Elles se lassent, dépitées : il est peut-être impuissant. C'est pour ça qu'il est intello.

Myriam a fini par passer le permis. Elle n'a pas oublié sa promesse mais Camel a insisté.

_ Tu dois le faire, Mum. Tu peux pas rester comme ça. C'est trop galère sans bagnole.

Elle a dépassé sa peur. Son fils l'a encouragée. Elle l'a fait pour lui. Mohamed lui a trouvé une petite voiture pas chère, d'une couleur rigolote, vert pomme. Au moins dans la cité on sait que c'est la sienne. On touche pas. Camel la prendra plus tard. En attendant il a une moto petite cylindrée.

Myriam voit de plus en plus les jeunes filles se voiler. A l'école, c'est la lutte permanente. Elle en parle à Fatima et Dalila. Elles ne l'expliquent pas. Elles ne veulent pas en parler. Quelque chose se passe qui leur échappe. Quelque chose se trame que personne ne veut dire. On se tait. Les filles de Fatima ont de beaux cheveux, les cheveux de leur mère. Elles ne les cachent pas. Jusqu'ici tout va bien.

Myriam met en garde Camel contre l'addiction aux écrans, mais elle passe beaucoup de temps sur son ordinateur. Elle demande un jour à son fils s'il connaît une application qui s'appelle *Facebook*. Ça le fait rire. Evidemment. Et une heure après elle a créé avec lui son profil personnel. Deux heures plus tard, elle a retrouvé Mary. Emotion, malgré une petite gêne de l'ancienne copine qui a négligé la jeune mère. Myriam ne lui en veut pas. Trop contente de ces retrouvailles. Cette fois, promis, on ne se quitte plus. Elle tape sur le clavier :

_ Toujours avec Daniel ?

_ Oui ! Et on a un garçon nous aussi ! Quand est-ce que tu viens à la maison ?

Elle ne sait pas, en fait, si elle envie leur histoire. Elle ne se fait plus une idée très précise de ce que peut être un couple. Elle a couché finalement avec le cardiologue play-boy. Un fantasme assouvi, un homme marié. Elle a bien aimé faire l'amour dans la belle voiture, dans des parkings obscurs. Puis dans un hôtel chic des environs de la ville. Puis dans les Calanques, nue baskets aux pieds, appuyée contre un arbre. Elle n'imaginait pas que cela pourrait lui plaire. Mais inutile de faire durer l'expérience. Elle s'est effacée sans problème. Sans regrets. *Ils sont restés amis*, comme on dit.

Le jour où Camel a eu un malaise sur le terrain de foot, c'est lui qui s'est déplacé spécialement à l'hôpital en urgence pour le voir en consultation. Examens. Echographie. Myriam l'attendait dans la salle d'accueil du service, avec d'autres infirmières.

_ Alors ?

_ Rien de grave. Un petit problème d'arythmie. Faudra qu'il vienne tout de même chaque année faire un contrôle.

_ Il peut plus jouer au foot ?

_ Il n'y a pas de contre-indication. Qu'il fasse du sport mais pas de folie.

Myriam est moyennement rassurée.

Les années passent. Camel lit davantage sur des écrans. La société se crispe. La cité, dit-on, n'est plus ce qu'elle était. La ville non plus. Mais on dit toujours ça, n'est-ce pas ? On sait que certains jeunes parlent du *djihad*. Certains sont partis. On ne sait pas où. On se doute mais on fait comme si. On voit bien les fractures de plus en plus béantes. C'est comme si la terre craquait mais que chacun s'efforçait de simplement sauter par-dessus les failles qui s'élargissent. On baisse la tête et on tâche de rester à l'écart du volcan.

La ville a changé. De beaux musées sur les anciens quais. Des galeries marchandes. Beaucoup de galeries marchandes. Et beaucoup de touristes. Le ciel n'a pas changé. C'est le même bleu que Myriam a toujours connu. Une autre sorte de drogue.

De grands bateaux de croisière viennent plus nombreux accoster derrière la digue du large. Myriam rêve parfois de voyages. Elle évite de trop y penser. Plus tard. Quand Camel sera parti. Mais comment supportera-t-elle que son fils s'en aille ?

Ali est le copain le plus présent à la maison. Un brillant élève lui aussi. Un scientifique. Mohamed rapplique très souvent. Un élève fantasque. Abdelkrim fait partie de la bande malgré son caractère un peu versatile.

Myriam reproche au petit groupe de trop jouer aux jeux vidéo. Pendant qu'ils se confrontent dans une guerre virtuelle, on a déjà entendu parfois des tirs au pied des immeubles. Ils ne sortent même plus pour voir. On saura bien assez tôt. Ils passent à travers les balles. Myriam commence à trouver que maintenant ça devient dangereux. Quand Camel sort le soir, elle ne dort jamais. Quand il joue au foot, elle a peur pour son cœur. *On n'en finit donc jamais de s'inquiéter pour son enfant ?*

72.

Elle reçoit un texto dans la soirée : *Je vais bien.*

Elle se demande pourquoi il lui envoie ce message. Stéphanie est avec lui. Il tient peut-être à partager son bonheur avec sa mum.

Elle répond par un smiley : ;-)

Elle regarde un DVD, un film italien qui parle de la beauté et du temps, de l'ennui et de la nostalgie. Elle voyage à Rome, sans jamais y être allée. Elle reçoit un autre texto aussitôt : *Tu as vu ce qui se passe ?*

Elle ne comprend pas. Elle met le film sur pause. Son ordinateur portable n'est pas loin. Elle va sur internet. L'horreur est déjà décrite, les massacres sont déjà en images. Au Bataclan on dénombre plus de 90 morts et des centaines de blessés. Des opérations de police sont en cours. Un terroriste est en fuite.

Myriam téléphone immédiatement. Il ne répond pas tout de suite. Elle se raccroche aux quelques mots du texto. Il a dit qu'il allait bien. Elle essaie de ne pas trembler. Il répond enfin, la rassure.

_ C'est fini maman. Ne t'inquiète pas. Ça va.

_ Et Stéphanie ?

_ Elle est là avec moi. Tout va bien mais elle est très choquée.

Elle ne veut plus lâcher le téléphone mais il lui dit qu'il doit couper rapidement. Ils ne sont pas blessés. On leur demande de rentrer chez eux et de ne plus sortir.

_ On se rappelle. Je t'aime, mum.

Le soir même il n'a pas trop envie de raconter. Myriam n'insiste pas. Elle regarde la télé et se dit que son fils, à cette heure, pourrait être mort.

Camel serre Stéphanie dans ses bras. Ils sont dans le lit comme deux petits animaux dans leur terrier. Elle tire le drap sur eux, se recouvre la tête. Elle pleure, par saccades. Tout son corps tremble. *Le monde est donc bien une vallée de larmes ?*

_ C'est la guerre, Camel ?
_ Dors ma chérie. Dors.

Elle est épuisée. Elle a tout de suite appelé ses parents. Mathieu Aubanel ne cesse de répéter à sa femme :

_ C'est moi qui leur ai acheté les places !
Elise l'enlace. Lui aussi il pleure, nerveusement.
_ C'est passé. Ils vont bien.

Toute la nuit, Myriam regarde la télévision. Elise lui téléphone. Elle a demandé son numéro à Camel. C'est la première fois qu'elles se parlent. Il n'y plus de quartiers ni de classes. Ce sont deux mères. Leur langage est universel.

Toute la cité s'inquiète pour Camel. Ses potes attendent de le voir sur Facebook et sont assez vite rassurés. Myriam reçoit plein de messages. Il était où ce soir ? *Oui, il était au Bataclan.* Il s'en est sorti. Tout va bien. Fatima vient la voir. Myriam raconte mais elle ne sait pas grand chose de ce qui s'est passé vraiment.

Elle saura seulement bien plus tard que Camel s'est couché sur le corps de Stéphanie pour la protéger. Qu'ils ont entendu les balles siffler autour d'eux. Qu'ils ont fait les morts, tétanisés de peur. Que Camel a mis sa main sur la bouche de Stéphanie pour l'empêcher de crier. Qu'ils ont marché sur des cadavres quand ils ont pu s'enfuir parce que les terroristes s'étaient déplacés à l'étage. Qu'ils sont sortis dans une petite rue derrière la salle de concert, en piétinant d'autres corps. Qu'ils ont couru affolés dans la nuit de Paris, une douce nuit d'automne, une belle nuit paisible. Qu'ils ont croisé des ambulances sirènes hurlantes, des piétons ahuris et hagards. Tout semblait irréel. Et pourtant c'était la réalité la plus élémentaire, la plus brutale, celle des corps si fragiles, un bout de métal suffit à les tordre, et de ces vies miraculeuses qui s'achèvent là, dans ces rues de Paris faites pour le bonheur.

Etrangement, Camel a eu le temps de repérer Vénus qui brillait au-dessus des toits de la ville. Ce n'était pas le moment de regarder le ciel et pourtant il a levé les yeux. Pendant quelques secondes, il aurait voulu prier, prier cette seule divinité, cosmique et mythologique, la déesse de l'amour.

Stéphanie a fini par s'endormir. Camel lâche sa main. Ils se demandent, sans savoir que d'autres en même temps, des milliers, des millions, se posent la même question : *la vie sera-t-elle comme avant ?* Il se lève. Il va chercher son carnet moleskine et s'installe à la petite table dans la chambre. Il pense à la lettre qu'il avait écrite pour Stéphanie. Ce soir, encore, il écrit une lettre, une autre lettre.

73.

Cher djihadiste,

Tu as peur. Tu as peur de tout. Peur de la femme, peur du sexe, peur de la liberté. Peur de la vie. Tu prétends ne pas avoir peur de la mort mais c'est parce que tu es déjà mort. Tu as peur de tout ce qui peut faire de toi un être humain. Parce que tu as peur tu terrorises. Tu te déshumanises pour éviter de vivre et c'est pour éviter de vivre que tu fais de Dieu ton seul prétendu maître. Mais Dieu, s'il existe, n'a pas besoin de toi ni de tes pauvres armes...

Cher djihadiste je te plains. Tu es mort à l'humanité. Je ne peux pas te libérer de tes phobies. Tu t'es extrait du cercle des humains, des vivants. Dieu, s'il existe, nous a créés pour vivre et non pour empêcher de vivre. Voilà pourquoi je ne te laisserai pas contaminer notre amour de la vie.

Sache-le, cher djihadiste, nous n'avons pas peur. Nous sommes des vivants. Nous avons vécu. Tes armes sont la preuve de ton impuissance. De ton impuissance à vivre. Tu pourras entraîner dans la mort des milliers de personnes. Tu ne vivras jamais. Tu croiras peut-être avoir gagné. Tu as déjà perdu.

Mais sache-le. Cette vie terrestre, ce souffle, ce chemin, nous ne te laisserons pas l'éradiquer au nom de ta loi mortifère.

Cher djihadiste, je suis désolé. Nous nous battrons. Nous nous battrons pour la vie, pas seulement pour nous. La vie est plus forte que vous, plus forte que tout. Tu n'en viendras jamais à bout. Elle t'échappera toujours.

Cette vie, nous pouvons l'appeler Dieu. Il y a longtemps que ce Dieu là ne t'écoute plus, ne te regarde plus, ne te parle plus. Tu peux crier, hurler, vociférer. Tes paroles ne valent rien contre le vent qui soufflera toujours, même sur nos cadavres emmêlés.

Nous nous battrons. Nous nous battrons contre ceux, morts-vivants, qui hantent notre espèce humaine. Nous nous battrons puisque tu as fait de nous tes ennemis. Nous n'avons pas voulu que tu sois un ennemi. Tu n'es qu'une ombre sombre qui croit pouvoir cacher le soleil. Tu n'es qu'un nuage noir qui parviendra peut-être à obscurcir un peu la lumière. Mais rien ne résiste au vent de la vie. Tu passeras, comme les nuages dans le ciel. Les nuages ne sont pas nos ennemis.

Nous ne luttons pas contre un Dieu. Nous luttons contre un virus dont tu es porteur, contre une maladie de l'humanité.

Ce n'est qu'une question de temps. Cher djihadiste, nous ne sommes rien, toi et moi, qu'une pauvre seconde dans l'éternité. Nous avons fait de cette seconde un instant de vie. Tu as choisi de ne pas vivre même cette seule seconde si brève. C'est pour cela que, même morts, nous serons plus vivants que toi. Pour toujours…

Camel ferme son carnet, pose son stylo. Il regarde Stéphanie dormir. Elle est nue sous les draps. Elle est restée très longtemps sous la douche, en pleurant. Elle avait du sang sur les mains, sur les jambes. Elle a jeté ses habits par terre en arrivant dans l'appartement.

Elle dort sur le côté, en boule, les poings serrés. Position fœtale. Camel ressent pour la première fois une colère froide. Etait-ce déjà une même sorte de colère qui l'avait poussé à foncer sur son tricycle jusqu'à la chute, ce fameux jour de septembre de retour des Baumettes ?

Demain il faut que je mène ses habits à la laverie. Demain j'enregistrerai ce texte sur You Tube. Demain je veux rester maître de mon destin.

74.

Ce sont très vite des centaines de *vues*. Puis des milliers en quelques jours. Des centaines de partages aussi sur Facebook.

La lettre de Camel fait le buzz.

Au bout d'une semaine il ne sait pas quel journaliste voit le premier cette vidéo mais il reçoit plusieurs messages. On l'invite à une émission sur une chaine d'information en continue. La semaine d'après il est sur une chaine du service public, en direct, à une heure de grande écoute. Des millions de téléspectateurs découvrent ce garçon métis aux yeux clairs et aux cheveux bouclés, issue d'une banlieue marseillaise et brillant étudiant à Sciences Po Paris. Son nom s'affiche en bas sur l'écran : *Camel Durand-Bektaoui*. Il capte tout de suite l'attention, par sa photogénie et par sa voix grave et posée. Le journaliste l'interroge sur son parcours, sur la soirée d'horreur au Bataclan, sur sa lettre. Il répond sobrement, avec beaucoup d'assurance.

On l'interroge sur ses propres convictions religieuses. Il revendique sa liberté de pensée. Il le dit clairement : *il a lu la Bible et le Coran*. Sa mère est chrétienne, son père musulman. Il est *agnostique*. Il préfère, dit-il, *le culte des livres à la religion du Livre*. Devant sa télé, Myriam sourit. Elle a encore envie de pleurer. De joie cette fois. Elle ne se doute pas qu'un autre téléspectateur écarquille les yeux et tombe un peu des nues en entendant cette formule qu'il a si souvent utilisée devant ses élèves.

Yann est toujours prof de français. Si Myriam le voyait elle dirait volontiers qu'il n'a pas beaucoup changé. Juste quelques cheveux blancs. La même silhouette. Le même charme. Yann est un peu jaloux de ce jeune garçon qui passe à la télé. Cette formule, c'est la sienne. Ce n'est pourtant pas un ancien élève, mais il est marseillais. A-t-il inventé la formule ou l'a-t-il entendue ? Il le contactera pour en savoir plus. En attendant il va se remettre à l'écriture de son roman, une histoire d'amour qui commence sur une plage marseillaise.

Camel a mis pour l'occasion un pull noir sobre à col roulé. Même la maquilleuse est tombée sous le charme. Les projecteurs mettent en lumière la belle couleur caramel de l'étudiant.

Pour Fatima et Dalila qui sont montés chez Myriam, c'est à peine croyable : *Camel passe à la télé !* En fait elles se fichent un peu de ce qu'il dit. C'est le fils de leur copine. Il habite dans leur immeuble !

Tous ses copains de la cité sont devant leur écran aussi. Ils se sont réunis chez Kevin. Pas très habitués à regarder une émission politique, ils s'ennuient un peu au début, sauf Ali, très attentif, qui ne cesse de leur dire :

_ Chut, putain, les mecs, taisez-vous !

Mohamed, comme d'hab, est déchaîné. Il a fumé plus que de raison et tient encore à la main un pétard soigneusement roulé. Plus que jamais il prédit avec vigueur :

_ Camel, Président !

Les filles hystérisent un peu quand on voit Camel à l'image, même seulement, au début, dans le public. Johana le trouve décidément très beau, mais elle ne le dit pas. On lui redonne la parole, juste avant la conclusion de l'émission :

_ Je pense que si Dieu existe, l'univers qu'il a créé est une bibliothèque infinie. J'ai du mal à croire que ce soit pour y mettre un livre seulement. C'est à nous, à chacun de nous, de remplir la bibliothèque, en inventant le récit de nos vies et en permettant à tous les livres de trouver leur place sur ces étagères.

Ali commente l'intervention de son ami en disant :
_ Putain, il parle bien ce con !

Il ne doute plus qu'un destin exceptionnel attend son copain. C'était à prévoir.

Le journaliste star du 20h a très vite compris aussi que ce jeune homme est en train de séduire la France entière. Ou presque. *C'est un bon client.* Il lui demande ce qu'il veut faire plus tard. *De la politique.*

_ Ah, vous voulez remplacer le maire de Marseille, alors ?
_ Pourquoi pas en effet !

Rires dans l'assistance. Tout le monde smile. Le journaliste conclut l'échange en prédisant un bel avenir à *ce jeune homme d'à peine 18 ans.* Dans le studio, le réalisateur gueule le numéro de la caméra qui montre Camel en gros plan. Il faut s'attarder sur ce visage. Son intervention sera le temps fort de la soirée. Des replays à gogo. Derrière leurs pupitres, tous les techniciens sont concentrés. *Bon travail, les gars.*

L'émission se termine tard. Mohamed s'est endormi. Il dormait déjà quand Camel a dit qu'il voulait être maire. Dommage pour lui.

Les filles parlent maintenant d'autre chose. Ali est songeur. Kevin et Romain entament une partie de jeu vidéo. Seul Abdelkrim fait la gueule. Il dit à Ali :
_ Pourquoi il fait tout ça ? C'est pas bien je trouve.

Ali veut en parler avec lui, mais il se lève et commence à s'en aller.

_ Il fait le bouffon. Il a pas à dire tout ça. Ma parole !

Ali veut le retenir. Abdel ajoute :

_ Et puis il est athée ? C'est ça qu'il veut dire ? Il croit plus au saint Coran, c'est ça ?

_ Il est tolérant, c'est tout.

_ C'est des conneries tout ça !

Ali tend le bras vers lui pour le faire rassoir. Abdelkrim le repousse, d'un geste un peu brusque. Il part.

Fatima et Dalila sont redescendues dans leurs bas étages, après cette longue soirée.

De l'autre côté de la ville, Sabrina a invité Jérôme dans son nouveau petit appartement. C'est la première fois. Elle a préparé un apéritif aux chandelles. Jérôme a mis une belle chemise, une veste élégante. Ils se racontent un peu le temps qu'ils n'ont pas vécu ensemble. Ils se taisent pendant l'émission. Après, c'est Sabrina qui avance les lèvres vers le visage de Jérôme. Ils posent leurs verres où il reste encore un peu de champagne. Elle se lève. Jérôme la trouve grande. Il a suffisamment bu pour ne pas réaliser qu'elle est juchée sur des talons de dix centimètres. Elle n'a pas besoin de lui dire qu'elle a pris ces derniers mois des cours de *pole dance*. Elle se déshabille devant lui, en stipteaseuse aguicheuse. Ils rient quand elle a du mal à dégrafer son soutien gorge. Il vient l'aider. Ils font l'amour sur le canapé. Comme une première fois.

Dans la famille Aubanel, tout le monde était aussi devant la télé. Sur le grand fauteuil design Stéphanie est venue se lover contre sa mère. Mathieu ne cesse de dire que Camel est formidable, *vraiment formidable*. Il vient s'asseoir lui-aussi à côté de sa fille. Depuis ce week-end à Paris elle reste prostrée. Elle dort mal. Elle a accepté de prendre des cachets. Pas de voir un psy, malgré l'insistance de ses parents.

Au lycée on connaît son histoire. Elle ne veut pas raconter et raconter encore le bruit des balles, les cris, la voix des terroristes. Elle refuse. Ses professeurs restent discrets, ne lui demandent rien. Certains élèves ne comprennent pas. On parle dans son dos. On lui fait le reproche. On la jalouse encore plus. Elle voudrait se cacher. Elle est une survivante et elle ne sait pas pourquoi. Voir Camel à la télé, comprendre que des millions de personnes l'ont écouté ce soir et l'ont eux-aussi trouvé *formidable*, elle ne peut pas dire si c'est pour elle une fierté ou une gêne. Son monde n'est plus le même. Elle est devenue très sérieuse à 17 ans. Elle sait déjà qu'elle ne fêtera pas son anniversaire de la même manière cette année.

Ce soir encore elle reste allongée sur son lit sans dormir, une peluche dans les bras. Elle attend le moment de pouvoir faire un skype avec Camel mais elle a peur de le déranger cette fois. Il lui semble à certains moments qu'il est en train de lui échapper, déjà. Qu'il est déjà ce grand homme qu'on prédit.

Son frère, lui, n'est pas là. Il n'a pas cours demain. Journée pédagogique des profs. Il dormira ailleurs. Dans le studio d'un copain à Aix-en-Provence, il sniffe pour la première fois de la cocaïne. A la gare, à 20h, Abdel était ponctuel.

75.

Jusqu'à Noël, Stéphanie ne veut plus aller à Paris. Camel, lui, endosse avec modestie le costume de sa petite notoriété. Certains profs de Sciences Po l'ont félicité. Les étudiantes se rapprochent encore un peu plus. On l'invite dans des soirées où il reste désespérément sobre. Sur internet son interview tourne en boucle. Il est parti sur des bases qui font de lui un futur ministre. Dit-on. Il est surdoué mais c'est évidemment prématuré. Pourquoi pas un futur Président aussi ? Mohamed aurait donc raison ? La vie est compliquée, et le destin incertain.

Il est sollicité par différents médias. On l'entend à la radio. Sa photo apparaît dans les journaux et magazines. Ali compile soigneusement les coupures de presse, archive tous les docs vidéo et les podcasts. Plus tard, quand Camel sera maire ou député, voire ministre, il pourrait être son conseiller, son adjoint, son chef de cabinet, son ami de toujours en qui il aura une confiance absolue.

Dans la cité, les saisons passent et seul le climat reste doux. Il se dit que Souriah, la fille du $8^{\text{ème}}$ étage, est partie faire le djihad. On n'a pas de nouvelles de Mustapha ni de Ahmed, les deux copains du bloc C. On fait comme si rien ne se produisait mais pourtant quelque chose avance. Dans les mosquées les imans s'emballent, d'autres ont du mal à convaincre. Il est de plus en plus difficile d'être modéré. Il faut choisir son camp. Dans le quartier, l'essentiel est préservé. On sait vivre ensemble. Mais à quel prix ? Jusqu'à quand ?

Quand Camel revient en décembre on le félicite mais il voit bien tous ceux qui lui tournent le dos. Devant l'immeuble, Abdelkrim n'a pas voulu lui parler et a ostensiblement tourné la tête. Il a craché par terre un peu plus loin. Camel a voulu aller le voir. Ali l'a empêché.

_ Laisse-le. Ça lui passera.

Myriam est maintenant la mère du mec qui est passé à la télé. Elle s'amuse d'abord de l'impact des images. On lui en parle partout. Elle aussi c'est une vedette. Elle s'en inquiète ensuite. Tout le monde ne partage pas le même enthousiasme. Le mot *agnostique*, ici, on a du mal à le comprendre, et même à le prononcer. Elle est fière et un peu effrayée. Alors elle profite surtout à fond de ces jours de vacances où son fils vient regoûter au spectacle de la mer et retrouver la couleur d'un ciel, même en hiver, qui lui manque tellement là-haut.

Avec la chatte il joue comme un enfant. Athéna par-ci, Athéna par-là. On a du mal à croire que c'est le même jeune homme qui a parlé avec tant d'assurance devant des millions de téléspectateurs, celui qui veut faire de la politique, devenir maire de sa ville. Fatima, bien sûr, l'invite à manger. Ses filles et petits-enfants sont là aussi. Grande tablée dans le petit appartement. Les enfants sont bruyants. On laisse la télé allumée. Camel est fatigué mais il aime cette agitation, cette petite part d'humanité qui fait groupe et se tient chaud au cœur. Sur ces tapis bédouins et ces coussins berbères, on oublie presque la barbarie. Il est loin des postures parisiennes, des débats idéologiques, des joutes intellectuelles. Il se dit qu'il restera toujours centré sur cet essentiel.

Elise Aubanel a téléphoné plusieurs fois à Myriam. Elle aimerait la recevoir pour dîner avec Camel. Bien sûr Myriam sait qu'ils ne viendront jamais dans son appartement perché du mauvais côté de la ville. Elle ne s'en offusque pas. Après tout, il n'est pas fréquent qu'elle soit invitée loin de son quartier, à part quand elle retrouve Mary et Daniel.
_ Vous pourriez venir pour Noël avec Camel !
C'est entendu.

Myriam a choisi une petite robe noire courte et ressorti sa seule paire d'escarpins. Elle a envie d'être belle. Elle a envie de plaire mais pas à quelqu'un en particulier.

Pour simplifier la tâche à Myriam, Mathieu, grand seigneur, est venu les chercher à l'entrée de la cité dans son 4x4, pas très rassuré néanmoins de ce voyage en terre inconnue mais avec une âme d'aventurier. Il ne cesse de dire à tout le monde que le jeune étudiant qui a crevé l'écran, oui, *vous vous souvenez*, et bien c'est *le copain de ma fille !* Ça mérite bien de faire le taxi, même en territoire hostile.

Myriam redécouvre les charmes de la bourgeoisie. Le vin est bon. Mathieu annonce fièrement le nom de ce qu'on boit mais elle s'en fiche un peu. Oui, elle en reprend volontiers. Elle se laisse porter. Elle est sur un tapis flottant. Elle ne se lasse pas de parcourir du regard les rayonnages de l'immense bibliothèque. Le foie gras vient directement d'un producteur du Gers, dont Mathieu donne le nom aussi. Il faut tout nommer. C'est important. C'est pas très gentil de gaver les oies, mais *c'est du bio*. Elle mange des langoustes et boit du

Sauternes pour la première fois. Elle a le droit d'être ivre. Elle l'a bien mérité. Et puis elle ne conduit pas.

Fièrement elle regarde la belle crinière brune de son fils, et les cheveux blonds de Stéphanie. Elle les observe comme deux beaux animaux, qu'elle aurait envie de caresser comme elle caresse Athéna. Son esprit papillonne et virevolte d'un détail à un autre, sans s'appesantir sur rien. Elle écoute en pointillés le bavardage de Mathieu. Elle lâche prise. Tout est moelleux : le canapé, le vin, et même les lumières.

Chaque objet est ici à sa place. Tout est ordre et beauté. *Luxe, calme, et volupté.* Elle n'a pas oublié Baudelaire. Même pompette, elle pourrait réciter là, tout de suite, un poème en prose : *Il faut être toujours ivre, tout est là ; c'est l'unique question. Pour ne pas sentir l'horrible fardeau du temps qui brise vos épaules et vous penche vers la terre, il faut vous enivrer sans trêve. Mais de quoi ? De vin, de poésie, ou de vertu à votre guise, mais enivrez-vous!*

L'argent aussi est une ivresse. Elle aurait pu avoir une existence comme celle-là. Une vie tient à un ovule. Un rien et ce n'est plus l'invitation au même voyage.

Mathieu annonce le moment des cadeaux. Camel et Stéphanie sont surpris. Ils n'ont rien prévu.

_ Vous auriez dû nous dire. On aurait pu…

Mathieu, grand Prince, les rassure :

_ Ce n'est pas grave. Ça nous fait plaisir !

Camel reçoit un recueil de citations politiques. *Merci Mathieu, merci Elise.* Stéphanie lui offre sa première cravate. Mathieu lui dit :

_ Tu la mettras quand tu seras maire !

Myriam sourit. Il y aussi un cadeau pour elle :

un grand beau livre de photos sur Marseille. Mathieu commente encore, intarissable :

_ Le photographe est un ami. Il s'appelle Christian Ramade. Vous verrez, c'est très beau.

Alban les regarde, affalé dans un fauteuil, prostré, muet et ailleurs.

Myriam :

_ On pourrait se tutoyer, je crois.

Elise :

_ Mais bien sûr !

Bises. Effusions. Dessert. Digestif. Infusions. Retour à la case départ. Pour Myriam c'est comme pour Emma Bovary quand elle revient du bal chez le Marquis. Il va bien falloir pourtant admettre qu'elle ne vit pas là, que ce luxe lui est interdit. Il vaudrait mieux, souvent, ne pas savoir que ça existe. Il faut espérer que le magret et les langoustes ne lui feront pas mépriser le couscous ou la paëlla.

Le lendemain matin, mère et fils sont au pied de leur petit sapin en plastique. Elle ouvre son cadeau : un petit bocal en verre ovoïde, avec un couvercle en métal et un pommeau en résine colorée. Un objet classique du design italien. Camel apprend vite.

_ C'est pour ton sable du désert.

Embrassades. *Camel, Camel, pourquoi es-tu si parfait ?* Cette année encore il a finalement pu faire la crèche avec sa mère. Après les partiels.

Myriam lui tend un paquet :

_ Tiens. Ça ira bien avec la cravate.

Camel dénoue le ruban doré, arrache le papier cadeau. La chemise est bleue. Bien sûr, Camel, il n'a pas envie de se transformer tout de suite en homme politique standard. Et puis il se verrait plutôt en mode décontractée, petit polo *à la Obama*, ou carrément paysan rebelle en tee-shirt et veste polaire type président sud-américain. Il a le temps de voir. La vie ne fait que commencer.

Une autre année débute, lourde de menaces. La guerre n'est pas déclarée, mais c'est la guerre. Stéphanie domine sa peur mais les week-ends à Paris sont moins insouciants pour les deux amoureux. Camel travaille beaucoup. Il a déjà adhéré à plusieurs associations. Les partis politiques et les syndicats sont venus vers lui. Son profil est intéressant. Il préfère attendre un peu. Chaque chose en son temps. Les proverbes ne sont pas toujours bêtes.

Il va y avoir d'autres attentats. Rien n'est fini. Myriam confie ses angoisses à Mary un jour de mistral où elles se retrouvent près du Vieux-Port. Elles ne sont pas toujours d'accord sur le diagnostic et les remèdes. Myriam trouve parfois son amie trop angélique. Elle est bien placée pour voir ce qui se passe. Elle lui parle de la cité, de l'hôpital. Dans leur bulle artistique, dans leur microcosme culturel, Mary et Daniel perpétuent un discours idéologique que Myriam ne peut plus entendre. Mais c'est sa copine, alors elle fait attention à ne pas aller trop loin, jusqu'au mot qui fâche.

Les mois défilent et jamais ils n'ont couru aussi vite dans la vie de Camel. Le temps est relatif. Il se souvient l'avoir écrit dans une dissertation. Stéphanie a choisi de cacher ses angoisses sous une masse de travail, comme sous une couverture. Le temps passe et l'amour reste, même si, sans vraiment qu'ils s'en rendent compte, leurs baisers sont moins nombreux.

Au printemps ils retournent dans les Calanques avec Sabrina et Jérôme, couple séparé et uni. Sabrina a de nouveau maigri. Le quatuor célèbre ses retrouvailles par la folie d'un premier bain en eau fraiche. Les images d'un été parfait envahissent leurs boites à neurones. Comment pourraient-ils déjà être nostalgiques, si jeunes ? Ils ont seulement hâte de retrouver leurs plages sous le grand soleil du midi. Ils peuvent tout espérer. Ils ne savent rien de l'avenir. *Il reste à l'écrire.*

76.

Ils se sont tous donnés rendez-vous *plage du prophète*, en fin d'après-midi. Ils ont invité les profs aussi. Les cours sont terminés et pour eux, avant l'examen, il faut célébrer déjà sans tarder la fin de ce parcours du combattant scolaire.

Ils sont venus, ils sont presque tous là. Chacun a amené de quoi manger ou de quoi boire. On va pique-niquer sur la plage. Les plus audacieux pourront se baigner. Les garçons sont en bermudas, les filles en shorts. Ce n'est pas l'été mais on s'y prépare. Ce sera l'été d'une année mémorable, celle du BAC. Ils parlent déjà de leurs projets futurs. Les uns partiront. Beaucoup rêvent de l'étranger. Les autres iront moins loin.

Ils parlent avec leur prof d'anglais, une femme au doux sourire qui redoute la retraite. Un prof d'économie aussi, qui se laisse aller à quelques confidences maintenant que ses élèves sont tous *des ex.*

Les futurs bacheliers sont volubiles, excités par la liberté qu'ils entrevoient après l'examen, cette nouvelle vie rêvée qu'ils imaginent depuis des mois. Ils se la racontent déjà. *J'aurai mon appart. Je vivrai à Londres. Je vais partir à Paris.*

Stéphanie a proposé à Camel de venir la rejoindre. Elle n'était pas sûre que ça plaise à ses copines mais elles ont validé l'idée avec enthousiasme. Camel est revenu depuis quelques jours. Ses partiels du second semestre sont finis. Après des mois d'appréhension, Stéphanie a retrouvé une forme de sérénité. Les psys diraient : *elle s'est reconstruite après le traumatisme.* Elle accepte ce qui s'est passé, elle accepte aussi que Camel soit désormais peut-être un futur grand homme. Elle ne rêve plus depuis longtemps de lions sur les piliers d'un portail dans une villa aixoise. Camel travaillera peut-être dans la diplomatie. Alors on vivra en Amérique du sud ou en Asie. Elle sera la femme de l'ambassadeur. Mais une île presque déserte, du sable blanc, des cocotiers, un lagon bleu, cela lui suffirait aussi. N'importe où mais avec lui. Sauf une cabane au Canada, il ferait trop froid. Et puis elle aussi elle écrira. Elle a commencé. Ils composeront un roman à quatre mains.

Camel a pris sa petite moto. C'est la première fois depuis des mois qu'il revient sur la Corniche. Il refait à l'envers le chemin des amoureux pénétrant dans la ville après leurs premiers baisers. Il n'a rien oublié de ce qu'il a ressenti ce jour là, quand Stéphanie appuyait sa poitrine contre son dos, et sa tête sur son épaule, et ses bras autour de sa taille, et leurs cheveux au vent, et le soleil qui flirtait avec l'horizon. Et puis tout le reste. Beaucoup de *et*, beaucoup de souvenirs déjà dans cette jeune vie, beaucoup de joies pures dans cette belle âme. Tout à l'heure ils referont le même trajet et se souviendront de cette heure idéale.

Il arrive, beau comme un dieu grec ou africain, à l'heure de l'apéritif. Chemise blanche et pantalon de toile, barbe de trois jours, baroudeur urbain, figure de mode. Les filles en sont presque intimidées. Stéphanie se doute de toutes les jalousies mais elle n'y peut rien. *C'est son mec.* Elle n'oublie pas qu'elle l'a attendu. Elle a gagné le droit de l'aimer.

Il accepte un verre de rosé, exception à sa règle. Il parle un peu avec les profs, entre adultes. Ils l'ont vu à la télé eux-aussi. Ils le félicitent et l'encouragent. Ils n'ont jamais eu d'élève pareil. Ils l'interrogent sur Sciences Po.

Après, on fait la photo de groupe. En plusieurs fois. En plusieurs poses. Sagement regroupés comme une équipe de foot. Follement dissipés et faisant des grimaces. Alignés main dans la main et courant vers la mer. Leur bonheur est simple et il est partagé. Même les timides ne sont pas oubliés. Même les complexés. Stéphanie boit juste un peu trop. Elle ira se baigner tout à l'heure.

Quand Abdelkrim arrive, ce n'est pas encore le crépuscule mais Camel ne le voit pas tout de suite. Il est allongé sur un plaid à carreaux, un morceau de pizza à la main. Il parle encore avec la prof d'anglais. Il entend qu'on l'appelle :

_ Oh, Camel !

Il se retourne.

_ Abdel ? Qu'est-ce que tu fous là ?

_ J'ai quelque chose d'important à te dire. Viens.

Camel se lève et c'est sûr, à ce moment-là, il pense à leur réconciliation. Ils ne peuvent pas, comme depuis des mois, continuer à ne plus se parler. C'est absurde. On ne peut pas en douter, à cet instant, Camel s'avance vers Adbel le cœur léger, joyeux de retrouver un copain perdu.

Ils s'écartent tous les deux du groupe de fêtards. Camel suit Abdelkrim en direction de l'escalier qui ramène sur la Corniche. La plage est en contrebas. Ils s'arrêtent juste avant la dalle en béton.

Abdelkrim se retourne soudain vers Camel, et en quelques secondes toute une vie s'enfuit, passé, présent, futur, héritage et projets, tant de souvenirs et tellement de possibles, tout se réduit à un peu de sable où se mêle le sang, le sang de Camel, mec d'élite, dont une simple lame d'un petit couteau a suffi à couper le fil de sa vie, promesse d'une aube, promesse pour le monde, et ce sang s'enfuit, fait une tache brune sur le sable doré, et c'est fini.

Pas un cri. Personne d'abord ne s'aperçoit du meurtre. Le bruit du scooter d'Abdelkrim qui démarre fait tourner la tête au professeur d'anglais. Elle voit Camel à terre en même temps que Stéphanie. Elles courent ensemble jusqu'à ce corps immobile. Stéphanie a le temps de penser : *ce n'est rien, c'est son cœur*, c'est déjà arrivé, c'est un malaise, comme à son anniversaire, ce n'est rien, *Camel, Camel, réveille-toi !*

Il est 20h22. Camel ne se réveille pas. *L'écriture ne fait pas toujours des miracles.*

77.

On a arrêté Abdelkrim chez lui. Il n'a *opposé aucune résistance*. Il attendait, dans sa chambre, assis sur son lit, un Coran devant lui. Très calmement il a expliqué son geste aux policiers : Camel a trahi les musulmans, il est un apostat. *Il devait mourir.*

Sa mère hurle quand la police l'embarque. *Mon fils, mon fils !* Myriam ne hurle pas : elle tombe par terre.

Il faut l'amener d'urgence à l'hôpital. Les infirmières en réanimation sont ses amies. Elles sont dévastées de chagrin, comme la cité tout entière, au moins en apparence. On ne commente pas. On ne dit rien. On se regarde hébétés. *C'étaient deux copains d'enfance.* Ça oui, on le dit. On ne comprend pas, ou on fait semblant de ne pas comprendre. Les journalistes, eux, ne mettent pas longtemps à apprendre que le frère d'Abdelkrim est parti depuis des mois faire la guerre en Syrie.

Le lendemain, le beau visage de Camel est à la une de tous les journaux. *Horrible attentat au couteau. Mort d'un minot. Mort sur la plage.*

A la télé, c'est le journaliste qui l'avait interviewé qui ouvre le journal de 20h sur cette info. Il est visiblement sincèrement touché. Mine défaite, mèche folle, voix hésitante, il raconte le meurtre de ce jeune homme si prometteur que nous avions interviewé il y a quelques mois après les attentats de novembre. Le meurtrier a été arrêté. Il ne regrette rien.

Branle-bas de combat à Sciences Po rue Saint Guillaume. Minute de silence. Bougies par centaines. Et à Marseille aussi. On ne peut plus rouler que sur une voie sur la Corniche. La ville, mais pas toute la ville, vient rendre hommage à ce *Mozart assassiné*.

Des bouquets de fleurs s'entassent sur la plage. On commence à avoir l'habitude de ces hommages et de tous ces lieux qui se transforment en autels profanes. On écrit des mots, on dépose des dessins. Mais cela prend cette fois une proportion particulière. Peut-être que, finalement, on ne va pas s'habituer. Peut-être que quelque chose va changer. On dit et on écrit : *c'est le crime de trop.* Comme chaque fois. Chaque fois le crime de trop. Avant le suivant. On prévoit déjà une marche blanche. Comme chaque fois. Avec le nom de Camel sur les tee-shirts. On est rodés. Comme chaque fois.

Myriam ne veut pas se réveiller. Mourir. Dormir. Et puis ne plus souffrir ! Dormir ! Qui sait ? Rêver peut-être ! Shakespeare, tais-toi ! Elle ne voulait pas être une héroïne tragique.

Il faut quelques jours pour que le corps soit plus fort, encore une fois, que la douleur du cœur. On l'arrache au désespoir. Ali vient la voir et lui dit que Camel n'aurait pas voulu qu'elle s'en aille. Partir. Le retrouver. *Enfer ou ciel, qu'importe.* Avec lui. Elle lutte contre cette tentation de la traversée. Elle se débat. Elle hurle entre deux piqûres. Il faut retarder la date de la cérémonie. Jérôme s'occupe de tout pendant que Sabrina veille avec Mary sur Myriam et la tiennent en survie.

Stéphanie a basculé brièvement dans une sorte de folie dont les médicaments du psy l'ont peu à peu éloignée. Pendant que Mathieu tente de calmer Alban qui ne cesse de clamer : *Je vais le tuer ce mec !*

Je vais le tuer ! Elise parle doucement à l'oreille de sa fille. *Mon bébé. Il faut que tu sois forte.* Pour Camel. Elle n'est pas forte. Elle ne veut pas être forte. Comment peut-on appeler force ce qui nous fait accepter l'intolérable ? Comment appeler force cette soumission à l'inacceptable ?

Quand Myriam ressort enfin de son coma émotif, elle passe des heures, prostrée sur son canapé, à tourner les pages du carnet de Camel. On ne la laisse jamais seule. Elle refait dans tous les sens la lecture de ces textes mêlés, traces de vie d'un amoureux des mots, calligraphie d'un amoureux de la vie.

Ali ose lui demander :

_ Il faudrait peut-être prévenir son père.

Elle rétorque, d'un ton sec :

_ Ce n'est pas la peine. Ce n'est pas son père.

Ali préfère ne rien ajouter et surtout pas que Djamel lui a téléphoné la veille. Il était au courant du drame. En Algérie on regarde souvent la télé française. Djamel semblait touché. A des milliers de kilomètres. Ali lui a dit d'attendre, qu'il en parlerait à Myriam. Ce soir il le rappelle.

_ Elle a dit que tu n'étais pas son père.

_ Qu'est-ce qu'elle raconte ? Qu'est-ce que ça veut dire ?

_ Ça veut dire qu'elle ne veut pas que tu viennes.

Ali coupe court à la conversation. Il pense : ça veut dire qu'il n'a jamais été là. *Le père, c'est celui qui est là.* Comme Panisse dans *Marius*. C'est tout. Il n'en parlera plus à Myriam.

Il téléphone à Jérôme. Ils préparent un grand rassemblement. Jérôme lui dit :

_ Stéphanie tient absolument à ce que l'on se retrouve au monument de Rimbaud.

78.

Dans les pages ivoire du carnet moleskine, Myriam trouve des dizaines de citations d'auteurs. *Rien n'est plus dangereux qu'une idée quand on n'a qu'une idée. Notre tête est ronde pour permettre à la pensée de changer de direction.* Et tant d'autres.

Elles sont entourées chaque fois d'un trait d'encre bleu turquoise, devenant sur la page comme des îles où l'esprit peut jeter l'ancre. *Combien noble est celui qui ne veut être ni maître ni esclave. L'avenir de l'homme est la femme.*

Elle trouve aussi quantité de pensées brèves, d'instants saisis, de fragments, d'aphorismes. Des projets, des idées. Elle revient chaque fois à celle-là, comme aimantée par un puissant pôle magnétique : *Publier un livre dont le titre serait « Tous prophètes » et dont la première page ne comporterait qu'une seule phrase : « Nous sommes tous prophètes car nous écrivons tous l'avenir ». Toutes les autres pages seraient blanches.*

Elle appelle Jérôme :

_ Tu crois qu'on pourrait rapidement fabriquer un livre en grande quantité ?

Elle explique. Il fait répéter :

_ Tu dis bien : rien qu'avec des pages blanches ?

_ Oui, oui, sauf la première.

_ Je vais appeler le père de Stéphanie. Il connaît des imprimeurs. On va le faire, Myriam. On va le faire. C'est une très bonne idée.

C'est comme ça. On lutte comme on le peut. On retarde le temps du deuil en imaginant des gestes un peu dérisoires. On reste créatifs pour donner matière à la mémoire, nourrir le souvenir. On veut surtout rendre hommage, construire un mausolée, et tout le monde n'a pas droit à des pyramides.

Stéphanie voudrait faire graver une plaque. Myriam, un peu droguée par les médicaments, se met à donner des ordres. Il faudra venir habillé en couleurs. Comme pour l'enterrement de ses parents. Le noir est interdit. Elle refuse le droit aux représentants politiques de participer à la manifestation. Elle insiste : personne. Elle demande surtout au Maire de Marseille de ne pas participer. Inutile de venir montrer sa grosse bedaine. Evidemment elle ne peut pas l'empêcher absolument mais elle demande à Jérôme de relayer son propos auprès de tous les médias. Jérôme est devenu en quelques jours le porte-parole attaché de presse de Myriam. Il est très efficace. Sabrina est aussi une adjointe précieuse.

Camel sera incinéré. Myriam affirme qu'il en avait parlé un jour. Aucune célébration religieuse.

Dans la cité, la surprise terrible a laissé place à un sentiment de désarroi et de malaise. Ils ont grandi au même endroit. Ils ont joué dans la même équipe de foot. Ils sont allés au même lycée.

La ville n'est pas figée dans la stupéfaction pour autant. La mort violente frappe ici plus souvent qu'ailleurs. L'émotion se dilue assez vite dans l'été qui pointe son nez.

Les médias en revanche ne relâchent pas leur attention. Les chaines de télé veulent interviewer

Myriam. Refus catégorique. Dans la cité les jeunes parlent plus volontiers. Ils descendent du scooter pour aller devant les micros. C'étaient deux copains. *On les connaissait bien. On ne comprend pas. Y avait pas de problème.* Ils se marrent quand ils voient leurs bobines au journal de 20h. Ça les fait rire.

En attendant le jour des funérailles, les réseaux sociaux sont effervescents. La lettre de Camel dépasse le million de vues. Une page Facebook dédiée a été créée par Johana. Elle est très vite saturée. Mobilisation générale. Les journaux analysent, commentent, racontent, vont fouiller dans la vie des deux *minots* de Marseille. Le père d'Abdelkrim a été abattu dans un règlement de comptes. Et celui de Camel, où est-il ?

On relate le témoignage des professeurs, des entraîneurs. On raconte le quotidien de la vie dans ces fameux *quartiers Nord*. Le journaliste, surtout s'il est jeune, cherche à dépasser les clichés, mais la réalité le rattrape : on vole la caméra dans la voiture de la production.

On cherche les causes de la radicalisation du jeune meurtrier, et comme d'habitude on finit par dire que c'est incompréhensible et prévisible. On tricote une explication avec ce paradoxe. C'est pourtant tellement terriblement simple. La vérité aveugle alors on ne voit rien. Ou on choisit de fermer les yeux.

Myriam ne demande pas à Fatima et Dalila comment elles ont survécu au deuil de leur enfant. L'expérience ne se raconte pas. Elle sait qu'elle devra désormais vivre avec cette plaie, ce cœur qui saigne, cet arrachement. On vit, malgré tout. C'est la seule façon d'apprendre cette leçon et seul le temps nous l'enseigne.

Elle aimerait consoler Stéphanie mais elle manque de force pour lui parler. Le pire, c'est ce ciel bleu au-dessus de la ville et de la mer. Elle a l'impression parfois que Camel est là, à côté d'elle, qu'il lui chante : *c'est dur de mourir au printemps, tu sais.*

Dans son carnet, Camel a aussi écrit des haïkus, isolés sur la page et cernés de plusieurs traits parallèles qui épousent la forme du texte, comme des rochers entourés de gravier dans un jardin zen :

Le vent
Aiguise la lumière
Pour poignarder le ciel

79.

Ils sont des milliers. Les pelouses au bord de la mer sont recouvertes d'une vaste tache de couleurs bigarrées qui forment un tableau mouvant se composant et se recomposant à tout moment.

Les caméras se bousculent. Même les rédactions internationales s'intéressent à la trajectoire de ce jeune homme métissé qui a échappé à un attentat à Paris et qui a été tué sur sa plage préférée. On dit dans certains médias nordiques que son meurtrier lui reprochait aussi de fréquenter *une jeune chrétienne blonde*. On dit que les amoureux se sont rencontrés sur cette même plage. On dit qu'elle a un poème de Rimbaud tatoué au bas du dos. On dit beaucoup de choses romanesques. On retrouve la légende de *Gyptis et Protis* à l'origine de cette ville grecque, la plus ancienne de France. La presse populaire s'engouffre dans ce récit. Les télés traquent les visages, les larmes, l'émotion en direct.

Myriam est vêtue de rouge, comme Stéphanie. Rouge sang, rouge passion. C'est télégénique. C'était surtout la couleur préférée de Camel.

Ce n'est qu'un *minot* de plus (on écrit le mot en français pour faire couleur locale) broyé par l'absurdité d'une croyance dévoyée, par la violence brute et barbare, mais pourtant la presse internationale évoque un jeune Gandhi, Luther King, Sadate ou Rabin.

Les réalisateurs pilotent leurs drones par-dessus la foule. Filmée d'en haut l'image montre les petits livres blancs tendus à bouts de bras. L'imprimeur a été particulièrement généreux. Il y en a pour tout le monde. Personne ne lui en voudra d'avoir ajouté son logo sur la couverture où le titre est écrit en grosses lettres :

TOUS PROPHÈTES

Certains ont eu un peu de mal à brandir le livre. On a fini par les convaincre en leur disant que c'était seulement en référence au nom de la plage, au lieu du crime.

Comme la proue d'un navire échoué sur la plage, le chaos de pierre sombre se dresse sur la butte entourée de pelouses. C'est là, au milieu de cette foule immense, adossée à ce bateau ivre sculpté en hommage au poète, sous un grand chiffon d'azur piqué de quelques petits nuages blancs, que Myriam attend pour prendre la parole. La sono est prête. Stéphanie et Ali sont à ses côtés. Autour s'est formé un noyau compact de proches et d'amis. Les copains sont tous là. Les filles aussi. Mohamed ne peut plus s'arrêter de pleurer. Lui, le rappeur qui invente des rimes riches. Lui, avec son allure de petit caïd. Depuis une semaine il a commencé à composer une chanson en hommage à son copain.

Ça s'appellera *Le meilleur d'entre nous*. Il le dit chaque jour, entre deux sanglots et entre deux rimes, et les reporters s'empressent pour le filmer :

_ Moi, j'y croyais. J'y croyais vraiment. Un jour il aurait été Président. Notre Président. Putain !

La cité est présente en masse. Un petit groupe entoure la mère d'Abdelkrim, qui a tenu à être là. Myriam ne le sait pas encore.

Fatima n'a d'abord pas voulu tenir à la main le petit livre blanc puis elle a imité ses filles. Elle porte comme Dalila un foulard de couleur. La famille Aubanel n'est pas loin, avec Mary et Daniel, et aussi tout le personnel de l'hôpital parmi lequel on reconnaît le beau cardiologue. Certains étudiants et beaucoup d'étudiantes sont venus de Paris. Un homme, tout à l'heure, s'est approché de Myriam. Elle l'a tout de suite reconnu : c'est Yann. Il a lu son nom dans les journaux. Il a réalisé qui était cette mère frappée durement par ce que l'on peut appeler le destin. Elle est tombée dans ses bras.

_ On se reverra, n'est-ce pas ?

_ Oui, Myriam. On se reverra.

Il l'a laissée reprendre sa place au centre de cette marée humaine, elle, si timide adolescente, qui va parler devant cette foule immense, et devant les caméras du monde entier. Myriam mère courage, mais parmi tant de mères courage qui perdent leurs enfants au nom d'une violence forcément absurde. Les petits nuages blancs se sont effacés dans le ciel. Le tableau est un monochrome bleu.

Demain c'est l'été. Aujourd'hui c'est l'anniversaire de Camel. Il y a un an il faisait l'amour pour la première fois avec Stéphanie.

80.

Les goélands continuent de jouer avec le vent, indifférents aux hommes et à leurs couteaux. Myriam s'est avancée, entourée de sa garde rapprochée, vers le promontoire qui forme devant le monument comme une petite colline qui domine la plage. Ici viennent habituellement s'asseoir les promeneurs de chiens, les amoureux plus ou moins licites, les solitaires contemplatifs qui viennent regarder la mer. Myriam monte sur l'un de ces deux petits bancs. La foule est tout autour d'elle, de tous les côtés, en-dessous. Il y du monde partout. Dans le bosquet de pins tordus par le mistral certains sont montés sur les branches. Côté rue, d'autres se serrent sur les balcons des immeubles qui bordent l'avenue. Côté plage certains ont les pieds dans l'eau. Tous sont tournés vers Myriam, qui prend le micro et commence à parler :

Il y a presque 20 ans, quand je portais dans mon ventre mon futur enfant, un garçon de 15 ans a été tué dans cette ville par un autre garçon de son âge. Deux coups de couteau. Pour rien. Pour un regard. Il s'appelait Nicolas. Toute la ville s'en est émue. Comme aujourd'hui. On a dit « Plus jamais ça ». Comme aujourd'hui. On a défilé. Comme aujourd'hui. Je pensais aux parents de Nicolas. Je pensais à mon enfant qui allait naître, au monde dans lequel il allait vivre. Je me disais : pourvu que ça ne m'arrive jamais.

Aujourd'hui le garçon que l'on a tué, c'est le mien. Aujourd'hui il aurait eu 19 ans. Rien n'a changé. C'est même pire. On s'est habitués. On se donne même désormais des raisons de tuer. Et nos enfants continuent de mourir.

Pourtant, Camel, mon amour, mon fils, avait un rêve pour cette ville, ma ville, sa ville, notre ville. Et peut-être pour le monde. Notre monde. Un rêve de paix, de liberté de pensée, et même un rêve d'amour. Ce rêve il voulait en faire un bout de réalité. Avec tout le monde. Parce que l'avenir est entre nos mains.

Je n'ai pas de sermon à vous faire ni de vérité à vous délivrer, mais je le clame ici haut et fort comme lui-même l'a écrit : nous sommes tous prophètes car nous écrivons tous l'avenir. C'est pourquoi aujourd'hui nous nous sommes réunis et nous avons brandi ce livre où cette seule phrase est écrite et toute la suite reste pages blanches. Il est le livre de la vie de chacun d'entre nous. Il dépend de nous de savoir ce que nous voulons écrire. Personne ne doit écrire ce livre à notre place. Il n'est pas écrit à l'avance.

Nous sommes tous prophètes parce que l'avenir dépend de nous. Parce que nous sommes tous l'avenir. Il y a autant de livres qu'il y a de vies. Ecrivons librement et au moins, si nous ne pouvons pas faire exister notre rêve d'amour, faisons en sorte de ne pas faire de la haine une raison de vivre. Il n'y a de prophète que celui qui réunit les hommes, pas qui les divise. Nous sommes aujourd'hui réunis autour de Camel pour dénoncer toute pensée sectaire, toute pensée totalitaire, toute pensée unique. Soyons dignes de ces pages qu'il nous ouvre et que la vie nous offre.

Mon fils a été assassiné. Je dois pardonner à son meurtrier. Il faut que je pardonne. Mais je ne pardonnerai jamais à ceux qui ont mis dans sa tête des idées mortifères. Et je lutterai de toutes mes forces, toute ma vie, contre cette barbarie que rien, jamais, ne pourra justifier.

On dit toujours : il n'est pas mort pour rien. Et si c'était vrai, pour une fois ? Sa mort pourrait changer le monde si nous le décidions vraiment. Ensemble. En sommes-nous capables ?

Souvenons-nous de lui comme nous nous souvenons ici du poète venu mourir dans notre ville et dont nous n'avons pas oublié les vers immortels. Souvenons-nous de lui et écrivons pour lui la suite de nos livres.

Camel, mon fils, mon amour, je te salue une dernière fois. Vois ici la foule autour de toi rassemblée. Vois tous ces livres qui sont autant de vies uniques. Donne-nous la force de composer avec cette diversité une bibliothèque commune.

Camel, mon fils, mon amour, vient de mourir. Nous irons tout à l'heure disperser ses cendres dans cette mer qu'il aimait tant. J'ai choisi son épitaphe, qui ne sera gravée sur nulle tombe mais dont vous serez tous les dépositaires. Retenez-la : « Il n'a pas dit son dernier mot. ».

Myriam descend du banc dans un grand silence blanc. Au bout de quelques secondes, Ali et Manon tapent dans leurs mains et les applaudissements montent de toutes parts vers cette femme qui regarde maintenant cette foule tout autour d'elle comme pour graver ce moment dans le marbre de sa mémoire. Elle lève les yeux au ciel et n'y cherche aucun dieu. Elle se noie dans le bleu et ferme les yeux.

81.

Un très long cortège se met en marche vers *la plage du prophète*.

Myriam marche en tête avec Stéphanie. Elles fendent une foule compacte rassemblée sur la corniche. A leur passage, le livre blanc est agité comme un drapeau. On dirait des chefs d'Etat. Ce sont deux veuves rouges.

Il faut bien trente minutes pour parcourir un kilomètre. En plus de la police, un service d'ordre informel, des copains de la cité, a empêché quiconque d'accéder à la plage avant l'arrivée des deux femmes. Les caméras sont priées de s'arrêter là. Et on ne plaisante pas. Tout le monde se serre contre le parapet qui surplombe la plage. Il faut faire attention de ne pas pousser ceux qui sont au bord.

Myriam et Stéphanie descendent l'escalier. Dans la galerie ajourée qui mène à la plage, la lumière ardente traverse le moucharabieh en béton et dessine en ombres denses sur le mur de beaux motifs géométriques.

Elles arrivent sur le sable. Jérôme et Sabrina les attendent. Ils leur transmettent l'urne funéraire. Elles lèvent leurs chaussures et avancent pieds nus, en se donnant la main. On n'a pas enlevé le filet du terrain de volley. Là, elles font une pause. Un petit bateau à moteur, barcasse marseillaise, les attend au bord de l'eau.

Un avion, dans le ciel, trace silencieusement une ligne blanche dans le grand bleu. Sur la mer, le soleil déclinant marque sur l'eau un sillage de lumière aveuglant. Les îles font l'arrière du décor. C'est trop beau. Beau à en mourir.

Elles montent dans le bateau. Juste avant que le pilote ne démarre, on voit Stéphanie parler à Myriam qui garde l'urne contre sa poitrine. Elle redescend et va retrouver Jérôme et Sabrina.

Tout le monde comprend qu'elle les invite à venir dans le bateau. Ce n'était pas prévu. Sabrina éclate en sanglots. Sa petite cousine, frêle jeune fille blonde, la prend dans ses bras et l'aide à monter dans l'embarcation qui gagne le large.

On aimerait mais on ne peut empêcher les milliers de photos que l'on fait alors pour de plus ou moins bonnes raisons. L'image est belle. Le bateau s'éloigne et bientôt il n'est plus qu'un point qui se fond dans la lumière du soleil couchant. Il est trop loin pour qu'on le voie de la corniche. Les télés n'ont tout de même pas osé envoyer leurs drones. Quelques téléobjectifs saisiront tout de même la scène. Le bateau arrêté tangue un peu. Le vent s'est levé.

Myriam verse dans les vagues les cendres de son fils. Camel a retrouvé sa mer.

Au bord de la corniche, personne n'a bougé. Quand le bateau revient ce sont encore des milliers de photos que l'on vole sans pudeur. Les caméras rattrapent le quatuor dans la galerie où elles sont été autorisées à attendre.

La cérémonie n'est pas finie. Stéphanie s'avance toute seule vers un petit pan de mur jaune au pied de l'escalier. C'est Mohamed qui lui donne le feutre. Oui, on a le droit de filmer cette fois, sans se bousculer, et les télévisions montrent au monde entier cette Vénus marseillaise aux pieds nus qui écrit sur le mur légalement cette strophe poétique :

> *Elle est retrouvée.*
> *Quoi ? - L'Eternité.*
> *C'est la mer allée*
> *Avec le soleil.*

Elle signe : *Pour Camel. Pour toujours.*

Dans les rédactions on se dépêche de faire des recherches. On tape le texte sur internet. Tout le monde ne sait pas que ce sont des vers de Rimbaud. Plus tard on les gravera peut-être sur une plaque.

Alors que la foule tarde à se disperser et qu'elle envahit maintenant la plage pour aller jeter dans la mer des bouquets de fleurs, Jérôme met sa tête sur l'épaule de Sabrina :

_ Pourquoi je n'ai pas pu le sauver cette fois ?

Sabrina a envie de dire *c'est le destin*, mais elle regarde à côté d'elle son livre aux pages blanches qu'elle a posé dans le sable et ne dit rien.

Jérôme n'attend pas la réponse qui de toute façon ne viendra pas. Il dit :

_ On ne savait pas pourquoi cette plage s'appelle *la plage du prophète*. Maintenant, on sait.

Beaucoup plus tard encore, alors que les premiers pèlerins viennent déjà sur les lieux pour une visite nocturne comme d'autres au pont de l'Alma en souvenir de Diana, Stéphanie accomplit encore un rite de mémoire. Elle ramasse un peu de sable dans un petit bocal en verre. Elle le mettra sur une étagère dans sa chambre. On ne sait pas si elle pourra le garder toute une vie. C'est une lourde mission dont elle ne perçoit pas encore la difficulté. Elle aura d'autres amours. Il faudra qu'elle avance et ne se fige pas dans la posture du souvenir. L'avenir est devant elle. *Tout reste à écrire.*

Myriam est restée là elle aussi. Elle prend Stéphanie à part :

_ Stéphanie, tu vas passer ton BAC en septembre n'est-ce pas ?

_ Je vais essayer.
_ Il le faut, Stéphie. Fais-le pour Camel.
_ Oui Myriam.
_ Et puis plus tard, tu seras Maire de Marseille.
_ Ce sera peut-être difficile.
_ Jamais une femme n'a gouverné cette ville.
_ Je ferai de mon mieux.
_ Tu es jeune il est vrai, *mais aux âmes bien nées la valeur n'attend pas le nombre des années.*

Sa mémoire littéraire qui lui a dicté ces deux alexandrins parvient à faire sourire Myriam. C'est déjà ça.

_ Ça me rappelle quelque chose… dit Stéphanie.
_ Camel aussi c'était *un Cid*… Un Cid pacifique.
_ Corneille, c'est ça ?
_ Ça veut dire *Seigneur* en arabe. C'est un titre honorifique musulman.

Un temps. Elles regardent la lune pleine comme si elles cherchaient là-haut l'âme envolée de leur amour perdu. Myriam dit :

_ Et son père aussi. *Un Cid*.

Stéphanie se tourne vers elle, perplexe et interrogative. Myriam ajoute :

_ Camel ne le savait pas.

Un temps. Stéphanie ne demande rien. Leurs regards à nouveau se perdent dans l'espace de la nuit, tendus dans la même direction.

_ Je te raconterai.

82.

A Tamanrasset comme à New-York les taxis sont jaunes. C'est le seul point commun. A la descente du mini bus qui avait transféré le petit groupe depuis l'aéroport jusqu'au centre, Myriam s'était demandé ce qu'elle faisait là. Elle trouvait la ville sale, l'atmosphère poussiéreuse. Des sacs en plastique s'envolaient partout sur les trottoirs défoncés. Tous les véhicules qui passaient étaient cabossés. Elle avait imaginé une cité plantée au milieu du désert comme le château des Tartares de Buzzati, un oasis de raffinement, l'étape mythique sur la route des caravanes du désert, elle découvrait la réalité d'un pays pauvre, une ville sans charme livrée aux vicissitudes de l'économie et d'un tourisme fluctuant. En songeant aux méharées de Théodore Monod elle regardait passer des camions qui crachaient une fumée noire.

Ils étaient dix dans le groupe, dont trois femmes seules et trois hommes trentenaires. Deux couples un peu plus âgés. Myriam était vraiment la jeunette. L'une des femmes semblait déjà pénible. Pendant le transfert, elle avait posé plusieurs fois au guide la même question sur la possibilité d'acheter des bouteilles d'eau. On avait l'impression qu'avant même d'entrer dans le désert elle avait peur de mourir de soif. Pourquoi était-elle venue là ? Le guide, Mohamed, était resté très calme et l'avait rassurée sur le nombre de bouteilles dont ils disposeraient.

A ce premier arrêt en ville on leur avait imposé un tour en boutique pour compléter leur équipement. L'endroit était bien sûr une caverne d'Ali Baba, comme il se doit. On y trouvait de tout, de grands tapis et des coussins, des plateaux et théières, des bracelets et des bijoux. Et tout le reste. Il y avait aussi un rayon alimentation. Mohamed avait acheté plusieurs sacs de riz, des fruits secs, des biscuits, et des quantités de bouteilles d'eau qu'on avait chargées à l'arrière sur les sacs souples des randonneurs. Myriam se disait que les repas ne seraient certainement pas très variés,

Myriam n'avait rien prévu pour le soleil. Il lui fallait un foulard. Autant prendre le plus emblématique, un très long chèche indigo, celui des touaregs, les fameux *hommes bleus*.

Avant de remonter dans le bus, en attendant le reste du groupe, Mohamed avait commencé à lui montrer la manière de le nouer sur la tête et de s'enturbanner le visage pour ne laisser voir que la bouche et les yeux Ce n'était pas si simple. Il lui donnerait plus tard une autre leçon. Myriam avait en attendant enroulé le long tissu bleu autour de son cou. Elle s'était soudain sentie beaucoup mieux, comme si ce foulard avait eu un effet magique.

Ils étaient arrivés ensuite dans un petit tourist camp dont les chambres disposées autour d'un patio ressemblaient plutôt à des cases. Terre et bois uniquement. Tapis au sol. Myriam avait sorti son duvet et l'avait déroulé sur un matelas peu épais posé sur un lit de camp en osier. Elle se réjouissait de ce confort si sommaire si typique.

Premier repas partagé. Présentations. Finalement tout le monde semble sympa. On se couche tôt. Myriam a du mal à s'endormir. Elle pense à Djamel, laisse sa main trainer entre ses cuisses.

Le lendemain elle cherche à se souvenir de son rêve érotique, mais c'est un peu flou. Ils roulent ce jour là pendant des heures sur une route très droite bordée d'un pipe-line auquel travaillent régulièrement des grappes plus ou moins espacées d'ouvriers. De loin en loin des bulldozers et autres engins mécaniques semblent abandonnés et donnent au paysage un caractère surréaliste. Beau comme la rencontre fortuite, dans le désert algérien, d'un dromadaire et d'une pelleteuse jaune. A midi on pique-nique sous un maigre acacia qui fait un peu d'ombre. Un chauffeur apprend au groupe que les petites boules dans le sable qui s'accrochent et qui piquent, ce sont des cram-cram. On est avertis. On s'arrête à une station service où des enfants viennent voir les touristes en riant. Apparemment l'un des véhicules a un problème. Mais *ce n'est pas un problème*. On attend. Du monde s'affaire autour du capot ouvert, dessus et dessous le moteur. *On va y aller, on va y aller !*

En fin d'après-midi les 4x4 quittent brutalement la route asphaltée et se lancent sur des pistes chaotiques. Les deux véhicules semblent faire la course. Ils sautent sur les bosses et secouent les passagers qui s'interrogent un peu sur leur sécurité en se regardant, vaguement inquiets tout de même. La nuit est déjà tombée quand ils s'arrêtent enfin.

C'est la première fois que Myriam va dormir à la belle étoile, et elle comprend ici pleinement le sens de cette expression. Elle s'installe sur son matelas à la lumière d'une petite lampe frontale. Elle s'endort tard dans la nuit, ivre de la contemplation de la voûte céleste, et réalisant tout à coup l'étrangeté formidable de se trouver là, au milieu de nulle part, aux portes d'un désert dont elle a tant rêvé.

Le lendemain au réveil elle découvre la caravane chamelière arrivée tôt le matin. Mohamed confie le petit groupe à un nouveau guide. Il s'appelle *Moulaï*. On ne voit que ses yeux. Verts.

Le cuisinier, Abdel, porte aussi un chèche qui dissimule son visage mais pas ses yeux rieurs. Salam s'occupera des dromadaires et de leur chargement. On se met en marche, sac sur le dos. Moulaï n'a presque rien dit. Il marche devant, vivement, et tout le monde met ses pas dans les siens.

Le premier jour, le vent souffle fort. Myriam a appris à enrouler le foulard autour de son visage. On pénètre progressivement les zones dunaires, passant d'abord dans des regs et des oueds aux mille nuances d'ocre et aux rochers noirs. Dans un petit canyon on s'arrête longuement devant des gravures rupestres. Moulaï parle, lentement. Il a découvert son visage. Son nez droit. Sa bouche charnue. Il raconte l'histoire de son peuple, de cette préhistoire jusqu'aux touaregs berbères, seigneurs du désert. Il parle et tout le monde écoute. Sa voix est à la fois douce et forte. Son regard est pénétrant. Ses gestes sont élégants et souples. Il porte à la main gauche une grosse bague, une pierre mauve. *C'est un mec d'élite.*

A la pause de la mi-journée, on déroule un grand tapis où l'on pose les compotiers de fruits. Le petit convoi de six dromadaires a précédé les marcheurs, emmené par Salam. Le soir, en arrivant au bivouac, on boit d'abord le thé à la menthe. Myriam adore la théière toute cabossée et marquée par la flamme. Elle se dit qu'elle n'a jamais vu un objet aussi beau. Chacun a droit ensuite à une petite bassine d'eau.

Il y a dans le groupe un prof de philo. En attendant le repas, le petit groupe de touristes se lance dans un débat animé sur le thème des vertus et de la morale. Moulaï n'est pas loin. Il écoute. On lui demande ce qu'il en pense. Il ne dit qu'une phrase : *le saint et l'assassin lisent le même livre.*

Pour le repas on se retrouve à nouveau à genoux autour d'un tapis sur lequel arrivent des plats colorés. Abdel le cuisinier fait des miracles en plein désert. Il fait du pain dans un four creusé dans le sable. Il aime aussi les énigmes et les devinettes, et anime les soirées autour du feu. Il retient chaque jour des mots nouveaux que lui apprennent les touristes français. A la lueur des flammes, Moulaï regarde Myriam.

Chacun a posé son sac et déroulé son matelas où il veut, au milieu d'un petit chaos de rochers noirs. Le sable est frais sous les pieds nus. Myriam pense aux plages de Méditerranée. Elle joue avec ce sable si fin qui coule entre ses doigts. Elle serait presque philosophe elle aussi, méditant sur le temps. Le ciel étoilé la rattrape et elle se laisse emporter, laissant divaguer son esprit dans ces espaces infinis. Autre philosophie. Ou peut-être la même.

On arrive le troisième jour dans l'erg principal. Le paysage se simplifie encore : les dunes ocre, le ciel bleu. Parfois une fleur, incroyable apparition dans ce décor minéral.

La marche devient rude. La pente des dunes est sévère. Dans le sable, chaque pas est un effort pour extirper son pied du sol mouvant. Myriam a des sandales ouvertes. Le sable lui recouvre les orteils. Elle marche juste derrière Moulaï. Sereine. Elle a trouvé son rythme, elle suit son guide.

La vue, à 360 degrés, est d'une incroyable photogénie. Un océan de sable. Des vagues minérales et les rides régulières tracées par le vent. Myriam n'a pas d'appareil. Elle espère que les photographes du groupe lui donneront des images. L'un des célibataires est très fier de son appareil numérique. Il se la pète un peu avec son joujou. Mais au moins il pourra peut-être envoyer des fichiers par internet. *Ce sera plus simple*, dit-il.

Myriam ne se lasse pas des courbes des dunes. Dans son petit carnet elle écrit un peu mais ne sait pas dessiner.

Le soir de ce troisième jour, on se retrouve, c'est désormais rituel, autour du feu. On demande à Moulaï quelques mots d'arabe courant. Myriam s'emballe, lui coupe la parole, et prétend connaître quelques expressions.

Moulaï la laisse dire. Puis :
_ Comment tu sais ça ?
_ J'habite à Marseille. Il y a beaucoup d'Algériens.
Pour la première fois, Moulaï hausse la voix :
_ Ça n'a rien à voir. Tu entends. Nous sommes des berbères. Eux et nous ça n'a rien à voir. Tu ne dois pas nous comparer. Tu ne dois pas dire ça ! Ne redis jamais ça !

Myriam est médusée. Elle baisse presque la tête. Abdel fait habilement diversion en proposant une énigme :

_ Plus fort que Dieu, pire que le diable, les pauvres en ont, les riches en manquent, si tu en manges tu meurs.

On fait semblant de chercher pour gagner du temps. Moulaï s'est levé et a disparu dans l'obscurité.

83.

Le jour d'après commence pour Myriam comme une punition. Elle n'adresse plus la parole à son guide. Heureusement le paysage est d'une telle amplitude et d'une telle beauté que tout s'efface devant les formes pures et les dessins parfaits des courbes tracées par le vent. Les dunes sont encore plus hautes, encore plus majestueuses, leurs crêtes s'élèvent vers le ciel, d'une absolue pureté esthétique. Quand le groupe redescend c'est maintenant un jeu à chaque fois : courir et dévaler à fond dans la pente pour arriver le premier en bas. Joie enfantine, pieds nus dans le sable. La journée sera inoubliable.

Le soir vient trop vite, on aurait aimé que dure ce charme de l'épure. On apprécie la bassine d'eau pour se décrasser un peu, mais le désert n'est pas salissant. Pendant le repas, peu de mots, mais pas de gêne. On est happé par le silence de cette part vide du monde et on accepte de s'y abandonner.

Le soleil se couche et pose sur le sable des lumières changeantes. Le bivouac est extraordinaire, sur un plateau entre deux dunes très hautes. Chacun a posé son sac et son matelas aux quatre coins de cet espace sans cloisons, cherchant un illusoire isolement d'ermite pour l'une des dernières nuits sous les étoiles.

Myriam n'est pas très éloignée du feu de camp où s'attardent Abdel et Salam, joueurs inlassables qui semblent ne dormir jamais. Moulaï passe près de

Myriam avec son matelas. Ce soir il va s'isoler lui aussi, derrière une petite dune. A son passage, elle ose lui adresser la parole :

_ Moulaï, je peux te parler ?

Il s'arrête.

_ Bien sûr, Myriam.

_ Je voulais m'excuser pour hier soir.

_ C'est rien, Myriam. Tu ne pouvais pas savoir.

_ Je suis désolé de t'avoir blessé.

_ Je ne suis pas blessé. J'habite le désert. Rien ne peut m'atteindre.

Elle s'est approchée de lui. Il n'a pas bougé. Il garde tournée vers le sol une petite lampe torche qui éclaire faiblement. A chacun d'essayer de comprendre pourquoi elle lui dit :

_ Je peux venir avec toi ?

Il a la couleur de Djamel. Il a les yeux de Djamel. Il a la bouche de Djamel. Sa peau sera-t-elle aussi douce ?

Il ne dit rien. Il se met à marcher et elle le suit, comme elle l'a suivi sur les crêtes des dunes, poursuivant chaque jour un idéal de voyageuse, retrouvant ce soir un idéal d'amoureuse. Myriam ne réfléchit pas.

On ne connaît pas bien la suite. Un touareg enlève-t-il son chèche dans l'intimité ? Myriam est nue et le vent du désert vient caresser son corps dans la nuit sans limites. On pourra sourire à lire qu'elle fait *l'amour avec l'univers*. Et pourtant c'est vrai.

Le lendemain est le dernier jour avec la caravane avant de retrouver les 4x4 et Mohamed, affable et souriant, rassuré que tout se soit bien passé.

C'est le moment des adieux. Les pourboires. En l'enlaçant une dernière fois avec noblesse, en la prenant contre sa poitrine, Moulaï chuchote à l'oreille de Myriam :

_ J'ai fait un rêve cette nuit. Tu auras un enfant. *Il va changer le monde.*

Elle le regarde fixement, dans la pleine lumière d'un soleil zénithal. Elle photographie ses yeux. Sa mémoire suffira. Et un peu de sable aussi, qu'elle a ramassé hier soir avant de revenir vers son matelas bleu.

Un mois plus tard, elle est enceinte.

84.

L'été ne pense à rien. C'est une saison indifférente aux malheurs. Il faut que tout soit léger, vêtements et allures.

Myriam vient d'arroser ses géraniums. Le rituel reste sacré. Elle s'assoit sur son canapé. Elle se demande si elle va garder le tricycle. Est-ce bien raisonnable ? Elle se trouve étrangement calme et ne sait si la tempête intérieure prévue finira par s'annoncer.

Un immense bateau accoste derrière la digue du port, toutes lumières allumées. Une ribambelle de lumignons colorés traverse le pont supérieur. On doit faire la fête dans les salons à la déco très kitsch où jouent les orchestres. Si elle avait habité Marseille, Emma Bovary aurait rêvé d'une croisière, du bal du commandant. Peut-être Myriam partira un jour, elle aussi, en Méditerranée et ailleurs. Le monde est si vaste, elle n'en connaît que le bord. De la vie en revanche elle a parcouru bien des rivages et bien des îles. Elle est revenue de cette odyssée en se demandant comment son cœur a pu résister à toutes ces traversées périlleuses et cruelles. Camel a aussi écrit : *Amor fati ?* Ajoutant un point d'interrogation à la devise stoïcienne. Faut-il aimer notre destin ?

Dans son carnet, il s'inquiétait aussi pour son cœur. Il avait refait un malaise dans un amphi et n'avait rien dit à Myriam. Il avait peur de mourir jeune. Il a écrit en haut d'une page : *J'aimerais vraiment changer un peu le monde avant de partir.* A côté, il a ajouté encore une citation : *La vie est une phrase inachevée.*

Athéna vient en miaulant se poser sur les genoux de Myriam qui passe doucement la main sur sa petite tête triangulaire, avant de prolonger le geste tout le long de l'échine. Elle pense à la peau douce d'un homme, à son visage, à son dos.

Elle n'a rien écrit encore dans son livre blanc. Elle continue de relire le carnet de Camel, encore, et encore, car c'est là qu'elle le trouve le plus présent, sa pensée et son geste, son esprit et sa main. Les photos sont trop douloureuses.

Elle prend un stylo sur la table basse. Elle repousse la chatte qui ronronne et attrape le livre aux pages blanches.

Athéna décidément aime aussi ce carnet. Elle revient se frotter à ses pages ivoire. Le voilà par terre, ouvert au hasard d'une énième citation. Myriam gronde sa chatte pour le principe. Elle lit sur la page cornée par la chute : *Puisque ces mystères nous dépassent, feignons d'en être l'organisateur.*

Pour sa première phrase, Myriam hésite. En se souvenant d'un poète du siècle dernier, elle écrit :

Le vent se lève. Il faut tenter de vivre.

Un poète aussi est un prophète. Comme nous.

De l'autre côté de la ville, une jeune fille blonde botticellienne écrit elle aussi. Elle a acheté cet après-midi un stylo bleu turquoise et un beau carnet à couverture de cuir, aux motifs en relief, qui se referme avec une petite lanière. C'est bien sûr à Rimbaud qu'elle a emprunté les premiers mots inscrits sur ces pages : *L'amour est à réinventer.*

Pour dire sa peine, le manque, la douleur, son écriture ronde fera de jolies courbes sur le papier crème. Mais c'est sur le clavier de son ordinateur portable qu'elle commence à taper avec ses doigts fins les premières lignes d'un roman. Ce sera une histoire d'amour. Fatalement. Elle n'a pas mis longtemps pour trouver le titre : *La plage du prophète.*

85.

La vie est un miracle. Tout reste à écrire.
Nous n'avons pas dit notre dernier mot.

L'avenir de l'homme est la femme
Elle est la couleur de son Âme
Elle est sa rumeur et son bruit
Et sans Elle, il n'est qu'un blasphème.
ARAGON *Le fou d'Elsa*

Le vent se lève ! . . . il faut tenter de vivre !
L'air immense ouvre et referme mon livre,
La vague en poudre ose jaillir des rocs !
Envolez-vous, pages tout éblouies !
VALÉRY *Le cimetière marin*

Références...

Chap 5 : *Le monument de Marseille, c'est son peuple* fait référence à la proposition artistique du duo Stauth et Queyrel en 1994 intitulée : *Des costumes pour Marseille.* Chap 45 : la phrase de *Mourad* est extraite de *Mes élèves sont formidables, 200 perles entendues en classe* par Dominique Resch (Flammarion). Chap 50 : La citation d'Héraclite est : *On ne se baigne jamais deux fois dans le même fleuve.* Chap 53 : *Love is in the air* est une chanson de John Paul Young. Chap 61 : *Ô Captain, my Captain* est une citation du poète américain Walt Whitman rendue célèbre par le film *Le cercle des poètes disparus.* Chap 65 : le *grand et glorieux chef-d'œuvre* est une référence aux *Essais* de Montaigne («*Notre grand et glorieux chef-d'œuvre, c'est vivre à propos*»). *Fluctuat nec mergitur (il est battu par les flots mais ne sombre pas)* est la devise de la ville de Paris. Les mots de Bardot renvoient au film *Le mépris* de Godard (1963). Chap 66 : *Fragments d'un discours amoureux* est un livre (1977) de Roland Barthes. *L'amant de Lady Chatterley* est un roman de l'écrivain anglais D.H. Lawrence. Chap 67 et 77 : *Marius* est le premier volet de la triologie théâtrale et filmique de Marcel Pagnol :*Marius Fanny César.* Chap 75 : le photographe Christian Ramade est l'auteur de nombreux livres dont plusieurs sur Marseille, où il est né.

Chap 77 : *Enfer ou ciel qu'importe* est une référence à un poème en prose de Baudelaire. Chap 78 : *Rien n'est plus dangereux qu'une idée quand on n' a qu'une idée* est une pensée du philosophe Alain. *Notre tête est ronde pour permettre à la pensée de changer de direction* est une réflexion du peintre Francis Picabia. *L' avenir de l'homme est la femme* est un vers de Louis Aragon repris par le chanteur Jean Ferrat sous la forme «*La femme est l'avenir de l'homme*». *Combien noble est celui qui ne veut être ni maître ni esclave* est extrait du célèbre livre du poète libanais Khalil Gibran : *Le prophète (1923)*. *C'est dur de mourir au printemps* se trouve dans une chanson de Jacques Brel : *Le moribond*. Le haïku a été publié par Yves Gerbal dans son premier recueil de *Haïkus de Provence* (1999). Chap 81 : *Le Cid* est une pièce de Corneille. Chap 84 : *La vie est une phrase inachevée* est une citation de Victor Hugo. *Puisque ces mystères nous dépassent, feignons d'en être l'organisateur* est une réplique de Jean Cocteau dans *Les mariés de la Tour Eiffel*. *Le vent se lève... Il faut tenter de vivre* est un vers de Paul Valéry (*Le Cimetière marin*, 1920). *Le vent se lève* est aussi le titre du dernier film de Miyazaki (2014). On attribue généralement la formule latine *Amor fati* au philosophe stoïcien Marc-Aurèle, elle a souvent été reprise, notamment par Nietzsche.

Merci à **Camel et Stéph**, amoureux inconnus, dont le graffiti sur un mur d'Aubagne, en l'an 2000, a été le début d'une longue histoire...

Les personnages *Camel et Stéphanie* sont d'abord apparus dans le récit *Pourquoi Aubagne ? Un polar sinon rien*, introduction au catalogue de l'exposition *Aubagne : Points de vue* (groupe Alphée, Christian Ramade), en décembre 2000. On les a retrouvés dans la nouvelle *Le miracle de l'écriture* publiée en feuilleton (5 épisodes) dans le quotidien gratuit *20minutes* en juillet 2004, texte qui a remporté le 1er concours national de nouvelles organisé par ce journal. Ils sont devenus en 2015 les personnages principaux de *La plage du prophète*.

Merci aux premières lectrices de ce récit qui m'ont incité à le publier. Catherine Pieplu pour son enthousiasme. Suzanne Marasca pour sa relecture attentive et ses encouragements. Merci à Marc Chostakoff et Yannick Pignol pour leur aide informatique très précieuse.

Ce roman a été écrit entre août 2015 et février 2016
à Aix-en-Provence (France).

DU MÊME AUTEUR :

Haïkus de Provence
(poésie, éditions Autres Temps, 1999)

Haïkus de Provence : autres saisons
(poésie, éditions Autres Temps, 2001)

Rencontre d'un certain type
(théâtre, éditions 20/20, 2009)

L'homme qui est une image
(photo-récit, avec le photographe Gilbert Garcin,
éditions Autres Temps, 2001)

GR 2013 : un carnet de marche
(rando-récit, éditions Gaussen, 2015)

Entre deux éclipses. Lettres à E.T.
(essai épistolaire, éditions BoD, 2016)

Philosophies minuscules
(philosophie, à paraître)

Contact : yves.gerbal@orange.fr
Google : Yves Gerbal

Impression
BoD-Books on Demand, Norderstedt, Allemagne